全国高等职业教育规划教材·连锁经营管理专业

U0127817

连锁经营管理原理

邓汝春　主编

卢丁宁　邱晓东　副主编

电子工业出版社

Publishing House of Electronics Industry

北京·BEIJING

内 容 简 介

本书作为连锁经营管理专业的规划教材之一，在介绍连锁经营的起源与发展、概念与特点、类型与模式等知识和概念的基础上，系统介绍了连锁企业的组织管理、营销策略、物流管理、人力资源管理以及财务管理等连锁企业实际营运所需要的知识。

本书内容浅显、易懂，专业知识新颖、系统和实用；在介绍基础理论的同时，插入了大量紧扣理论和实际的企业案例，非常有助于老师的教学和学生的学习。

本书可作为高等院校，尤其是高职高专院校连锁经营管理专业的规划教材，也可作为经管类其他专业的相关教材，还可作为连锁企业经营和管理人员的参考用书和企业培训教材。

图书在版编目（CIP）数据

连锁经营管理原理/邓汝春主编．—北京：电子工业出版社，2007.6
（全国高等职业教育规划教材·连锁经营管理专业）
ISBN 978-7-121-04182-2

Ⅰ．连…　Ⅱ．邓…　Ⅲ．连锁商店－商业经营－高等学校：技术学校－教材　Ⅳ．F717.6

中国版本图书馆 CIP 数据核字（2007）第 080397 号

责任编辑：王沈平　特约编辑：韩玉彬
印　　刷：涿州市京南印刷厂
装　　订：涿州市桃园装订有限公司
出版发行：电子工业出版社
　　　　　北京市海淀区万寿路 173 信箱　邮编　100036
开　　本：787×1 092　1/16　印张：11.75　字数：303 千字
印　　次：2009 年 12 月第 4 次印刷
印　　数：2 000 册　定价：18.00 元

凡所购买电子工业出版社图书有缺损问题，请向购买书店调换。若书店售缺，请与本社发行部联系，联系及邮购电话：（010）88254888。

质量投诉请发邮件至 zlts@phei.com.cn，盗版侵权举报请发邮件至 dbqq@phei.com.cn。

服务热线：（010）88258888。

出 版 说 明

　　高等职业教育是我国高等教育和职业教育的重要组成部分，在我国现代化建设中具有重要的战略地位。近年来，我国高等职业教育迅速发展，为社会培养了大批高等应用型专门人才，满足了社会和经济发展的需要。

　　为了适应我国职业教育改革的需要，突出职业教育的特色，满足高等职业院校对实用教材的需求，电子工业出版社在对有关院校相关专业的教学和课程设置进行了广泛调查研究的基础上，于2006年10月组织全国数十所高等职业院校，在上海召开了"全国高等职业教育连锁经营管理专业规划教材研讨会"，确定了专业主干教材和基础课教材十多种。由于与会代表多是所在学校的领导和业务骨干，其中不乏国家级和省、市级科研或教研项目的负责人和参与者，全国性或地区性专业学会会员以及既有丰富教学经验又有丰富实践经验的"双师型"教师，因此该套教材具有以下特点。

　　1. 适应高等职业教育发展的要求，突出高等职业教育应用性、针对性、岗位性、专业性的特点。教材在内容和课时两方面都力求适应高等职业教育改革的要求，理论以够用为度，加强实际操作训练，注重对高职学生职业技术能力和管理素质的培养。

　　2. 兼顾学历课程内容与职业资格应试内容，提升高职学生的岗位竞争能力。教材内容结合高等职业学历教育和相关职业资格考试所要求的内容，力求适合实际岗位的变化和新的要求；因此大多数教材既可以作为高等职业学历教育教材，也可以作为成人高校、自学考试以及职业资格培训的教学用书和自学用书。

　　3. 关注相关法律、法规的颁布和修订，力求教材内容与时俱进，充分体现相关法律、法规的新规定和新内容。

　　4. 配套教学参考资料，为高职师生的教和学提供方便和帮助。教学参考资料主要包括配套的习题参考答案、电子教案、课程教学建议等，可为课程教学安排提出指导性意见，减轻教师的备课负担，解决教师在组织实训资料方面遇到的困难；精美、形象的电子教案既有利于学生更好地理解教材内容，又可提高学生的学习兴趣。

　　我们相信，该套教材的出版对于高等职业教育的改革与发展和高等职业专业人才的培养将起到积极的推动作用。对于教材中所存在的一些不尽如人意之处，我们将通过今后的教学实践不断地进行修订、完善和充实，以便更好地服务于我国的高等职业教育。

电子工业出版社高等职业教育分社

2007年6月

前　言

连锁经营是我国目前商业领域的一支生力军。20 世纪 90 年代以来，我国的连锁企业无论在企业数量方面还是在销售量方面，都有了非常大的提高。连锁经营已成为目前商业领域中发展最快的一种商业形态。连锁经营在我国十多年的发展进程中，以其旺盛的生命力，在零售业、餐饮业、服务业中占据了重要的地位，成为众多厂家、商家开展生产经营活动以及广大老百姓进行消费活动的首选。

在连锁企业快速发展的同时，我们也应该看到，我国的连锁企业经营管理水平还比较低，专业人才还比较少，社会上对连锁经营与管理的人才需求越来越旺盛。因此，我国不少高职高专院校近年来纷纷开设了连锁经营管理专业。这套"连锁经营管理"教材就是在这样的背景下由电子工业出版社组织编写和出版的。

《连锁经营管理原理》是这套教材中的一本，主要介绍有关商业的基本知识，连锁经营的起源与发展、特征与类型以及经营与管理等方面的内容。本书具有以下几个方面的特点。

1. 系统性和全面性。本书通常是作为连锁经营管理专业的第一本专业教材，从专业系统的角度给学生一个全面的认识，而不对某一个问题进行深入的研究，以避免与其他专业教材的内容相重复。

2. 现实性和可操作性。连锁经营本身就是一个现代化的商业模式，因此，本书所涉及的内容都紧扣现实，有些内容还具有可操作性。

3. 理论性与实践性。本书主要讲连锁经营管理原理，理论性非常强。但为了让学生能更好地理解和掌握这些原理，本书插入了许多小案例。这些小案列紧扣理论，对理论的诠注非常到位，实践性非常强。

本书由邓汝春担任主编，卢丁宁和邱晓东担任副主编；其中第 1 章、第 2 章和第 9 章由邓汝春编写，第 3 章和第 4 章由卢丁宁编写，第 5 章和第 6 章由邱晓东编写，第 7 章和第 8 章由蒋小龙编写；全书由龚德沛副教授担任主审。本书在编写过程中，参考和引用许多专家学者的相关资料，在此表示感谢。由于作者水平的有限，可能存在许多错误和不足，还望相关读者指正。

本书可作为高等院校，尤其是高职高专连锁经营管理专业的规划教材，也可作为其他院校经济类、管理类专业的教材，还可作为连锁企业管理人员的参考书和企业培训教材。

编　者

2007 年 5 月

目　录

第1章　商业概述

【学习要点】
- 商业产生的条件和发展阶段
- 商业的职能与作用
- 批发企业的特点与类型
- 零售企业的特点与类型

1.1　商业的起源与发展

1.1.1　商业产生的条件

商业的产生是以商品生产和商品交换为前提的。没有商品的生产和交换，就没有商业。但不等于说，有了商品的生产和交换就一定有商业。商业是商品经济发展到一定历史阶段的产物，它随着人类社会商品经济的发展而发展。

商品生产和商品交换的产生必须具备两个基本条件：一是社会大分工，二是生产资料和劳动产品归不同所有者占有。商业是商品交换的一种形式，而且是商品交换的一种发达形式。所以，商品生产和商品交换产生的两个基本条件，也是商业产生的两个基本条件。

1. 社会大分工

有了社会大分工，彼此间进行商品交换就有了必要。不同的劳动者进行不同的产品生产，各自需要对方的产品，不得不进行商品交换。分工越细，商品交换越必要。人类社会曾出现过三次社会大分工，第三次社会大分工时出现了商业。

第一次社会大分工，是畜牧业与农业的分离。这次社会大分工早在原始社会就已产生。第二次社会大分工，是手工业与农业、畜牧业的分离。第三次社会大分工，是商业与生产的分离。随着商品生产的发展和商品交换地域、范围的进一步扩大，客观上要求把商品生产与商品交换分离开来，于是就产生了专门从事商品流通的新的行业——商业；同时产生了专门从事商品流通的商人。商业和商人的产生，是社会分工进一步扩大的结果。商业，作为新的行业必须通过商人进行，而商人则按照商业的形式进行经济活动，商业与商人密切联系在一起。当时商品交换的特点是：简单商品流通和发达商品流通同时并存，而后来发展为以发达商品流通为主。通过这三次社会大分工，生产力一次比一次发展，分工一次比一次细致。

2．生产资料和劳动产品归不同所有者占有

在原始社会中，生产资料和劳动产品归集体所有。即使是部落或氏族首领代表集体以公共的财产交换来的物品，也是属于公共财物。但是，后来首领们利用自己至高无上的权力，逐渐把公共财产当做私有财产来支配。于是，私有制就产生了。这样，导致了生产资料和劳动产品归不同私有者所有。这些不同的私有者，不可能无偿地占有对方的产品，若要取得对方的产品，只有通过商品交换这一途径。

由此可见，商品交换的产生必须具备两个基本条件，一是社会分工，二是生产资料和劳动产品归不同所有者占有。商业的产生和发展当然也必须具备这两个基本条件。但是，商业的产生还需要具有其特殊的条件——简单商品流通和货币流通。这种特殊条件的出现，是商品货币经济发展的必然结果。

1.1.2 商业的发展

商业自从产生到现在，经历了奴隶社会的商业、封建社会的商业、半殖民地半封建社会的商业、社会主义社会的商业等四个发展阶段。

1．奴隶社会的商业

商业产生于原始社会末期、奴隶社会初期。这时，原始公社制度逐渐解体，奴隶制度开始兴起。就在这个以奴隶主占有奴隶和生产资料为基础的奴隶社会初期，出现了最早的商人和最原始的商业。我国奴隶社会约开始于公元前 22 世纪至公元前 17 世纪的夏朝，那么，夏朝便是商业的产生和萌芽时期。

奴隶社会与原始社会相比，虽然商品生产有了一定程度的发展，农产品和手工业品也比较多地进入了商品市场，奴隶也可以作为商品进入交易市场，但商业的发展仍是缓慢的。由于市场商品率低，因此商业不可能得到充分的发展，商品经济仅仅处于从属的地位。

2．封建社会的商业

我国从战国时代起至清代 1840 年中英鸦片战争止，经历了两千多年的漫长的封建社会。在封建社会里，地主阶级代替了奴隶主阶级，个体农民代替了奴隶，封建制度的生产关系代替了奴隶制度的生产关系，从而使生产力得到了进一步发展。由于农民、手工业者、地主等都可以参加市场的商品交换活动，这样，参加商品交换的对象显然比奴隶社会多了，参加商品交换的品种范围也相应地扩大了，这就使商业有了进一步发展。

但是，封建社会的经济特点，依然是自然经济占统治地位。加之，我国封建社会的历代王朝，大多数采取"重农抑商"的经济政策，因此，商业的发展受到了一定的限制。

3．半殖民地半封建社会的商业

1840 年中英鸦片战争之后，帝国主义列强纷纷入侵中国，控制了中国的政治和经济命脉，使中国失去了独立自主的地位，沦为半殖民地半封建社会，商业也具有了半殖民地半封建的性质。

半殖民地半封建社会的商业资本包括两个部分：一部分是官僚买办商业资本，另一部分是民族商业资本。官僚买办商业资本，是帝国主义为了适应侵略的需要而扶植起来的，具有浓厚的买办性和封建性。民族商业资本，相对说来，经济力量是薄弱的，一般是中小商户，较大的商户多数集中在上海、天津、广州、武汉、南京、重庆等沿江或沿海大城市。

半殖民地半封建社会的商业，虽不同于外国资本主义社会的商业，但在某些实质问题上却与外国资本主义社会的商业相同。这表明，半殖民地半封建社会的商业较之封建社会的商业已有了很大的发展。

4. 社会主义商业的形成与发展

新中国成立后，为了巩固国有商业的领导地位，发挥合作社商业的助手作用，必须迅速发展社会主义商业。

（1）社会主义商业的形成。 在发展国有商业方面，首先要发展批发商业。在发展批发商业的同时，又发展了相当部分的零售企业。1950 年 3 月，中央人民政府政务院颁布《关于统一国家财政经济工作的决定》：统一全国财政收支，统一全国物资调配，统一全国现金管理。其中的统一全国物资调配这一条，使国有商业掌握了大量重要物资。与此同时，党和政府又全力设法促使商业网点、资金、人员等各方面适应新形势的需要，在商业企业的组织形式和经营管理上，也尽量使其合理化、正规化。随着经济形势的日益发展，国有商业不断地得到壮大。这样，就基本上形成了从上到下，从管理到经营，从批发到零售，从商业到服务业的商业体系。由于国有经济实力的进一步强大，从而确立了国有商业在商业中的领导地位。

发展合作社商业是发展社会主义商业的重要内容。到 1952 年年底，合作社商业在全国范围内形成了一支强大、独立的商业组织系统。合作社商业的迅速发展，使得国有商业在同非法投机势力进行斗争、稳定市场物价、组织商品供应、促进国民经济的恢复和发展中，始终得到了合作社商业有力的配合。

国有商业与合作社商业的有机结合，使得社会主义商业的经济力量有了进一步的发展。这样，在社会主义初期，我国存在着国有商业、合作社商业、国家资本主义商业、私人资本主义商业和个体商业五种经济成分。这五种商业经济成分都可以在批发和零售市场上进行经济活动。

（2）社会主义商业的改造。社会主义商业的形成初期，私人资本主义商业在经济力量上占有很大优势，特别是私人资本主义商业中的非法投机资本勾结非法金融投机资本，与国有商业争夺市场上的领导权。

对于民族资本主义商业的改造，政府分别采取了利用、限制、改造和赎买政策，主要就是通过国家资本主义经济的形式，把私人资本主义性质的商业企业过渡到国家所有制性质的商业企业。对于私人资本主义商业的改造，则分别通过改造私人资本主义批发商业、零售商业和小商小贩进行。

到 1956 年，我国基本完成了对资本主义工商业的社会主义改造，形成了以国有商业为领导的社会主义统一市场。

（3）社会主义商业的发展。1984 年 10 月，中国共产党第十二届中央委员会第三次全体会议通过了《关于经济体制改革的决定》。《关于经济体制改革的决定》是指导我国经济体制改革的纲领性文件，对商业改革起着决定性的作用。自 1992 年开始，我国从计划经济逐步向以社会主义公有制经济为主体的市场经济过渡，商品流通得到了空前的发展。

1.2　商业的概念与职能

1.2.1　商业的概念

1. 商业的定义

商业，是商品交换的发达形式，是指商品交换的人或集团，通过其所有制结构、经营规模和交易方式等，专门从事以营利为目的、促使货币增值的一种经济行业。

商业作为商品交换的一种发达形式，是在物物交换发展到简单商品流通之后才产生的。人类历史上最初出现的商品交换就是直接的物物交换。这是最原始的商品交换形式。货币出现之后，物物交换就发展成为以货币为媒介的商品交换，这就是商品流通。

商品流通包括简单商品流通和发达商品流通。

简单商品流通，也称为商品流通的初级形式或低级形式。简单商品流通与物物交换一样，仍然是在小商品生产者之间进行的。由于商品生产的发展，简单商品流通形式难以适应发展的需要，于是就又出现了发达商品流通。发达商品流通，也可称为发展了的商品流通或复杂的商品流通，即我们通常所说的商业。

2. 商业的特征

不论是何种所有制商业，也不论是我国的商业还是外国的商业，它们都具有以下共同特性。

（1）商业在经济活动中具有媒介性的特性。在社会再生产过程中，生产是起点，消费是终点，而商业则是一种专门连接生产和消费的中间环节。商人首先从物质生产企业购进商品，然后再将商品直接转售给生活资料消费者和生产资料消费者，形成商人与生产者之间、商人与消费者之间的一种经济关系。这种媒介性的经济关系，体现了商业活动最基本的特性。

（2）商业在经济活动中具有以货币为两极的特性。商人必须事先拥有一定数量的专门用于商品流通的货币资本。从买开始，以卖结束，始极和终极都是货币，这是商业活动最明显的特性。

（3）商业在经济活动中一般不改变商品的物质形态和性能，但可改变商品的时空存在的特性。商业通过改变商品的时空存在，使商品所有权从生产者手中转移到流通部门手中，从而转移到消费者手中。在商品所有权和时空存在均得到了改变的同时，却并没有改变商品的物质形态和性能。

（4）商业在经济活动中具有综合经营的特性。商业从生产中分离出来之后，专门从事于商品流通，而不再从事其他一般生产活动。商业按照商品的经营范围，从各地区、各部门、各生产经营者处购进不同种类、品种、规格、花色的商品，集中综合经营，以有利于生产者、销售者和消费者。随着社会生产现代化的不断发展，生产部门的分工越来越细，生产的产品越来越专业化、单一化，这就更需要商业专门从事于专业性的经济活动，即专业综合性的经营，以满足广大消费者多样性消费的需要。同时，商业网点遍布于城乡各个角落，形成了全国性的商业网络，而生产者的自销则难以做到这点。从社会总体上来考虑，商业经济活动的综合经营，一般来说，有利于流通时间的缩短、流通费用的节约以及社会资本使用效率的提高。

（5）商业在经济活动中具有自始至终存在销售与服务统一的特性。商业是一种媒介性的经济活动，一头联系生产，一头联系消费；既为生产者反馈市场信息、货币融通和诱导生产，又为消费者提供一系列服务。购销和服务是商业经济活动过程中的两大内容。随着改革和流通的不断发展，社会分工的不断细划，现代化服务手段也在不断地改进和提高，将使购销和服务两者更为紧密地结合起来，这是现代商业经济活动的一大特性。

1.2.2　商业的职能

1．商品交换职能

商品交换职能又称为商流职能。商流，是指商品在从生产领域到消费领域的转移过程中，实现了商品价值的流通，即商品所有权的转移。这是商业职能中最基本、最主要的职能。商业的职能不是通过生产物质产品实现的，而主要是通过买和卖两次交换或两次更换商品所有权实现的。流通部门首先通过收购活动，即用自己的货币资本向生产部门购进商品，使货币转化为商品，完成第一次变更商品所有权的任务。但是，商品价值并没有最终实现。商品只有通过第二次交换或第二次变更商品所有权，即由流通部门将商品出售给生活资料消费者和生产资料消费者之后，商品才最后离开流通领域而进入消费领域，实现商品价值，从而使商流职能最终得到体现。

2．物流职能

物流职能又称为调节时空职能。物流，即商品从供应地向接收地的实体移动，在移动过程中，包含运输、仓储、配送、包装、装卸搬运、流通加工和信息处理等环节。商品购进，使商品所有权发生变更，一般会带来商品实体的空间运动。物流职能同样是商业职能中最基本、最主要的职能。

3．信息流职能

市场经济是信息经济。商业处在市场的最前哨，一头联系生产，一头联系消费。在组织商流和物流的过程中，必然会伴随着市场信息的流通。信息流是商品流通的综合反映。为了适应不断变化的市场状况，这就需要熟悉、分析和研究市场变化的趋势。信息的流通，既可以引导生产又可以指导消费，有效地促进和推动了生产与消费之间的交流，有利于生产者生产适销对路的产品，有利于消费者获得符合自己需要的商品。因此，信息流是商业的重要职能之一。

4. 垫支货币职能

商业在实现商流职能和物流职能的过程中，货币的投入和使用是十分需要的。当流通部门向生产者购进商品准备转售时，首先必须支付货币资本。但这些货币资本并不是由消费者预先支付的，而是由流通部门代替消费者预先支付的，然后再将商品出售给消费者，使商品再转化为货币。为了获取经济效益，商家的这种垫支货币是必要的。垫支货币也是商业的一种重要职能。

5. 提供服务职能

在商品流通过程中，必然伴随为消费者服务的问题。出售商品和提供服务，是统一的有机体，两者不可分割，这是商业特性所决定的。

在市场经济不断完善的条件下，商品结构不断调整，高新技术的消费品也在不断涌现。由于人们的消费水平和要求越来越高，势必要求现代商业不仅能提供一般性的服务，还需要提供与购销有关的连锁服务和满足消费者多种需要的增值服务。

1.3 商业的地位和作用

1.3.1 商业的地位

商业在国民经济生产和人民生活中占有重要地位，具体包括以下三个方面。

1. 商业是生产与消费之间的中介

交换是社会再生产过程中处于生产、分配和消费之间的中介，这是确定商业地位的理论依据。

2. 商业是工业与农业之间的桥梁

商业是工业与农业之间的桥梁，其实质是生产资料生产和生产资料消费之间的经济联系。工业生产部门需要农副产品和天然能源作为工业原料，如纺织厂需要棉花、化工厂需要石油，流通部门就要进行农副产品和天然能源的收购，然后把这些工业原料出售给工业生产部门；而农业单位和农民所需要的农业生产资料，如农药、化肥、农业机械，流通部门也要向工业生产部门收购这些农业生产资料，然后再出售给农业生产部门和农民。商业一头联系工业生产部门，一头联系农业生产部门，起着桥梁作用，从而满足这两大物质生产部门的各自需要。

3. 商业是城市与农村之间的纽带

商业是城市与农村之间的纽带，其实质是生活资料生产和生活资料消费之间的经济联系。城市居民需要农副产品，就要依靠流通部门向农村收购农副产品来满足他们的需要；农村的农民和乡镇居民需要日用工业品，也要依靠流通部门向工业生产部门（基本上集中在城市）收购日用工业品来满足他们的需要。商业一头联系城市，一头联系农村，在城乡之间起着纽带的作用。

1.3.2 商业的作用

商业的地位，决定了商业在社会经济发展中具有下列重大作用。

1. 促进工农业生产的积极发展

当前社会生产仍采取商品生产的形式。工农业生产部门把产品生产出来后，由处于生产和消费中介地位的商业，通过星罗棋布的批发和零售商业网点，以购销形式把生产部门生产出来的产品推向消费领域，输送到全国各地。流通部门积极地收购和推销工农业产品，既可以使生产部门的劳动耗费及时地得到价值补偿，为扩大再生产提供必要的资本积累；又可以使生产部门所需要的生产资源得到及时补充，从而保证扩大再生产的需要。

另外，商业还可以积极引导生产。发展市场经济，就是为了满足消费者日益增长的物质和文化生活需要。这就要求生产部门必须按照社会需要进行生产，流通部门必须按照社会需要进行经营。为此，流通部门除了要熟悉市场的供需变化外，还要了解生产发展的变化情况，并积极、及时地向生产部门反馈信息，以便对生产结构进行调整，使产、供、销衔接在一起。

2. 保障供应，满足需要

当前，在社会主义市场经济条件下，我国的个人消费品分配形式，基本上实行以按劳分配为主体、多种分配方式并存的制度。人们在参加社会劳动之后，企业根据其对国家和企业贡献的大小，以货币形式付给报酬。人们拿了货币，然后向流通部门购进自己所需的生存资料、享受资料和发展资料，以满足吃、穿、用、医、行、住等各种各样的消费；同时，一部分货币收入作为非商品性支出。流通部门根据生产部门的生产量和消费者的消费需要，大力组织数量充沛、质量完好、价格合理、适销对路的各种花色、规格、型号等商品，满足城乡居民日益增长的物质和文化生活的需要，以达到保障供应的目的。

3. 调节市场供需，稳定市场秩序

国有商业是我国社会主义市场经济的主体力量，有责任与其他所有制商业一起，调节市场供需、稳定市场秩序。商业的购销活动关系到社会生产和千家万户的正常生活，对国家的安定团结会产生极大的影响，绝不允许任何单位和个人乘改革之机非法涨价，人为地制造涨价风，扰乱社会主义市场经济秩序，损害国家和消费者的利益。

4. 促进经济发展，繁荣市场经济

促进经济发展，繁荣市场经济，除了依靠物质生产部门生产适销对路的商品外，商业的媒介作用同样是十分重要的。通过商业可以将这些物资在部门之间、地区之间、城乡之间进行合理、等价的商品交换。国家所有制工业与集体所有制农业之间的商品交换，主要通过商业的购销来完成。一个地区的生产和生活的消费需要，完全依靠自身是不能解决的，

而且地区之间还应相互支援、调剂余缺。这就需要流通部门加强地区之间的物资交流，特别应加强沿海地区和经济发达地区对少数民族地区、边远地区、山区和经济落后地区的物资支援，以达到共同发展的目的。

5. 有利于社会劳动量的节约

商业从生产中分离出来，是社会的一大进步。它有利于社会劳动量即人力、财力等方面的节约；同时，还可为许多生产者节约流通时间，让生产者腾出更多的时间专门从事生产活动，从而缩短了社会再生产时间。生产与流通的合理分工，是市场经济的客观需要。如果生产者兼销售者，既要从事商品生产，又要承担商品的推销任务，结果必然要挤掉一定的生产时间。消费者如果要买 5 种或 100 种商品，就必须与 5 个或 100 个生产者打交道，才能买到其所需的商品，既浪费了大量的时间、精力和财力，又会使消费者感到不便。因此，若有经营者作为媒介，这个问题就会迎刃而解，从而大大节约社会劳动量。

6. 实现国民收入的分配和再分配，为国家积累基金

国民收入先在物质生产部门内部进行初次分配，指的是劳动者在一定时期内创造出来的全部产品或价值，扣除已消耗掉的生产资料的价值后的剩余部分。实现国民收入在企业内部的初次分配，商业起着重要作用。因为生产企业生产出来的产品，不少是通过商业企业来购销的，使生产企业的产品转化为货币。此时生产企业的货币收入，仅仅是在形式上形成了国民收入的初次分配，产品的价值尚未最终实现。只有商业企业把从生产部门购进来的产品，作为商品出售给消费者后，商品转化为货币，产品的价值才能最终实现。若商业企业未能最终实现商品价值，则商业企业向生产部门的收购仅仅是一种垫支的形式，生产部门上缴国家的税利也只能说是形式上而不是真正的财政收入。

国民收入在经过初次分配之后，还需在全社会范围内进行再分配，以保证非生产部门支付工资和各项费用的需要。当前，在社会主义市场经济条件下，商业企业的价格调整，对国民收入以及对国民收入再分配的变动，都会发生很大的影响。例如，农产品收购价格的调整，会引起工业和农业之间、国家和农民之间收入再分配的变动；再如，商品零售价格的变动，会引起国家积累和个人消费之间分配比例的变动，等等。这些，都是调节国民收入再分配的重要途径。

国民收入经过分配和再分配以后，形成了积累基金和消费基金两大部分。积累基金主要用于扩大再生产，而消费基金主要用于提高人民消费水平。国民收入的分配和再分配主要借助货币来进行。要使这种合理的分配比例能够最终实现，必须保证货币形式的积累基金转化为相应的生产资料，消费基金转化为相应的生存资料、享受资料和发展资料均由于生产资料、生存资料、享受资料和发展资料均要通过市场来购销，流通部门就要组织和安排好这些资料的收购和供应工作，以回笼货币和实现价值，实现国民收入的分配和再分配。

7. 参与国际分工，创造更多外汇

目前，我国已经加入了 WTO，对外经济交往渐趋频繁，国内企业积极调整产业结构，参与国际分工，按照国际市场的需求组织生产和流通，并以进入国际市场为战略目标，积

极参与国际市场的竞争，力争为国家多创外汇。

案例 1.1　上海百联集团——中国商业的航母

按照我国的入世承诺，到 2004 年年底，我国的分销领域将全面开放。面临国际大型零售企业的竞争，国内的连锁企业如何利用有限的时间加快发展已成为当务之急。我国商务部组建以后，提出在 5~8 年的时间内培育出 15~20 家拥有著名品牌和自主知识产权，主业突出，核心竞争力强，初步具有国际竞争力的大型流通企业集团。可以说组建商业航母是在国家的号召下进行的。

2003 年 4 月 24 日，由原上海市商委直属的上海一百（集团）有限公司、华联（集团）有限公司、友谊集团有限公司和上海市经委直属的物资（集团）总公司归并整合而成的上海百联集团成立。组建后的百联集团，总资产超过 280 亿元，年销售规模可达到 700 多亿元，其旗下拥有上海一百、华联商厦、联华超市、华联超市等 7 家上市公司在内的一大批知名企业，几乎涵盖了零售业所有业态，这是目前国内最大的商业集团。

1.4　批发企业与零售企业

1.4.1　批发企业

1. 批发企业的含义

所谓批发，就是以"趸买趸卖"为特点的一种交易方式。批发企业就是向生产部门或向其他商业企业购进商品后转售给零售单位用做转售以及供应给生产单位用做加工的、专门从事"趸买趸卖"交易方式的商业经营组织。

2. 批发企业的特点

通常，批发企业具有下列特点。

（1）流通领域的起点或中转站。批发企业处于流通领域的起点或中转站。直接从工业生产部门购进商品作为转售之用的谓之流通领域的起点；批发企业是向另一个批发企业购进商品作为转售之用的谓之流通领域的中转站。前者，商品从生产领域转入流通领域；后者商品仍在流通领域内辗转。当然，若把商品直接转售给生产部门用做生产资料消费，那批发企业就成为了流通领域的最终环节。

（2）"趸买趸卖"的现货交易方式。批发企业在每次购销商品时，一般都采取大量的现货交易，商品所有权当即发生了变更。当批发企业转售商品时，除了直接供生产部门用做生产资料消费实现了商品价值和使用价值外，大部分供转售用的商品，虽商品所有权在发生变更，但商品仍在流通领域内辗转，其商品价值与使用价值未能得到最终实现。

（3）以批发价格作为出售单价。批发企业出售商品时，应考虑对方的经济利益，使对方能获得一定的批零差价收益。若对方是商品转售者，也可考虑批量大而给予对方批量作价优惠。

（4）把批零企业与个体工商户作为主要的销售对象。批发企业一般是将商品供应给商业批发企业、零售企业和个体商贩用做转售，或者供应给工农业生产部门和小商品生产者用做生产资料或店铺货源。

（5）显现商品的聚集和辐射能力。批发企业资本大，活动范围大，联系面广，它可以把工农业产品集中起来，负责把社会产品从产地运到销地，以满足生活资料消费和生产资料消费。

3. 批发企业的类型

批发企业可按"流通和业务环节"、"经济发展趋势"和"批发规模"等进行分类，下面分别予以介绍。

（1）按流通和业务环节进行划分，批发企业可分为下列 4 种。

① 销地批发企业。销地批发企业一般也称为消费地区批发企业，设置在销售和交通方便以及消费者集中地区。销地批发企业的设置要考虑消费地区的人口密度、消费水平、消费爱好和消费结构等因素。它直接把购进的商品转售给零售企业和个体商贩，其规模大小与商品结构主要取决于消费地区的人口密度、消费水平和消费结构等，是批发与零售之间的中介环节，也是批发的终端环节。当然，销地批发企业也可以直接向产地的生产部门收购商品，此时它是生产领域与流通领域的中介环节，也是批发的起点。

② 口岸批发企业。口岸批发企业应设在沿海、沿江等航路发达和交通方便的城市，以便于聚集和疏散商品，其主要任务是接受国外进口商品，然后再销售和调运到全国各地。它的规模大小和商品结构取决于对外贸易的发展程度，是国外市场和国内市场的中介环节。

③ 中转批发企业。中转批发企业主要设置在交通四通八达的中心地区，有利于商品的聚散，能起到促进生产、便于销售的作用。它的规模大小和商品结构主要取决于交通状况、生产发展状况和消费水平状况等因素，一般是批发与批发之间的中介环节，其商品始终在流通领域内往返循环。

④ 产地批发企业。产地批发企业一般设置在某些生产产品的集中地且交通又方便的地方或设置在交通方便、离生产地较近的地方，这样便于收购聚集后再供应给中转批发企业或销地批发企业用做转售及供应给有关生产部门。产地批发企业应主要考虑能否适应生产、服务生产、促进生产；同时，又要考虑集散的方便，以有利于销售。

（2）按经济发展趋势进行划分，批发企业可分为下列 3 种。

① 专业化批发企业。专业化批发企业指与专业化生产部门建立工商或农商关系，实行总经销、总代理等形式的批发企业。

② 综合性批零兼营企业。综合性批零兼营企业指以批发业务为依托，同时与零售连锁商店或零售企业相联合，建立紧密型的批零连锁网络的企业。

③ 工商一体化批发企业。工商一体化批发企业向工厂投资或组建工商联营企业，以减少或消除工业自销与商业批发企业之间的矛盾。

（3）按批发规模进行划分，批发企业可分为下列 3 种。

① 大型批发企业。大型批发企业一般处于流通领域的第一道环节，主要设在既是交通枢纽和进出口口岸，又拥有生产相对集中优势的大城市，如上海、天津、广州等地，其主

要任务是采购货物，然后向全国批发机构和零售企业进行批发供应。

② 中型批发企业。中型批发企业一般处于流通领域的第二道环节或中转站，即向大型批发企业购进商品或向全国各地的工农业生产部门收购货源，主要设在省、市、自治区内生产集中的城市和交通方便的地区，负责本地区或全国部分商品的收购和供应。

③ 小型批发企业。小型批发企业又称为基层批发企业，通常是向大、中型批发企业进货或向市、县级收购点进货，主要是方便本地区零售商店和个体商贩的进货。因此，小型批发企业一般设在交通比较方便的地区，如各地的食品批发市场、服装批发市场等。

需要说明的是，目前的商品供应已不再是大、中、小批发企业循序流转，只要主观和客观条件具备，在任何城市都可以随意设置批发企业。

1.4.2 零售企业

1. 零售企业的含义

所谓零售，就是以"零"为特色、以"售"为中心的一种交易方式。零售企业就是专门从事于这种交易的商业经营组织。零售企业的经济活动直接关系到每个人的生活消费。零售企业主要向生产企业或批发企业购进商品，然后转售给城乡居民用做生活资料消费和供应社会集团用做非生产性消费（即团购），其职责就是向消费者提供生活用品。有些零售企业，特别是市郊和农村的零售企业，还要兼售部分工农业生产资料。同时，在零售交易过程中，零售企业还需提供一些相关售前、售后的服务。

2. 零售企业的特点

通常，零售企业具有下列 4 个特点。

（1）零售企业是流通领域中的终端环节。物质生产部门生产出来的产品其最终目的是进入消费领域用做生活或生产资料消费，但首先得进入流通领域。即使是生产企业直接进行销售，实质上这种销售过程也是一种商品流通过程。一般来说，流通领域里的第一道环节是批发企业，然后由批发企业将商品转售至流通领域中的零售企业，最终再由各地零售企业和商业网点将商品出售至消费领域，从而结束流通过程，实现商品价值，起到流通领域的终端作用。

（2）零售企业以现卖零销作为交易方式。零售企业出售商品时，一般采用现卖零销方式。虽然大型零售企业在购进商品时数量很大，但最终销售时商品总是以现卖零销的方式进入消费领域。

（3）零售企业以零售价格作为出售单价。零售企业在出售商品时，一般是按零售价格作为销售单价。但零售企业兼批发交易时也可视批发量多少灵活作价出售。

（4）零售企业以生活资料消费者作为主要的销售对象。零售企业的交易对象，主要是个人生活消费者和用做非生产性消费的社会集团。极少数的零售企业也兼售商品给部分小商品生产者。

3．零售企业的类型

零售企业可按"零售规模"和"经营范围"进行分类，下面分别予以介绍。

（1）按零售规模进行划分，零售企业可分为下列3种。

① 商店。商店是单一型的零售企业，主要通过店堂由售货员把商品直接销售给最终消费者。商店一般分布在居民生活小区附近以及乡村，通常采取传统式方式售货。目前，各大城市的连锁便利店、士多店都属于这一类型。

② 商场。商场是零售商业的一种特殊组织形式，由经营各种不同商品的商店、货摊、货亭等组成，可多方面地为消费者服务。有的商场是一个经济实体，商场内的各商品部（柜）等作为商场的附属部门；有的商场仅仅作为职能管理部门，商场内的各商店等均作为一个自负盈亏的独立的经济单位。集市贸易、农副产品贸易市场和小商品交易市场，也是零售商业的一种经营组织形式。

③ 超级市场。营业面积一般在3万平方米以上，大多设在远离市中心的边缘地区或居民区附近，出售的商品大多是食品和日用工业品；其商品大类不及大型百货商店多，但某几类商品品种，却能大大超过大型百货商店，一般皆在万种以上。超级市场的出现，人们称之为"零售商业的第二次革命"，如现在的麦德龙、家乐福、好又多、乐购等。

（2）按经营范围进行划分，零售企业可分为下列3种。

① 专业商店。专业商店一般只经营一种大类或几种大类的商品，大类少而品种、花色、型号、规格、品牌等齐全。例如，皮鞋、服装、电视机等专业商店；经营某一类专业商品中的小类商品，如经营皮鞋中的女式皮鞋或儿童皮鞋，服装类中的女式服装或男式服装等，使消费者有充分挑选商品的余地。

② 综合商店。综合商店经营的商品大类多，而品种、花色、型号、规格、品牌等较少，主要是为了满足商业网点稀少地区居民的日常生活需要。当前，在我国新建的居民新村中，开设此类商店较多。

③ 百货商店。百货商店一般来说，经营的商品大类较为广泛，而品种、花色、型号、规格、品牌等也较齐全。19世纪20年代，百货商店首先出现在法国，19世纪末传至美国，并逐渐发展为百货公司。我国到20世纪才出现新型的百货公司。这种百货公司，除了出售商品的花色、品种繁多外，还附设休息室、旅社、音乐室、电影院、剧场、酒楼、茶室、咖啡馆、阅览室、小型银行、托儿所、车队等，为消费者提供综合性服务。例如，广州的广百百货、新大新百货等。百货公司的出现，是对千百年来传统式小规模零售商业的一种突破，西方把它的产生和发展称为"零售商业的第一次革命"。当今的大型百货商店，有的称之为商厦或购物中心。

案例1.2　2005年中国零售业百强前10名现状

2005年中国零售业百强前10名的业态分布如下：以经营连锁超市为主的企业7家，占10家企业的70%；以经营连锁专业店为主的企业3家，占10家企业的30%（见表1.1）。

表 1.1 2005 年中国零售业百强前 10 名现状

名次	企 业 名 称	年销售总额/亿元	比 2004 年递增/%	业 态 类 型
1	百联（集团）有限公司	720.7	6.6	百货店 / 超级市场 / 便利店
2	北京国美电器有限公司	498.4	108	家电专业店
3	苏宁电器集团	397.2	79	家电专业店
4	华润万家有限公司	312.9	184	百货店 / 超级市场
5	大商集团股份有限公司	301.2	30.5	百货店 / 超级市场 / 其他
6	上海永乐家用电器有限公司	217.6	35.7	家电专业店
7	北京华联集团投资控股有限公司	208.0	30	百货店 / 超级市场
8	物美控股集团有限公司	190.7	43.6	超级市场 / 便利店
9	农工商超市（集团）有限公司	175.5	28.1	超级市场 / 便利店 / 折扣店
10	家乐福（中国）管理咨询服务有限公司	174.4	7.4	超级市场

资料来源：中国连锁经营协会网站。

复习思考题

1. 什么叫商业？商业具有什么特征？
2. 商业有什么作用？
3. 零售企业有哪些类型？

【本章案例阅读与思考】

上海华联超市的连锁经营

上海华联超市公司成立于 1992 年 9 月，是上海华联商厦股份有限公司全额投资的子公司。自 1993 年 1 月开出首批 6 家门店以来，经过 9 年的艰苦创业，企业不断开发与完善管理系统，积极推行现代企业制度和规范化管理，以迅猛的增长势态在竞争中崛起，逐步形成了以连锁经营为特征、以开拓全国市场为目标的，具有集约化、自我滚动扩张能力的连锁企业。截至 2000 年 12 月，该连锁企业已拥有连锁门店 682 家，拥有加盟店 474 家，占门店总数的 79%，在全国超市行业中处于领先地位。2000 年 10 月，公司经过改制成功上市，更名为华联超市股份有限公司（以下简称华联超市），成为中国连锁超市第一股。2000 年，被中国连锁协会授予超市行业唯一的"2000 年度优秀特许品牌"，是中国民族零售业的代表企业之一。

华联超市在经营过程中主要从以下几个方面体现其连锁经营的特色。

一、充分发挥开发系统的职能

华联超市创办伊始，开发部门就面临着一个取向问题，那就是怎样办超市，办什么样的超市，如何办超市。超级市场经营与传统的零售业经营完全不同，它是一个科技含量高、专业化程度高的行业。在中国，当时没有创办超市的成功经验，于是华联超市创办者华洲带领开发部门一班人考察、学习了许多发达国家大型超市公司的成功经验，经反复推敲、研究，最后统一了认识，决定借鉴国外先进的经营管理模式，创办符合中国国情的超级市场。

在引进国外先进经验的同时，他们认真分析了1985年上海第一批"超市热"失败的原因，并把失败的因素归结为几个要点：一是商品供应不足；二是消费水平不高；三是经营装备落后；四是规模小，投资大，成本高，回报率低。1993年1月，上海华联超市首期6家门店同日开业，并在1年内增加到11家。2000年年底已发展到682家，网点遍布上海市各区县，并辐射江苏、浙江、安徽、江西、山东、河南、山西、辽宁等省市。无论是从经营规模、发展速度方面，还是从销售额、赢利水平等方面，华联超市在上海市乃至全国超市行业中均处于领先地位，为中国市场零售业的规模化和推进连锁经营的发展提供了成功经验。

华联超市刚成立时，开发部门对使用什么样的装备有着几种不同的见解。有人认为，引进国外设备、设施的成本高、耗资大，难以承受。公司决策者华洲等人却认为，选择设备、设施所追求的目标是质量好而不是价格低。选择质量好的设备虽然投资大，但能保持正常运转和正常营业。就拿选择冰柜来讲，如果片面考虑投资问题，冰柜质量不好，经常出问题，既影响正常营业，又会产生冷冻商品变质的问题，真是得不偿失。所以，在设备、设施的选择问题上，一定要追求高质量、高标准。

通过考察与学习，华联超市充分体会到，超市的科技含量高，因素之一就在于它的设备、设施方面，设备、设施落后，就无法适应超级市场所特有的连锁联动功能，无法营造舒适的购物场所，不能有效利用营业空间，无法提高劳动效率等。因此，华联超市决心引进国外先进设备、设施，并在超市开设过程中实行统一设计，统一装潢，统一布局；此举得到华联商厦股份有限公司董事长张达夫的大力支持，一次投入7 000万元用以设备、设施的引进等。

华联超市在引进设备、设施工作中，没有生搬硬套国外模式，而是根据我国国情，根据国内现有条件，逐步消化、吸收。例如，华联超市刚成立时，有人建议全面实行计算机联网，并且要立刻照搬国外的做法。而当时，国内软件设计未达到这一水平，有条形码的商品比例还不到30%。按照超市的一般规律，在条形码商品占全部商品的80%以上时才可以推行POS信息系统。若勉强推行计算机联网，需耗资120万元左右，而且长时间收不回来。最后，他们虽然没有采取立即推行计算机联网技术的建议，但是，在华联超市创办初期，开发部就着手为这一技术进行充分的前期准备。例如，在选择收银机时，考虑到公司不久将要推行POS信息系统，因此引进了国际一流水平、具备条形码识别、可以和计算机联网的多功能收银机。

二、强化供货系统的运作功能

华联超市把建立强有力的总部指挥和领导机制作为工作重点来抓。首先，华联超市制定了所有直营连锁和加盟连锁都必须执行的五个统一的原则：①招牌和装潢格调统一，以此树立企业统一的识别系统；②采购制度的统一，即所有商品都由总部统一采购，统一货款结算；③价格统一；④服务和管理标准统一；⑤门店作业方式统一。这五个统一制度定起来容易，但实际操作起来并非易事。就拿统一采购制度来讲，当时，商品流通领域盛行回扣风，如果此风在超市滋生，伪劣商品难免乘隙流入超市，既坑害消费者，也损坏超市形象。为此，华洲总经理制定严律，明文规定：超市门店无权采购进货，违者撤职。采购统一归口后，包括公司总部领导在内，任何人不准插手和说人情。有一个门店店长，与厂方洽谈进货业务，公司发现后，立即予以除名。令行禁止，大大强化了公司集权，维护了消费者的利益，提高了员工素质，树立了公司的形象。

华联超市持之以恒地将商品质量作为竞争的首要因素，并按照"大质量"的概念，把服务和价格包容在商品质量之中。1993 年建立商品进货渠道审查，商品标签、标志、包装、质检等规范操作体系；1995 年率先推出"捉一奖十"的承诺，并筹备了 20 万元的商品质量赔偿资金；自 1995 年起每年与供应商共签"华联超市商品质量保证协议"；1996 年推行"有效商品临界保质期"规定，即在商品保质期前留出一个时段，以警示销售期限（如 3 年保质期的商品提前 5 个月撤柜，1 年保质期的商品提前 1 个月撤柜，半年保质期的商品提前 20 天撤柜，1 个月保质期的商品提前 5 天撤柜，3 天保质期的商品需在当天全部售完）；同时，公司建立和完善了商品质量的三级网络。通过一系列的质量保障措施，使"华联无假货，件件都放心"的消费观念深入人心。

华联超市采用配送中心送货，可大量压缩门店的仓储面积，降低仓储费用和运输费用。配送中心使用现代化管理技术后，可降低商品的损耗率和流动资金的占用率，使连锁超市的物流成本大大低于单体超市和附属形态的超市。采用配送中心送货是超市公司提高经济效益的关键所在。

华联超市虽然在一开始就借鉴国外先进经验，设置了配送中心，但当时只是一个雏形。随着超市网点的迅速增加，门店中许多畅销产品经常断档，这个问题只有通过配送中心的运作才能解决。因此，1995 年，公司又投资扩建了配送中心，使仓库面积增加到 16 000 平方米，运货车辆由 1993 年的 1 辆增至 40 辆。

公司对配送中心的进货过程和发货过程，制定了明确、严格的要求和规范的操作制度。要求仓库收货员在验货时，首先必须核对厂商开具的发票是否与订货商品、实际商品一致，然后检查商品的包装情况，这一切都准确无误后方可在厂商送货单上签字并将商品入库。商品入库时，要立即制作仓卡，标明商品的品名、入库时间和货位，最后将仓卡和厂商开具的发票按规定时间送到采购部，采购部要立即开出收货单，并将商品内容记入商品发货单中，使入库的商品进入可配状态。

华联超市对公司的发货制定了更加严格的工作流程控制规定。华联超市规定，不论是对内或对外发货，发货单必须由仓库主任亲自查验，查验是否有采购部的发货印章，辨别印章真伪，核对发货单的有效期。一切无误后，方可按发货单上开具的商品组货、配货，按已制定好的运送计划和时间准时送货。

三、实行严格、科学、规范的门店营运与管理

华联超市创办以来，一直以认真、科学的态度对待每一个技术问题，制定规范的制度，实行严格、科学的门店管理，取得了较好的效果。为了使顾客有一个舒适的购物环境，华联超市不但统一引进了先进的设备、设施，还采取了科学、统一的商品陈列管理，提出"陈列艺术产生艺术销售"的观念，让商品通过艺术陈列，充分得到展示，使顾客产生随机消费、购物的欲望。在员工操作规程上，实行标准管理，在统一装潢、统一设施和设备、统一采购、统一配送、统一价格、统一结算等几个统一以外，还制定了一整套的管理标准，要求总部、各分区、各连锁门店在工作中规范执行，从而使管理工作达到不因人员调动、岗位替换而走样的目的。

华联超市还根据超市经营各方面工作的需要，先后制定了 49 项管理制度和操作规范，内容涉及教育培训、商品质量、服务质量、物价、运输、收银、理货、商品陈列、商品配送、安全保卫等。每项制度都有详细的条文。

由于有一整套必要的规章制度去约束每一位员工，因此保持了超市经营的一致性和规范化。为了使每项规章制度在长期的运作过程中不走样，公司还建立了严明的考评奖惩制度。若发现违反规章制度或不按操作规范操作的，则记录在案，并追究当事人责任和扣罚奖金，追究门店经理与区域督导的责任。在处理中决不搞"下不为例"。对故意违反规章制度的，不论职位高低，均调离工作岗位，甚至予以辞退。各项规章制度的配套实施和严格执行，使员工养成了令行禁止的良好风气。管理的科学化、规范化造就了员工良好的工作作风，培养了员工良好的个人素质，企业员工整体素质的提高，使企业在激烈的市场竞争中不断拓展、壮大。

四、建立自己的教育培训基地

为了适应华联超市的快速发展，必须配有大量训练有素的各级管理人员和专业人员。为此，华联超市果断借鉴国外先进经验，于 1995 年 6 月成立了"华联超市连锁经营进修学院"。学院的前身是学习班和培训中心。在实践中，这两种形式已无法适应华联超市快速发展急需大量管理人才和经营骨干的要求。学院成立后，实行 3 个月全脱产学习，但是这样培养出来的学员走上岗位后，缺乏实际操作的经验，于是，华联超市又参照国外大型企业办学经验，修改教学大纲，实行边学习理论、边从事实践的教学模式，形成了一套三个相结合的进修方法：即理论与实践相结合，课堂教学与实务考核相结合，学分积累与跟踪训练相结合；鼓励人才脱颖而出，鼓励学员全面发展，形成了人才破格提升的激励制度。学院依据学员的学分积累与门店训练、跟踪考核情况，做出总体评定和"推荐职务意见"报华联超市总部，由总部对学员量才录用，使华联超市形成了一个生机勃勃的用人机制，提高了职工的综合素质。

几年来，华联超市逐步形成了 400 多套规章制度，编制了指导经营活动的专业化技术标准，规范华联超市运作的各个环节。华联超市创建了自己的连锁进修学院，所有员工上岗前都经过严格培训，目前已为本企业及社会其他超市公司累计培训各类连锁经营管理人才 15 000 余人。华联超市在 1998 年 9 月获得 ISO 9002 "经营连锁超市形式商品与百货的销售"国内认证书；1999 年 5 月通过了新加坡国际认证有限公司的审核，获得了 ISO 9002 "商品及日用百货连锁经营管理输出"认证书，成为我国超市行业首家取得加盟连锁管理输出模式的国际认证的连锁超市公司，拥有了走向国内外市场的扎实管理基础，可在中国、日本、新加坡、澳大利亚、新西兰、菲律宾、泰国、韩国等八国进行加盟连锁管理输出。

"华联超市连锁进修学院"是上海市教委特许颁发结业证书的全国第一所连锁超市企业自己创办的教学机构，它开创了我国连锁经营教学的先河，是我国连锁超市企业走向成功和成熟发展的标志之一。它为华联超市的快速发展奠定了坚实的基础。

案例来源：张晔清. 连锁经营管理原理. 上海：上海立信会计出版社，2006.

第 2 章 连锁经营的发展与比较

【学习要点】
- 连锁经营的起源与发展阶段
- 国内外连锁经营的发展概况
- 连锁经营发展的比较与启示
- 连锁经营的发展趋势

2.1 连锁经营的起源与发展阶段

2.1.1 连锁经营的起源

早在公元前 200 年的西汉时期，就有个中国商人拥有多家店铺，这称得上是连锁经营最早的萌芽。

近代连锁经营产生于美国，到现在已有 130 多年历史。世界上第一家近代连锁店是美国的"大西洋和太平洋茶叶公司"，它成立于 1859 年。这也是当时世界上最初的正规连锁公司。当时，美国已经基本完成了全国范围内的铁路网建设，随后又建成了全国范围的通信网络。新式、快捷的通信和通信工具为零售企业提高经营效率、增加效益提供了条件。他们可以与更远的供货商建立紧密的业务联系，也可以用一切便利的通信和交通设施与其他地区的零售店加强联系；最关键的是，可以用较低的费用将商品运送给消费者。所以，1865 年"大西洋和太平洋茶叶公司"的连锁店就发展到了 25 个，并开始增加食品经营，也同样获得成功。到 1880 年，该公司已拥有 100 家连锁店。"大西洋和太平洋茶叶公司"的惊人成功引起了众多企业的仿效。

2.1.2 连锁经营的发展阶段

1. 连锁经营的初级发展阶段

进入 20 世纪以后，连锁经营在美国得到了迅速发展，并开始传入欧洲，在欧洲主要发达资本主义国家中获得了初步发展。20 世纪 20 年代后期，连锁经营已经在零售业领域占据了重要的位置，成为主要的零售方式之一。

这一时期，自由连锁经营模式开始进入亚洲，并在日本获得快速发展。到 1937 年前后，日本相继出现了大东京瓷品连锁、大东京文具连锁、大东京连锁店联盟等 30 余家自由连锁商店。与自由连锁经营快速发展相伴随，特许连锁也开始在日本出现。

20 世纪初期，伴随着美国汽车产业、加油站和罐装饮料业的迅速发展，一种通过合同有偿转让经营特许权，并按规定进行经营的特许经营方式开始出现。后来这种特许经营方式逐步扩展到了其他零售、饮食、服务等领域，成为连锁经营的第三类形式。

20世纪20年代至30年代，随着汽车的出现、郊区的发展以及消费者活动性的大大增强，适应这种变化的连锁经营开始迅速发展并获得巨大成功，整个连锁企业的销售额已达到零售总额的20%左右。但到了20世纪50年代，由于受到西方资本主义国家经济大萧条和第二次世界大战的影响，连锁经营的发展受挫，连锁企业的数量有所下降，发展速度有所减缓。

2. 连锁经营的高速发展阶段

20世纪50年代以后，由于第二次世界大战结束后交通运输系统的飞速发展、电子计算机技术的广泛应用、高速公路的建设以及汽车运输的迅猛发展，使规模巨大而布局分散的连锁经营企业的统一采购和统一配送成为可能。先进的电子计算机技术在销售活动和商业管理上的广泛应用，也为连锁经营企业实施高效、统一的管理提供了保障。20世纪70年代后期，计算机互联网技术开始在大型连锁经营企业中使用，连锁经营企业得以实现统一的电子系统管理，保证了经营管理的高速度和高效率，使连锁经营的规模化、专业化、规范化优势充分显现。

这一时期，西方资本主义国家的连锁经营继续大幅度地向前发展，连锁企业在各种类型的零售业中均占据了主要位置。20世纪70年代前后，特许连锁陆续传入欧洲、美洲、亚洲的许多国家和地区。在此阶段，连锁经营在亚洲也获得了相当程度的发展，泰国、新加坡、中国香港等亚洲国家和地区从20世纪50年代开始陆续尝试发展连锁经营。在日本，20世纪50年代中期以后，日本开始组建批发企业主导型自由连锁组织；20世纪60年代，日本推行零售商业连锁化政策后，更是有计划、有组织地对自由连锁进行培育、强化、启蒙和普及，特许连锁也于20世纪60年代进入日本并获得飞速发展，到20世纪70年代在各行各业中都得到了广泛的应用。

3. 连锁经营的现代发展阶段

20世纪80年代以后，连锁经营进入现代发展阶段。在这一阶段，连锁经营在西方发达资本主义国家的发展已经达到相当成熟的程度，此种经营模式已经为西方发达的资本主义国家所普遍采用。许多采用连锁经营形式的零售企业在企业经营管理、物流等方面的技术已经标准化，使得零售业和服务业等传统第三产业焕发出了新的活力，形成了一种新型的工商关系。连锁特许加盟体系作为现代商业活动中最流行的经营形态，已经在发达国家的零售经营中占据了主导地位，其销售额一般都要占到零售额的1/3以上。

20世纪80年代以来，连锁经营开始向各行各业发展。连锁经营从零售业开始，在初步发展阶段开始向餐饮、汽车、食品、服装、图书等行业扩展，现代发展阶段的连锁经营则利用其自身优势迅速向其他行业渗透，不再局限于零售、餐饮等少数传统行业，而迅速扩展到非食品零售业、不动产业、旅馆业、租赁业、清洁维护业、休闲旅游业、健身美容业、教育培训业以及为企业提供服务的会计、税务、广告、中介、印刷业等商业服务业、职业技术培训等，经营范围极为广泛。

如今，连锁经营几乎无处不在，与人们的生产、生活紧密联系在一起。

2.2 国外连锁经营的发展概况

2.2.1 美国连锁经营的发展概况

1859 年，世界第一家现代连锁店（大西洋和太平洋茶叶公司）产生于美国。在 100 多年的历程中，连锁经营从零售业开始发展，然后拓展到餐饮业、酒店业、汽车经销业、房地产业等，带来了零售业的"第三次革命"。从全球范围看，美国连锁业的发展始终充当着"领头羊"的角色。迄今为止，美国仍是世界上最发达的连锁业大国。

美国连锁业的发展状况，只要回顾一下其发展的历史，我们就能大致了解。美国连锁业的发展可划分为四个阶段。

1. 开始阶段

19 世纪中叶至 20 世纪 50 年代。自第一家连锁企业成立后，不少连锁企业相继开业，到 1914 年，全美国有连锁店 2 000 家上下，其分店也不过 2 万家，营业额近 10 亿美元。到 20 世纪 20 年代，连锁商店组织开始逐渐在美国零售业中占据一席之地，并掀起了发展高潮。连锁商店的销售额占整个零售业的销售额比重从 1919 年的 4% 上升到 1929 年的 25%。美国连锁商业在 20 世纪 30 年代的发展很快进入成熟期，后来的 20 年里，进入一个回落期。20 世纪 50 年代后，随着战后经济的繁荣，人口的增长及城市人口向郊区转移，又给连锁商业的发展带来了新的契机。总而言之，在 20 世纪 50 年代前，美国连锁业以"商标商品连锁"为主要方式，连锁店主要借助总公司的商品和商标名，而在经营管理制度方面没有统一。这一阶段可称为美国传统连锁商业的开始时代。

2. 黄金阶段

20 世纪 50 年代至 80 年代。二战后，美国高速公路网的建成、计算机技术的普及、自我服务的销售方式多种营销策略的兼容并蓄，都促成了美国连锁商业在这一时期的高速发展，这一阶段可称为连锁商业的黄金时代。

3. 发展阶段

20 世纪 80 年代至 90 年代。20 世纪 80 年代，美国连锁业进入了一个全面的开拓和渗透时期，也称为第三代现代连锁加盟店发展时代。相对于第一代的"传统"和第二代的"现代速食"，进入了第三代的"形式"连锁加盟系统，其特点是将第二代的经营手法多元化，利用连锁经营的优势向其他行业渗透，不再局限于零售业、餐饮业等少数传统行业，而扩大到非食品零售业、旅馆业、不动产业、租赁业、健身美容业、清洁维护业、休闲旅游业、教育进修业、商业服务业等。这样，不但拓展了加盟业的领域，而且最显著的特点是服务业巨大的潜能正在发挥出来。特别是商业，如会计、广告、税务、职业技术培训、中介服务、宴会接待、印刷宣传业等针对企业需要的各项服务应有尽有。

4．连锁加盟店的全球化阶段

20 世纪 90 年代至今。20 世纪 90 年代以来，随着科技的发展、信息的迅捷、国家间同类企业间的经济往来日益密切，连锁加盟在经济全球一体化的潮流中进入了一个全球化的时代。这一时期，美国连锁业凭借其雄厚的资金、成熟的技术，野心勃勃地占领着海外市场。

据美国商务部的统计资料表明，目前美国海外加盟店的连锁总公司近 400 家，总加盟店高达 30 000 多家。与 1971 年相比，短短十余年，美国向海外拓展市场的公司竟增加了 1.5 倍，而加盟店则增加了 10 倍。

今天，大"M"字的金色拱门商标，已不只简简单单代表美国式的商品与服务，它同时也意味着销售美国式的生活方式以及美国的商业文化。更值得深思的是，透过美国的连锁加盟系统，新近形成的社会新形式——以创业精神为核心的企业社会，也开始大量输出，使美国本身的社会结构产生了深刻变化，即由大量以生产为基础的产业社会，变为由连锁加盟表现出来的以创业精神为核心的企业和社会。同时，这种变化通过海外企业影响其他国家和地区，使连锁经营从中得到新一轮的发展。

2.2.2　日本连锁经营的发展概况

日本连锁经营企业最大的组织是"日本连锁店协会（Japan Chain Stores Association）"。该协会制定的会员企业标准是，在全国必须拥有 11 家以上商店，且年销售额不少于 10 亿日元的零售企业。这一标准着眼于商店的具体经营活动或经营规模，符合此标准的实际上只是开展连锁经营的零售企业中的一部分。截至 1999 年 3 月，日本连锁店协会共有正式会员企业 121 家；其中，年营业额最高的几家会员企业，如大荣、伊藤洋华堂、Jasco（佳世客）、麦卡尔、西友等，从其经营形态来看，同时又是"日本式超级商店"，而 7-11、Lawson、Family mart 等会员企业则又属于便利店范畴。另外，一些不是该协会会员的零售企业实际也在采用连锁经营方式，如属于专卖店的 Yodo Bashi 照相器材商店、青山服装店等都是日本人所熟悉的连锁经营企业。可见，日本所谓的"连锁店（chain store）"实际上并没有明确的定义，连锁经营只是企业的一种特有经营方式。

由于分类标准的原因，目前尚无法对日本所有采用连锁经营方式的零售企业的情况做出统计，但总的趋势是，与其他主要发达国家一样，连锁经营在日本的零售业领域扮演着越来越重要的角色。

在供给过剩、消费过剩的年代，日本国民可支配收入下降，个人消费持续下降，致使日本许多中小商业企业倒闭，甚至像庄胜这样的大集团也无法幸免，大荣也发生了经营危机。众多商业企业究竟应怎样渡过难关，寻求生存之道，这是其首先要解决的问题。据了解，新世纪日本零售业将以变求存，以廉求利。日本流通业的一家著名机构，培格赛斯（意为连锁商摇篮）俱乐部，拥有 1 000 多家连锁经营商会员。会员年销售额达 24.1 万亿日元（约合 2 200 亿美元），占日本零售总额的 24%。该俱乐部半个世纪以来指导日本连锁经营商由小到大，再到超级巨商，取得了巨大成就。其旗下不乏许多已发展成名的会员，包括该行业龙头老大大荣、伊藤洋华堂、庄胜等。培格赛斯俱乐部的核心智囊人物为其会员建议的新世纪经营方针、政策，其内容值得我国借鉴。

众所周知，日本流通业长期以来一直以划界、细分化市场为序开展经营，相互竞争关系不强，特别是几乎没有直接竞争关系。但自 20 世纪 90 年代中期以来，一方面面对来自美国的压力，另一方面是日元升值、国际市场冲击、众多制造业外移造成的压力，部分企业率先打破了原有市场秩序，缩短流通过程，减少流通环节，开拓新渠道。期间"价格改革"作为调节机制发挥着巨大作用，压迫日本流通业不得不改变传统经营方式，开始寻求以变求存、以新求生、以廉求利的振兴之路。

2.2.3　欧洲连锁经营的发展概况

欧洲的市场经济在发展模式、发展进程等方面与美国相比有比较显著的差别，所以连锁经营在欧洲的发展，必然带有欧洲浓厚的文化、经济色彩。英国、法国、德国代表了欧洲连锁经营的情况。

1．法国连锁经营概况

法国连锁经营从结构上说有两大特色：一是中小型连锁店众多，二是大型连锁店在总营业额中占较大比重。例如，家乐福（Carrefour）是仅次于沃尔玛的世界第二大商业零售集团，经营业态包括七大种类；2002 年的零售额为 650 亿美元，排名全球零售第 2 强。法国著名的连锁企业还有英特玛诗（Intermarche）、欧尚（Auchan）、勒克莱尔（Eleclerc）、卡西诺（Casino），这些企业的排名均在全球零售 30 强之内。

2．英国连锁经营概况

英国的连锁经营自 20 世纪 70 年代以来，多种连锁系统发展特别迅速，逐渐形成了巨大的销售网。玛莎公司曾是英国最大的百货连锁商店，成立于 1894 年，其创始人是米高·马格思，刚开始只是走街串巷、摆小货摊，但他凭借自己丰富的阅历和对普通顾客的了解，探索了一套发展业务的新方法。玛莎公司（又叫马克斯思班塞，Marks and Spencer）2002 年零售额为 120 亿美元，排名全球零售 50 强之内。英国其他著名的连锁企业有：桑斯博里（JSainsbury），2004 年全球零售百强排名第 21 位；翠丰（Kingfisher），2004 年全球零售百强排名第 32 位；隋福威（Safe Way），2004 年全球零售百强排名第 44 位。

3．德国连锁经营概况

德国连锁系统风格独特，已成为德国普遍的商业企业组织形式，规模也越来越大。麦德龙（Metro）是德国最大的商业集团，其经营业态有现购自运、百货店、DIY、大卖场、超级商店等，2002 年的零售额为 483 亿美元，排名全球零售第 5 强。阿尔迪是德国最大的以经营食品为主的公司连锁折扣商店。该商店自开业以来一直以薄利多销而驰名世界，该公司的售价一般比超市低 30%，其成功之处在于严格的进货原则，长期的订货合同。阿尔迪连锁店销售额过去曾占前西德全部居民饮食方面支出的 12% 以上。20 世纪 80 年代中期年销售额达 170 亿马克，而 2002 年的零售额为 338 亿美元，2004 年排名全球零售第 12 强。总部设在德国慕尼黑的卡尔施泰特百货公司（Karstadt Quelle），在全国有 162 家分店。消费者合作社拥有连锁店 1 173 家，销售额达 49 亿马克。

案例2.1　世界著名的连锁企业介绍

1．美国沃尔玛集团

沃尔玛（Wal-Mart）在 2001 财政年度中的收入超过 2 200 亿美元，成为《财富》杂志大公司排行榜上的第一位。2003 年度，沃尔玛集团总销售额为 2 586 亿美元，利润 90.54 亿美元。截至 2004 年 1 月底，沃尔玛集团拥有 1 478 家沃尔玛商店、1 471 家购物广场、538 家山姆会员店以及在美国的 64 家社区店。门店遍及欧洲、亚洲、非洲、南美洲、大洋洲等。

2．法国家乐福公司

家乐福（Carrefour）集团 2001 年的营业额约为 700 亿美元，拥有的商店达到 9 225 家，员工超过 34 万人。截至 2003 年 12 月 31 日，家乐福集团拥有门店 10 385 家，销售额达到 789.94 亿欧元。门店扩张依然是拉动家乐福集团扩张的关键因素，也是销售额增长的关键因素。家乐福近几年扩张的重点在亚洲和拉丁美洲，而且冠军、迪亚折扣店业态也纷纷进入中国。

3．德国麦德龙集团

麦德龙（Metro）是德国最大的商业集团，其经营业态有现购自运、百货店、DIY、大卖场、超级商店等；2002 年的零售额为 483 亿美元，排名全球零售第 5 强；2003 年完成销售额 536 亿欧元。截至 2003 年，麦德龙集团依靠国际化不断发展，新开门店 60 家。目前麦德龙集团拥有 2 370 家门店，且于 2003 年已经进入了乌克兰和印度，现门店遍布德国、比利时、保加利亚、中国等 28 个国家。

2.3　国内连锁经营的发展概况

2.3.1　国内连锁经营的发展阶段

1．初级发展阶段

中国的连锁经营发展较晚，连锁经营真正开始出现并走进我们的生活是在 20 世纪 80 年代中期。改革开放后，中国开始敞开国门，学习各种先进的经验和技术，准许外国资本和企业进入中国市场，连锁经营企业和连锁经营方式开始传入中国。

从 20 世纪 90 年代中期开始，在经济的持续增长和国家政策的引导下，我国部分大城市和沿海地区的连锁商业呈现出良好的发展态势。

1997 年全国连锁店达 1.5 万家，连锁企业实现销售额 420 亿元。1998 年，全国连锁企业的销售额达 1 000 亿元。其中超市、便利店、大型综合超市、仓储式商场的销售额为 600 亿元，比上年增长 43%；年销售额超亿元的连锁企业 71 家，比上年增长 27%；超亿元的企业销售总额 344 亿元，比上年增长 115%；销售额在 5 000 万元以上的企业 121 家，比上年增长 27%；在销售额超 5 000 万元的企业中，加盟店的数量占总门店的 31%，比上年同期增加 6.7%。1999 年连锁企业发展到 1 800 多家，拥有 26 000 个门店，年销售额为 1 500 亿元。2000 年，中国连锁企业发展到 2 100 家，门店数 32 000 个，销售额为 2 300 亿元，占社会商品零售总额的 6.7%。其中连锁 100 强的销售额达到 982 亿元、拥有门店 7 685 个。截至 2001 年上半年，我国连锁企业为 1 138 家，门店达 25 119 个，上半年销售额为 1 024.1 亿元，连锁经营已成为零售业、服务业普遍应用的经营方式和组织形式。商务部有关负责人明确提出，力争经过 5 年的努力，初步确定我国连锁经营在商业和服务业中的主体地位，使连锁经营销售额、连锁企业数和门店数都要有较大幅度的增长，增长点达到 13%。在今后的几年里，全国连锁企业门店数发展到 10 万个；销售额达 7 000 亿元。

在 20 世纪的最后几年里，中国连锁经营的发展历程如表 2.1 所示。

表 2.1　国内连锁企业发展状况

年　份	连锁企业数量/家	门店数/个	销售额/亿元
1994	150	2 500	30
1995	400	6 000	80
1996	700	10 000	300
1997	1 000	15 000	420
1998	1 150	21 000	1 000
1999	1 800	26 000	1 500
2000	2 100	32 000	2 300

数据来源：中国连锁经营协会历年统计资料。

2．快速发展阶段

进入 21 世纪后，连锁经营企业以其卓越的竞争优势和雄厚的实力，向传统商业经营发起冲击，并一跃成为零售业的霸主。21 世纪的钟声敲响之后，中国的连锁经营已经走过了将近 15 个年头，经过长期的发展和探索，中国连锁企业在规模上和数量上都已经有了长足的发展，连锁经营在中国显示出强大的生命力和发展潜力。较大的连锁企业集团公司纷纷建立，连锁企业的行业整合日见成效，地区性的封锁开始打破，连锁经营已经成为关乎百姓生活的重要经营方式。连锁经营在开拓市场、扩大销售、促进产销结合、规范流通秩序、满足消费需求、吸纳就业等方面，发挥了重要作用。中国商业企业也随之进入到连锁经营的新时代。

2000 年是连锁经营发展速度较快、尤其是向传统商业经营方式发起冲击，抢占传统商业经营阵地并取得胜利的一年。到 2000 年年底，中国大陆已经建立连锁企业 2 100 多家，共计组建店铺 32 000 多个，全面实现 2 200 亿元的销售总额，较 1999 年分别增长了 16.6%、23.1% 和 53.3%；连锁企业销售总额已经占全国社会商品零售额的 6.5%，较 1999 年的 4.82% 增长了将近 2 个百分点。更为惹人注目的是，在 2000 年中国零售业 10 强中，长期居于国内零售领头地位的上海第一百货商店股份公司被上海联华超市公司取代；同时，排在零售前 10 名的企业当中，连锁超市公司占有 5 席，分别排在第一、二、五、八、九位，百货店占有 4 席，分别处在第三、四、七、十的位置，一直处在中国零售业领头地位的百货店已开始让位于连锁超市公司。

2001 年，中国大陆的连锁经营进一步发展，在数量和质量上均有所发展。根据中国连锁经营协会的统计，2001 年连锁百强总计实现销售额 1 620 亿元，增长 48%，其中直营店销售额为 1 350 亿元，加盟店销售额为 270 亿元；门店数达到 13 117 个，增长 56%，其中直营店 7 741 个，加盟店 5 376 个；营业面积为 8 367 132 平方米，增长 62%；员工为 416 442人，增长 63%。

2002 年和 2003 年是我国经济增幅比较大的两年，这两年社会消费品零售总额保持强劲的增长势头。2002 年和 2003 年分别为 40 911 亿元和 45 842 亿元，比上年增长了 10.2%和 9.2%。连锁经营作为商业、餐饮服务业的非常重要的组织和经营形式，近几年的增幅远远高于社会消费品零售总额的增幅。

中国连锁经营协会对中国连锁百强的发展情况进行了统计，百强连锁企业的发展数据是衡量整个连锁经营发展程度的一个重要参考依据。根据中国连锁经营协会的统计，近几年百强连锁企业销售额的增长都在 50%左右（见表 2.2），占社会消费品零售总额的比例逐年增长。

表 2.2　中国连锁百强的发展情况

项　目 ＼ 年　份	1999 年	2000 年	2001 年	2002 年	2003 年
社会消费品零售总额/亿元 同比增幅/ %	31 135 10.1	34 153 9.7	37 674 10.1	40 911 10.2	45 842 9.2
百强连锁企业销售总额/亿元 同比增幅/ %	640 	980 53	1 620 65	2 465 52	3 580 45
百强连锁企业销售总额占社会消费品零售总额比例/ %	2.0	2.9	4.3	6.0	7.8

2004 年 2 月 12 日，商务部在北京公布了 2003 全国连锁 30 强名单。与往年不同，此次家乐福、沃尔玛等外资连锁超市也第一次参加评比，其中家乐福(中国部分)以 134.36亿元的年销售额、41 家门店位居全国第五。调查表明，前 30 家连锁企业 2003 年销售额为 2 704.2 亿元，比上年同期增长 29.9%；店铺总数为 10 321 个，比上年同期增长 35.1%。2003 年实现合并的上海百联（集团）有限公司（零售连锁部分）名列全国首位。2002年未参加评选的家乐福（中国部分）、沃尔玛中国有限公司、好又多超市连锁公司等外资超市企业均参加了此次评选，并榜上有名，如表 2.3 所示。

表 2.3　2003 年中国连锁 30 强

排名	公　司	排名	公　司
1	上海百联	16	沃尔玛中国有限公司
2	大连大商集团有限公司	17	江苏文峰大世界连锁发展股份有限公司
3	北京国美电器有限公司	18	锦江麦德龙现购有限公司
4	北京华联集团投资控股有限公司	19	家世界连锁商业集团
5	家乐福（中国部分）	20	北京京客隆超市连锁集团有限公司
6	上海农工商超市有限公司	21	江苏五星电器有限公司
7	苏宁电器集团	22	好又多超市连锁公司
8	三联商社	23	北京王府井百货（集团）股份有限公司
9	华润万家有限公司	24	武汉中百集团股份有限公司
10	苏果超市有限公司	25	重庆百货大楼股份有限公司
11	上海永乐家用电器有限公司	26	北京超市发连锁股份有限公司
12	北京物美投资集团有限公司	27	利群集团股份有限公司
13	武汉武商集团股份有限公司	28	深圳市人人乐连锁商业有限公司
14	重庆商社（集团）有限公司	29	江苏时代超市有限公司
15	新一佳超市有限公司	30	北京新燕莎控股（集团）有限责任公司

2004 年 5 月，第六届中国特许加盟大会暨展览会公布了 2004 年年初推选出的"2003 年度中国优秀特许品牌"，如表 2.4 所示。

表 2.4　2003 年度中国优秀特许品牌

品　牌	企 业 名 称	所属行业
肯德基	百胜咨询（上海）有限公司	西式快餐
全聚德	中国北京全聚德集团有限责任公司	中式正餐
小天鹅	重庆小天鹅投资控股（集团）有限公司	中式正餐
仙踪林	上海仙踪林餐饮有限公司	休闲饮品
华联超市	华联超市股份有限公司	超市
可的便利	上海可的便利店有限公司	便利店
百圆裤业	山西百圆裤业有限公司	零售
福奈特	北京市福奈特洗衣服务有任公司	洗涤
东易日盛	北京市东易日盛装饰有限责任公司	装饰
东方爱婴	北京市东方爱婴咨询有限公司	教育

2005 年上半年我国连锁企业继续稳步发展。根据商务部商业改革发展司的调查，全国前 30 家连锁企业 2005 年上半年销售额为 2 365.3 亿元，比 2004 年同期增长 29.9%，店铺总数为 13 467 个，比 2004 年同期增长 21.2%（其中，直营店的销售额为 2 015 亿元，占销售总额的 85.2%）。上海百联（集团）有限公司（商业连锁部分）以 364.9 亿元销售额、5 910 家店铺的业绩名列全国首位，销售额与店铺数分别比 2004 年同期增长 13.7% 和 23%。

从 2000 年至 2005 年，是中国连锁经营发展的黄金时期，基本上可以反映中国连锁经营的现状。

2.3.2　国内连锁经营的特点

从以上对中国连锁经营发展阶段的分析可以看出，连锁经营在中国已经具有了一定的规模。认真分析中国连锁经营的现状，其特点主要体现在以下几个方面。

1．连锁企业的规模化

全国已经形成了一些较大规模的连锁型企业，如上海百联、北京伍富连锁公司、福建华榕连锁公司、广东美佳超市公司、深圳万佳百货有限公司等。这些连锁企业发展势头迅猛，规模效益明显，市场份额不断扩大，市场地位日益凸现。这些公司的成功除实行连锁经营的方式之外，在业态上选择了超级市场这一新的形式是一个很关键的因素。

2．连锁经营向各行各业渗透

连锁经营方式的内涵和运作规律以及由此产生的规模效益已日益为中国商业所认识。作为对这种方式的认同，中国已经开始把连锁经营方式从超市连锁拓展和运用到其他领域和业态中，如专卖店连锁，餐饮、快餐店连锁，服务业连锁，家电销售连锁，建材连锁，药店连锁等，这也预示着中国流通业正在掀起一场经营方式的革命——连锁经营。

中国连锁经营将从零售领域向批发领域、生产领域和服务行业发展。如生产企业开设的专卖连锁店，将从服装、包袋、鞋类向汽车、家用电器等行业发展。以批发商业组织的销售网合作连锁将得到长足的发展。服务行业的连锁经营将广泛开展，将从旅游、餐饮、洗染、照相彩扩，迅速向服务、速递、运输、租赁、法律、中介服务等领域发展。农村农副产品的销售连锁组织也会得到一定程度的发展。在零售业中，连锁经营将会迅速从超级市场向便利店、大型综合超市、仓储式超市、购物中心、折扣店、廉价店和家居中心等业态发展。

中国的连锁经营已形成了一些有独立市场地位的流通组织。20世纪90年代末到21世纪初，便利店、大型综合超市和仓储式超市将成为发展最迅速的连锁经营业态。超级市场已经在我国一些城市和地区成为极具竞争力的流通产业，它的发展同时带动了社会许多相关产业的发展，如食品加工业、电子计算机产业、货架设备业、冷柜生产企业、集约化仓储业等。

3．连锁经营的地区发展不平衡

在一些较早引入连锁经营方式并已经形成了一定规模的沿海城市的连锁企业，从199？年起开始规模化地开拓国内市场，发展连锁组织，主要是以在各地成立连锁分公司和建？配送中心的形式，集中在一个区域内发展连锁店。连锁店的业态也主要选择超级市场，以实现这些连锁企业在业态上向周边地区和内地的梯度转移，以便在新市场上取得追加效益。连锁企业实行跨区域发展，是中国连锁经营向纵深发展的一个良好开端。

中国的连锁经营从发展上来看，存在着地域上的不平衡，沿海比内地发展快，成功率高，成熟度强。这也表明中国沿海地区的连锁企业在地域的拓展上存在着很大的市场发展空间。由此可见，中国的大型连锁企业也将产生于沿海已经发展起来的连锁企业之中。

4. 连锁经营投资的多样化

在我国由于连锁经营是由政府推动的，因此会在短期内形成连锁企业的激烈竞争。在一些沿海大城市和主要城市中，超市连锁企业的竞争日趋白热化，这种竞争将随着这些连锁企业的跨区域经营引向周边地区和内地，直至全国市场。连锁经营这种企业组织方式，从它展示无限生命力的那一天起，就成为了各种资本追捧的对象，这块大市场蛋糕如此诱人，想从此分一块的资本自然很多，因此，它跨越了行业的界限，呈现出投资多元化的趋势。

5. 连锁经营人才紧缺

由于连锁商业在我国的发展时间较短，目前还处于摸索阶段，不少管理人员是从其他行业转过来的，不太熟悉国际连锁店通行的管理方式，因此经验丰富的中高级管理人员严重缺乏。高等教育在专业建设上也表现出明显的滞后性，专业化人才极度匮乏。

经过几年的实践，许多连锁企业已经形成了较完整的营运体系，在店铺发展、配送中心运作、采购系统有效控制、统一的销售体制推行等方面都积累许多适合中国特点的经验，并培养和造就了一些连锁商业管理人才。但是就整个连锁经营对连锁管理人才的需求来说，这些人才还只是杯水车薪。人才的匮乏在一定程度上阻碍了中国连锁经营的快速发展。

2.4　连锁经营发展的比较与启示

2.4.1　连锁经营发展的比较

通过本章前三节的分析，我们了解了国外（尤其是美国和日本）和国内连锁经营的发展概况。下面以美国为例，与我国的连锁经营进行比较和分析。

1. 两国连锁经营发展的基础不一样

美国是现代连锁经营的起源国，发展历史比较长，发展的基础也比较好。两国在连锁经营发展基础方面的差异主要体现在以下几个方面。

（1）发展历程不同。美国从 1859 年创立第一家连锁店开始，直到 20 世纪的 50 年代至80 年代才进入连锁经营发展的黄金时期。在此期间美国经济有了很大发展，消费水平大幅度提高，商品和服务市场逐渐成熟。20 世纪 70 年代以后，美国的铁路、航空和公路运输迅猛发展，高速公路贯穿全国，为连锁经营的充分发展奠定了坚实的基础。我国的连锁经营是在改革开放以后发展起来的。改革开放虽然给我国的经济发展带来了生机与活力，但毕竟起步晚，差距大，基础薄弱，资本积累不多，连锁经营发展相对滞后。

（2）市场环境不同。美国是成熟的市场经济国家，市场发育成熟，市场体系健全，法制、法规严明，生产要素、流通要素的配置，企业结构的调整，都是在市场作用下自动完成的。而我国市场发育不完善，市场体系不健全，新旧体制的摩擦还很严重，有形或无形的种种壁垒都严重地制约着资金和商品的自由流通、网点布局的横向发展和物质设施的充分利用，从而制约着连锁经营规模效应的充分发挥。

（3）消费环境不同。连锁商业作为流通的一次革命，既涉及观念的转变，又涉及商业结构的调整、组织形式和管理模式的转换。在价值观念、时间观念和生活方式等方面中美之间存在较大差距。美国人生活节奏快、时间观念强、重效率、讲实际，为超市连锁、仓储连锁、快餐连锁的迅速发展创造了客观条件。而中国人重感情、重家庭气氛，把购物当做消闲，加上条件的限制，不习惯一站式购物，这些都不利于连锁经营的发展。

2. 两国连锁经营发展的业态不一样

美国的连锁经营已渗透到商业零售业、餐饮业和其他服务业等各个领域，而在零售业中更具有代表性。美国零售业中有四种主要的业态：超市、折扣商店、货仓式商店、超级购物中心。在我国，连锁经营主要和超市、便利店、百货店、专卖店这四种业态结合在一起；其中，超市、便利店是主要业态。这两种业态的连锁门店占全国连锁门店总数的70%以上。我国的连锁经营首先是从超市起步的。近年来，随着我国企业经营意识的更新及技术水平的提高，国内名牌专卖店也在日益增多。

3. 两国连锁经营的规模和管理水平不一样

连锁的生命在于规模，规模经营产生规模效益，这是连锁店发展壮大、长盛不衰的重要原因。美国连锁企业的规模都很大。沃尔玛在美国排名第一，也是世界上最大的连锁企业，拥有各种形式的连锁店2 600家，1994年销售额达到840亿美元，1996年达到960亿美元，几乎是我国同期社会消费品零售总额的1/3。从美国的目前情况来看，多数连锁企业的门店数量都在10家以上，而目前我国连锁企业相对来说规模小、网点少、资金紧张，连锁企业门店数量普遍不多，门店数在10家以下的不在少数。

美国的连锁经营普遍采用了条形码管理系统、自动记账系统、存储自动化系统、销售时点管理系统等先进的管理手段。但是，我国由于某些基本硬件的缺乏，导致连锁经营企业规范化水平相对较低，其中较为突出的是配送中心的发展滞后和信息管理技术的落后。

2.4.2 连锁经营发展比较的启示

通过对中美两国连锁经营发展的比较可以看出，国内连锁企业必须要在向国外学习的基础上，结合中国的国情，大力发展具有中国特色的连锁经营产业。

1. 政府应出台政策，保护和支持连锁商业发展

在连锁商业的发展过程中，美国政府充当了"解决纠纷"和"维持秩序"的角色，先后制定了一系列法律、法规，对连锁商业进行支持并鼓励其健康有序的发展。日本从美国引进连锁商业后，与作为连锁商业创新者的美国相比，享受到后来者的优势，以较低成本引进成熟、完善的连锁体系，并加以改造，以适应日本本国的情况，在较短的时间内完成

了日本商业的连锁化。

从我国连锁经营的长远发展考虑，政府应把扶持重点放在培育有利于连锁经营发展的外部环境和条件上，研究制定同连锁经营相适应的各种管理办法和服务规范，抓紧人才培养和管理软件的开发应用，尤其应在资金、网点及税收等方面制定一些政策，扶持连锁企业的进一步发展。

2. 与零售业、服务业和其他产业紧密结合

连锁经营是商业管理模式和经营方式转换的必然产物，只有与灵活多样的零售业、服务业相结合，才能显示出其强大的生命力和长远的发展前景。

由于未来流通领域的竞争将主要集中在以信息技术为手段的网络化方面，因此在先行的连锁企业业绩的鼓舞下，将有更多的商业、服务业、制造业和农村流通组织会规模化地构筑自己的连锁网络，以建立企业得以生存和发展的生命线。目前，服务业中的连锁经营发展相当迅速，在银行服务、证券交易、票务销售、房产中介、旅行服务等众多方面都已取得了长足的发展；在工业的汽车销售和维修服务中都已建立了相当规模的连锁组织；农产品的流通也正在酝酿着一场连锁方式的革命；近年来，房地产业进入连锁业的势头也很猛，除了寻找新的投资方向和盘活存量房产外，进入连锁业可以获得对现金流量的掌控也是一个重要的诱因。

3. 完善连锁经营发展的硬件设备

从美日两国连锁经营的发展过程可以看出，一定的技术条件和必要的设施与其相配套，才能产生较好的整体效应和社会效果。美国科技的迅速发展、高速公路网络的形成、先进的信息和通信设备的广泛运用，为分散的商业网点的集中配送、规模经营和科学管理提供了可能，为连锁商业的发展创造了良好的外在环境和基础。因此，我们必须要在土地、设备、通信和交通等方面加大投入。

4. 在企业制度和发展方式上应不断创新

建立以职工入股与多元化企业法人投资的现代公司制度，是全资子公司型连锁企业理想的企业制度形式。这种企业制度在克服全资子公司企业制度弊病的同时，形成了合理的决策机制和利益激励机制，因此可以极大地推进连锁企业的发展。

在发展方式上，我国连锁企业因为过多地依靠直营连锁店的发展，因此受资金的制约很大，所以可以通过中外合资与合作发展连锁经营，或以股份制形式创办连锁企业，甚至可以通过租赁、承包、兼并等形式发展连锁经营。同时，发展连锁经营还要与我国的经济状况和人们的消费水平、消费层次相结合，达到经济效益与社会效益的统一。

5. 加强物流配送中心的建设和管理，逐步提高采购和配送的服务水平

美国和日本的配送中心无论是在设备上还是在管理上都比较先进，这对美日两国的连锁经营起着非常重要的作用。而我国目前的连锁经营尚处于起步成长阶段，对配送中心的作用还缺乏足够的认识和重视。统一配送功能滞后，一些配送中心徒有虚名，有的配送中心规模较小，有的配送中心设施简陋，根本不能承担相应的配送任务，这已经成了影响我

国连锁经营业发展的根本原因，因此必须对这一问题加以解决。所以，要求我国现有商业连锁企业必须加强物流配送中心的建设，建立严格的统一采购与配送制度。连锁经营的科学性，重点体现在建立一套高效率的商流和物流系统，实行规范化管理和标准化服务。连锁企业通过统一采购和配送商品，使采购与销售相分离，从而达到节约流通费用、提高流通效率的目的。

2.5　连锁经营的发展趋势

2.5.1　国外连锁经营的发展趋势

1．数量增加，模式创新

连锁加盟店的数目将逐年增加，同时各种新型的连锁加盟行业也将不断涌现。品牌嫁接方式已开始在特许经营领域普遍出现，合作双方的品牌吸引力和营销活动给双方带来了更多的商机，不断上扬的地价也是促进品牌嫁接的重要原因。加油站是品牌嫁接的先行者，澳大利亚最大的超市公司 coles 与澳大利亚美孚石油公司联手，在美孚加油站旁边开设了"快鲜超市"。当汽车加油时，司机们可以在旁边的快鲜超市买到水果、蔬菜和面包等食品，还可以品尝咖啡。

大的特许品牌与小零售商的合作以及小的特许品牌与大零售商的合作开始出现。沃尔玛公司与一家从事计算机检修的特许企业合作，在沃尔玛的大型综合超市里向顾客提供计算机维修服务，如果进展顺利，该特许商将依托沃尔玛的连锁网络推广自己的特许体系。许多新型的连锁业不断出现，几乎包含了所有的商品零售业和众多的服务业。

2．国际化倾向进一步加剧

在欧美国家，连锁经营几乎已经渗透到商业、服务业的所有领域，是现代流通企业的普遍选择。连锁组织实现的销售额，一般都占到市场销售额的 1/3 以上，美国更是超过了60%。2000 年美国仅特许连锁系统就完成全部市场销售额的 55%。连锁经营已成为流通领域占支配地位的选择，表现出了极强的生命力和扩张力。随着经济全球化和资本的国际流动，连锁经营也早已开始了跨国发展的历程。一些著名连锁组织致力于开拓国际市场，在世界范围内对流通产业的发展产生了重大影响。但是，由于政策法规、社会文化、消费特征等方面的国别差异，发达国家跨国连锁组织的海外扩张，明显滞后于其在国内的发展。

网络技术和电子商务的发展将改变这一格局。互联网的全球性特征及技术支持系统，实现了不同文化背景下人们行为的有效整合。虚拟企业以及在线购物方式的出现，对企业传统的经营模式产生了革命性的影响，大大削弱了文化差异与地理间隔对商业资本跨国流动的阻碍作用。在互联网所及的范围内，跨国连锁组织能够直接面对任何一个在线顾客，调动一切可利用的制造、分销、实体分配及中介服务力量，及时、高效地为海外消费者运销各种产品和劳务。无疑，这将进一步加快连锁经营的国际化进程。

3．物流配送中心的作用越来越重要

以网络和信息技术为依托，连锁组织将部分职能，特别是物流职能从企业内部分离出去，由那些独立存在的专业化物流组织予以执行，并借助外部化的商品货币关系，最终实现商流、物流和信息流的统一。这不仅使连锁企业获益良多，而且有助于整体流通效率的提高，所以连锁企业将比以往任何时候更需要一个高效的物流体系。这意味着在连锁组织的现实运行中，物流职能将会承担越来越重要的作用。物流体系的建设与物流的现代化发展，成为连锁组织竞争力的核心来源。随着网络与信息技术的不断发展，物流职能的重大意义将进一步显现。

4．一体化增长与组织结构的网络化发展

以连锁经营为制度基础的一体化增长，是零售业适应社会再生产矛盾的必然结果。这一制度创新，不仅确立了零售连锁组织的优势，更引发了制造商、批发商的一体化发展。随着买方市场的全面形成，生产主导型的传统经济格局逐步向流通主导型的现代形式转变。连锁商业组织凭借与消费者直接、广泛接触的优势，在生产与消费的动态协同中逐渐取得了支配性的地位。借助互联网无时、无处不在的交互式信息通道，生产者可以越过中间商，直接与在线顾客进行交易，垂直经济体系已初见端倪。进一步推动其向后一体化发展的进程，成为连锁商业对抗生产者前向一体化的竞争压力、维护自身地位的必然选择。

与一体化发展相对应，连锁企业的组织结构也面临着新的变革。借助于电子商务的供应链技术，商业连锁企业能够在低成本基础上，实现与制造商、流通中介组织和消费者的有机联系，建立一个连接产供销各个环节、高效运营的体系。可以预见，以供应链技术为基础，通过契约关系联合制造商、物流机构及流通中介组织，具有充分灵活性与适应性的网络化组织结构形式，将在连锁商业领域得到更快的发展。

5．商业性服务分工越来越细

由于现代社会生产过程的分工越来越精细，专业化程度越来越高，使得许多公司（不论是大公司，还是小公司）都将从前由内部自行制造或处理的工作，转包到外部的专门公司去进行，特别是商业事务的处理，从而促进代理此方面需求的服务业也形成了连锁企业。例如，会计记账、代理收款服务、快递公司、秘书服务、广告代理、包装和邮寄服务、企业顾问业、保安公司、信息公司、调研公司、信誉测验公司、报税公司以及其他各种不胜枚举的私人性服务行业，都因市场需求量的激增和服务质量的提升，而发展为了连锁加盟业。

6．连锁经营和电子商务的整合

方兴未艾的信息技术已经引发了一场商业革命，电子商务又异军突起，其发展的迅猛程度不亚于任何一种商业领域。但是，电子商务的发展必须以现实的物流为基础，所以，未来的电子商务企业需要寻求与拥有完善、成熟的物流配送系统的商业企业相联合。

特许品牌在发展地面联合扩张的同时也在向电子商务领域寻求新的联合。如今，通过使用互联网、局域网和网上采购等新技术，特许经营者可利用更经济的手段加速体系的扩

张。目前，大部分特许企业都建立了自己的网站，其主要目的是招募加盟者。很多加盟者也自己开办网站以吸引当地的消费者。除了服务顾客，很多特许企业开始发起网上批量采购活动，让加盟者订购设备、货品，供应商直接向加盟店供应，以得到更优惠的价格。所以，连锁化与电子化是未来商业发展的必然趋势。

案例 2.2　"网上联邦"的电子商务

近年开辟的网站"网上联邦"（B to B）就是遵循"以传统商业模式为基础"而开展的。他们利用 6 年来在全国 100 多个城市建立的近 300 家加盟店进行 B to B 业务，联邦总裁李儒雄甚至已经为加盟店算好了为消费者送货的成本。从这里可以看到，无论是对加盟者还是对消费者，"网上联邦"的"地基"是坚实的。他们的赢利实实在在是从商务活动中得来的，对于"网上联邦"来讲，B to B 只是个加速器。传统的连锁商业企业则可利用其成熟的分销网络，向电子商务领域进军。

2.5.2　国内连锁经营的发展趋势

1.　连锁经营向多行业、多业态方向发展

中国连锁经营将沿着从零售领域向批发领域、生产领域和服务行业的方向不断发展。例如，生产企业开设的专卖连锁店，将从服装、包袋和鞋类向汽车、家用电器等行业发展。以批发商组织的销售网合作连锁将得到长足的发展。服务行业的连锁经营将广泛开展，将从旅游、餐饮、洗染、照相彩扩等迅速向服务、速递、运输、租赁、法律、中介服务、社会化家务等领域发展。在零售业中，连锁经营将会迅速从超级市场向便利店、大型综合超市、仓储式超市、购物中心、折扣店、廉价店和家居中心等业态发展。便利店、大型综合超市和仓储式超市将成为发展最迅速的连锁经营业态。

2.　连锁经营将实现跨区域发展的实质性突破

目前的连锁组织主要是以在各地成立连锁分公司、建立配送中心的形式，集中在一个区域内发展连锁店。连锁店的业态也主要选择超级市场，以实现这些连锁企业在业态上向周边地区和内地的梯度转移，在新市场上取得追加效益。连锁企业实行跨区域发展是中国连锁经营向纵深发展的一个良好开端。

3.　连锁经营更趋规范化

目前我国连锁业发展的规范性缺失现象在未来的发展中将会不断得到改进，连锁经营无论是在管理手段上还是在技术手段上都将更趋规范。首先，作为连锁企业的监管部门会加大对连锁企业经营和发展的监管力度，正确引导连锁企业朝着健康、有序的方向发展。其次，连锁企业在多年的实践中，已深刻地认识到规范化管理与企业生存发展之间的利害关系；因此企业的自觉性提高，在日常的经营管理中日趋正规化，通过企业自身的管理体系和管理规范，实现经营的标准化、专业化、规范化，从而达到提高整体规模效益的目的。最后，外部的作用也促使连锁业界在未来的经营发展中更加趋于正规化。一些大的连锁企

业，尤其是较为正规的连锁企业开始在管理方面下工夫，这不仅使企业内部的管理日趋规范，也促使其他企业朝着这个方向发展。

4. 商业现代化技术手段将得到普遍推广和运用

连锁组织的有效运转和控制，与现代化技术手段的运用关系密切，如信息技术、物流技术等。现代化技术的运用将从根本上改变中国传统商业的面貌，也为国家市场管理部门（工商、财政、税收等）施以有效管理和控制创造了良好的技术条件。

5. 连锁企业的竞争将日趋激烈

21 世纪初，在沿海城市和主要城市中，连锁型的便利店、大型综合超市、仓储式超市之间的竞争日趋激烈，这种竞争随着这些企业经营区域和规模的扩大，将向内地和农村市场转移。21 世纪中国商业的竞争主要是连锁企业之间的竞争。

复习思考题

1. 叙述日本连锁经营发展的历程。
2. 叙述国内连锁经营发展的现状。
3. 比较国内外连锁经营发展的情况，你有何启示？

【本章案例阅读与思考】

7-11 公司在各国的发展状况

1927 年创建于美国得克萨斯州的达拉斯 7-11 公司，初名为南方公司（The Southland Corporation），是当前全球最大的便利店，其在全世界的店铺超过 20 200 家；同时，它也是全美最大的汽油独立零售商。在 1999 年 4 月 28 日股东大会上，南方公司（The Southland Corporation）更名为美国 7-11 公司。

7-11 公司最初经营制冰，它开创了便利店概念的先河。那是在创业的早些时候，南方公司的制冰店经营牛奶、面包和鸡蛋，为顾客提供一些便利。7-11 的名字萌生于 1946 年，那时所有店铺的经营都是从早 7 点到晚 11 点。今天，7-11 公司的基石就是为顾客提供每周7 天、每天 24 小时的便利服务。

7-11 连锁体系采取三种方式进行规模扩张：一是由 7-11 总部直营；二是进行区域许可；三是进行直接特许经营。7-11 公司在世界各地的发展主要通过区域许可的方式进行，到 2003年 1 月 1 日止，通过区域许可的方式经营的 7-11 店铺约有 18 600 家。

目前，7-11 便利店作为世界上规模最大的便利店，其重要的三个组成部分是：日本 7-11便利店公司、美国 7-11 便利店公司、中国台湾的统一超商。

美国 7-11 公司这一特许经营体系在全美取得了巨大的成功。现在，在北美（美国和加拿大）的 7-11 店铺已超过 5 900 家。

日本 7-11 公司是 1973 年 11 月由日本大零售企业集团伊藤洋华堂引入的，并为此成立"约克七公司"，也就是日本 7-11 公司的前身，它现已成为伊藤洋华堂旗下的优势企业。正是伊藤洋华堂拓展市场的骄人成绩以及南方公司全球盲目扩张导致亏本的败绩，使得伊藤洋华堂有机会入主美国南方公司并实现控股70%。在全世界2万多家7-11便利店中，日本以8 900多家位居首位。如今的日本7-11可以说是当之无愧的便利店之王，它以便捷、优质、高效的服务奠定了便利店在零售业中不可替代的地位。

中国台湾的7-11店铺，其特许经营模式有所不同，加盟商可以在两种不同的方式（委托加盟和受许加盟）中选择其一来开展自己的业务。台湾7-11公司总部是美国7-11公司的区域许可代理人。目前，7-11在台湾的经营权掌握在统一集团（Uni—President Group）手里。台湾7-11店铺的数量超过了2 700家。

在中国大陆开展7-11便利店经营的地区，主要是以上海为主的华东地区和以北京为主的华北地区。而另一个商业重地——广东，早在1992年就由香港老洋行怡和集团旗下的牛奶公司获得了美国南方公司的授权，在深圳开业；1995在广州开业。但因政策限制，广东的7-11便利店一直得不到快速的发展，直到2001年才获得在广东开300家的通行证。到目前为止，还未赢利。2002年8月21日，7-11在中国的第100家店在广州开业。

一、7-11公司在北美

在美国和加拿大，由7-11公司经营和加盟商经营的7-11店铺以及其他类型的店铺大约有5 900家。"以方便顾客为导向"是各家店铺经营的宗旨。每天，这些店铺大约为600万名顾客提供服务。店内清洁，气氛友好，购物安全。顾客每天可得到新鲜、高质量的2 500种产品和优良的服务。

7-11店以各类爽口的食物以及新鲜、精选酿造的咖啡而著称。同时，它们不断地扩充食品的花样，每日为广大工薪阶层提供各自预订好的熟食和烤食，且当日配送。此外还提供几十种便民服务。在北美，特许店大约有3 300多家，区域许可店430家左右，其他的为直营店。

7-11的社区服务特点在于满足所处社区的多样化需求。公司对于社区的宗旨是，公司所做的每份努力都是为了帮助社区变得更加强大，并对店铺附近的社员进行授权。例如，公司的计划和目标是支持社区教育和雇员的发展，预防犯罪和饥饿，丰富多种文化的交流。

24小时营业是7-11整个业务的基础之一。"这是顾客对我们的期望……我们要实现他们的期望。这也是我们服务于社区所要承担的义务之一"。7-11所有的店铺营业时间最初都是从上午7点到晚上11点。后来大多数竞争者纷纷效仿，营业时间与之相同。20世纪60年代初期，尤其是在美国，人口的平均年龄越来越年轻化，人们越来越忙碌，他们需要能够提供24小时的服务。

1962年，7-11店铺24小时营业始于得克萨斯州的奥斯汀一家店铺。这家店铺距离奥斯汀的一所大学很近，那天是周六，刚好有一场足球赛很晚才结束，店里上上下下很忙，店铺经理也因此决定不能立即关门，因此店铺就一直营业。隔些日子又是一次足球赛之后，这家店铺仍旧营业了24小时。由于效果很理想，经理开始决定在以后的每个周末，店铺营业时间都为24小时。最终，经理决定该店每天营业24小时，每周营业7天。这在后来证明是非常成功的。

全天营业的优点很多，除了显见的增加销售这一优势外，还有其他的优势与好处：其一，它能让顾客感到7-11店就在他们的身边；其二，设施得以充分利用；其三，劳动时间得以充分利用。

7-11 公司是世界上最杰出的便利店零售商，有着长达 70 多年的引以自豪的历史。在 1964 年，7-11 公司收购了位于加州的 127 家 Speedee Mart 特许经营店，自此便一直是特许行业的领头羊。加盟商和同仁们，急顾客之所急，想顾客之所想，提供的是让顾客放心的选择，新鲜优质的产品，公平的价格，快捷的运输服务以及清洁、友好、安全的购物环境。

二、7-11 公司在中国台湾

1. 中国台湾 7-11 企业起源

1979 年，美国的南方公司（Southland Corporation）在台湾引进了 7-11 便利店。它们经过一段时间的努力和探索，融合了中西方经营的管理经验和心得，最终成为台湾零售市场的领头羊，而且使整个宝岛进入了便利店经营的"黄金时期"。

1980 年 2 月，由台湾的统一超商股份有限公司（President Chmn Store Corp.）与美国南方公司合作的 7-11 在台北正式诞生，统一超商也从此开启了台湾"商业流通"的传奇。

2. 加盟体系

加盟商与 7-11 台湾总部构成"生命共同体"，他们在利益共享、风险共担的加盟理念下成为密不可分的伙伴。互惠共享的不只是加盟商个人，还包括加盟商的家庭、加盟商的员工，他们都是"生命共同体"的组成部分。

（1）7-11 加盟制度。7-11 加盟方式分为委托加盟和特许加盟两种，加盟商可依现有条件及环境考虑选择适合的加盟方式。

（2）加盟条件。

委托加盟申请条件：夫妻两人必须专职经营，年龄必须在 50 岁以下，高中（含）以上文化程度，身体健康，信用良好。

特许加盟申请条件：有店面（自有或承租均可），年龄必须在 50 岁以下，高中（含）以上文化程度，必须专职经营，身体健康，信用良好；单身亦可。

3. 总部提供的强大优势

加盟商和总部是休戚与共、密不可分的"生命共同体"，为此，台湾 7-11 公司随时为加盟门市提供最充分的资源、设备、人才与技术开发，形成强而有力的整合式连锁经营，让加盟商能全心全意地专注于店面的经营管理，创造最佳的服务品质及利润。

4. 商品研发

台湾 7-11 公司的商品研发严格遵循开发政策，其重要的运作机制如下。

（1）制贩同盟（Team Merchandising）。凭借 POS（point of sale）系统的商情搜集，总部将消费情报提供给制造商，共同开发新产品。

（2）商家联谊会。目的是让供应商了解来年的商品行销计划。

（3）春秋季商品展（Trade Show）。目的是在新商品上市前，及早体验新商品的特点。

（4）国际采购。目的是使顾客能够购买到与世界同步上市的商品。

（5）全球共购（Global Merchandising）。在全球范围内利用 7-11 总部采购符合顾客需求的商品，使顾客可以购买到世界级的商品。

5. 服务理念

（1）落实社区服务中心的思想。"有这样方便的好邻居，真好！社区服务中心（Community Service Center）是我们矢志迈进的目标"，这就是台湾 7-11 社区服务的宗旨。现代化的便利商店仅销售商品已不能满足顾客生活上的各项需求，而是要更多地提供更贴近顾客需求的便捷服务。在不断的努力下，台湾 7-11 公司陆续推出了各式各样的服务性商品并积极向社区服务中心的理想迈进。尤其是公司"代收服务"的推出，不但整合了各种烦琐的公共服务缴费单据，也因此荣获国际行销传播卓越奖和全球银奖的殊荣。

（2）便利服务。7-11 体系的服务范围包括：照片冲洗、交费、传真、通信、购物等几十种。

（3）代售服务。例如，代售电话卡、信封等。

（4）其他服务。例如，提供国际快讯、免费叫车等。

6. 成功因素

7-11 便利店之所以能取得如此令人瞩目的成就，追根溯源，起决定作用的主要有三个因素：一是它能培育出创造高利润的经营者。7-11 的决策者们经常在一起商量每个品种的销售、利润、费用等。二是得益于独特的开店选址战略。三是能及时增加新的经营品种。例如，20 世纪 60 年代在 7-11 店铺中就出现了碳酸饮料、热咖啡、三明治等十分流行的商品，之后像摩托车油、吸尘器、电视、汽车加油服务等都适时地出现在 7-11 店铺经营中。

三、7-11 在日本

日本 7-11 公司建立的目的是为了中小商店共存荣。7-11 自组建以来，便树立了打破零售业的原有结构、提高生产率、力图实现大型商店与中小商店共同发展这一具有社会意义的方针。7-11 是智能型企业，其特别注重商品供应过程中的市场情报系统、物流管理系统等硬件设备，但这只是企业的物质外在表现，并非本质，7-11 的本质在于它的软件部分。7-11 总部不让店铺承担有关计算机设备、日常办公用品等方面的费用，由总部全部承担，这样可在全国范围内同时迅速地实现"店铺"的灵活运作。否则，店铺自身很难进行设备更新。日本 7-11 还实行最低保证金制度，目的是保证加盟店主的年收入，当然不同类型的店铺有所区别。

1. 便利商店

7-11 体系下的便利店是以向顾客提供精选食品快餐、饮料、乳制品、原料、杂货、其他日用品以及特选商品，以最大限度的低价销售为经营特色的零售店。7-11 店铺所具有的优越性如下：

（1）时间便利性（全年不休息，长时间营业）；

（2）距离便利性（设在顾客住宅周围）；

（3）品种齐全，可一站购齐（商品丰富、新鲜，适量的生活用品）；

（4）可快速选购（商品陈列、摆放有序）；

（5）合适的价格，适宜消费的便利性。

2. 力图最大限度提供方便的店铺

（1）顾客优先的四个基本原则。7-11 的基本态度是"创造一个顾客任何时候均可买到满意商品的商店"。为此 7-11 坚持的四个基本原则是：①鲜度管理——提供比任何地方都新鲜的商品；②服务管理——实行朋友式的友好服务；③环境管理——店面整洁、干净、明亮；④需求管理——提供最畅销的商品，满足顾客需求。这和麦当劳的 QSCV 原则一致。

（2）营业时间：92% 的店铺实行 24 小时营业制，只要顾客需要，无论何时都可以营业。

（3）摆放商品的数目：常年平均 3 000 种。

3. 立足各地区、建立优势地域

各地 7-11 通过多开店取得了这一地区零售业的支配地位，所以很多店铺都设在居民区附近，形成空间上购买的便利性，这样宁可多化钱，顾客也乐意。7-11 的商圈在以店铺为中心的 350~500 米的范围内，以周围人口为潜在的顾客。

4. 规模与目标客户

7-11 店铺大多为 50~100 平方米，目标层为年轻男性顾客，店铺为此进行了相应的店铺设计与商品组合。

5. 附加服务

（1）代收公共收费。

（2）7-11 不送货上门，但替顾客代理送货上门服务。

（3）可以使用信用卡支付。

思考题

结合 7-11 公司的发展情况，分析世界各主要国家的连锁发展现状。

第3章 连锁经营的基本原理

【学习要点】
- 连锁经营发展的条件
- 连锁经营的概念与特点
- 连锁经营的特征
- 连锁经营的优势与风险

3.1 连锁经营产生与发展的条件

连锁经营发展了上百年才成为发达国家零售业的主宰，说明连锁经营是需要一定的生长条件的。我们在上一章里，通过对国内外连锁经营发展的分析与比较，可以看出，连锁经营的产生和发展需要具有以下条件。

3.1.1 连锁经营产生的条件

1. 基本条件

连锁经营的产生是生产力发展到一定水平时，社会化大生产对社会化大流通提出的客观要求。流通是联结生产和消费的桥梁与纽带，在不同的经济发展阶段，必然会产生与这个阶段的生产和消费相适应的流通组织形式和经营方式。欧美主要国家产业革命的完成和经济的高速发展，对流通领域的变革提出了迫切的要求，同时也提供了重要的物质技术条件。这些主要表现为消费品的生产方式发生变化，由原来的工场手工业转变为机器大工业，产品的数量猛增，品种增多，质量提高。例如，流水线生产方式实现了工业生产的大转变，生产效率提高带来了日益丰富的产品。如何有效地把这些产品运输到不同地区，销售给不同销售者呢？大规模生产必定要与大规模流通、大规模消费相适应。连锁店的产生与发展正是顺应了这种生产力不断提高、产品不断丰富的趋势。所以说，社会生产力和经济的发展是连锁经营产生和发展的基本条件。

2. 必要条件

随着生产效率的提高，产品的供给能力不断扩大，人类社会从物质短缺时代逐步发展到物质充足时代，于是，逐渐出现了供过于求、产品积压的局面。买方市场的出现呼唤零售企业以更为便捷、有效的方式为消费者服务，促进大量消费，而连锁经营正是适应了这一要求。第二次世界大战之后，各发达国家经济发展较快，社会稳定，基本上未出现大的动荡，因而为连锁店经营的发展提供了一个统一、有序的市场，连锁企业在国内跨区域扩张遇到的阻碍很小。

市场的扩大以及贸易量的增加对流通业提出了新的要求。从规模上讲，大规模生产要求商业的规模也相应地扩大。从商业组织形式来说，工厂制度的建立和市场的迅速扩大，迫切要求建立专业的营销人员队伍，并通过专业化管理来获得更高的经济效益。世界各国的连锁经营正是在这样的必要条件下产生的。

3．根本条件

19 世纪下半叶，欧美主要国家产生了以新生资产阶级为代表的中等收入阶层，同时也带来了新的消费方式和消费观念。人们消费观念与消费习惯的转变，促进了连锁经营的成功与发展。

农业革命使农村人口流入城市，推动了城市化进程。第二次世界大战之后，美、日、德、英、法等国都产生了一批百万人口以上的大都市，购买力向城市集中，集中采购的城市市场迅速扩大。工业化、城市化进程导致人口增加且集中于城市，促进了连锁企业网点的扩张。

人们生活水平的改善和收入水平的提高对销售企业的商品和服务提出了更高的要求。具有一定收入水平的人群是连锁店赢利的市场保证。随着人们工作节奏的加快以及收入水平的提高，消费者希望购物更方便、廉价和可靠。

每种连锁经营新业态的出现都相对于经济发展的一定阶段。从国际经验来看，一国或地区人均 GDP 达到 600 美元的水平时，连锁超市业态就可以开始导入；一国或地区人均 GDP 达到 1 000 美元的水平时，连锁超市业态就可以开始快速发展；一国或地区人均 GDP 达到 1 500 美元的水平时，连锁便利店业态就可以开始导入；一国或地区人均 GDP 达到 3 000 美元的水平时，连锁便利店业态就可以开始快速发展。

3.1.2　连锁经营发展的条件

1．基本条件

最早的连锁店"大西洋和太平洋茶叶公司"，把它们的网点沿着 1869 年美国第一条横贯北美大陆的铁路进行布局。到第二次世界大战前夕，各发达国家都已形成了铁路交通网，运输效率不断提高；1950 年以后，汽车公路运输（尤其是高速公路运输）成为客运和货运的主要方式，各国均建成了大于铁路里程十几倍的公路网；水路运输方面，船的吨位不断增大，船速加快；1903 年美国莱特兄弟发明了飞机，空运开始出现，运输的速度大大提高了。交通技术的进步为连锁店在广阔地域内的货物运输、人员往来提供了可靠保证，大大推动了连锁店的发展。因此可以说，交通运输技术的进步为连锁经营的发展提供了基本条件。

2．必要条件

通信技术的迅速发展为连锁店传递信息，实行远距离的控制和决策提供了保证。报纸成为重要的传媒；广告在招揽顾客、传播供求信息、扩大商品交易方面作用巨大；电话、电报的发明与使用也对连锁企业的管理起到了一定的作用，尤其对于 20 世纪 50 年代连锁企业的发展，电话起着相当重要的作用。20 世纪 60 年代以后，传真机、计算机开始逐步进入商业领域。信息技术的进步对信息的收集、传递、分析提供了有效的保证，不断地推动着连锁经营的发展。

3. 根本条件

连锁经营的发展随着零售业态的创新与发展，而得到了新的发展机遇，使自己进入一个新的发展时期。根据生命周期理论，可将零售业态的发展大致分为创新阶段、加速发展阶段、成熟阶段和衰退阶段。不同的业态形式不管处于生命周期的哪一个阶段，连锁经营都为这一业态快速扩张的实现提供了可能。一种业态处于创新阶段，通过采用连锁经营加大对业态的投入，可扩大其投资回报率、销售增长率和市场占有率；在加速发展阶段，为了争夺市场，适应激烈的市场竞争而采用连锁经营可加速业态的成长；一种业态成熟以后会不断面临新、老业态的挑战，连锁经营能使这种业态控制大量门店，加速业态成长，稳定地占有市场；当零售商意识到一种业态处于衰落期后，连锁经营又会依托其现有实力，实施业态改造和业态转移，并且运用连锁经营方式，加速业态新形式的扩张。因此零售业态的创新与发展是连锁经营发展的根本条件。

4. 辅助条件

自从第二次世界大战以后，物流首先在美国产生并得到迅速发展。随后，物流传入日本。在近 100 年的发展历程中，美日两国的物流基础设施与设备、物流技术、物流管理方法和供应链技术等都得到了很大的进步。物流技术应用到商业领域，大大提升了商品的发展。例如，配送中心的规划与运营技术、条形码技术、POS 技术、EDI 技术等，都直接或间接地推动了商业和连锁经营的发展。因此，物流技术成为连锁经营发展的一个最重要的辅助条件。

3.2 连锁经营的概念与特点

连锁经营在世界各地快速发展，之所以有这样的生命力，在于连锁经营的基本原理。连锁经营的基本原理是把独立、分散的商店联合起来，形成覆盖面很广的大规模销售体系。连锁经营是现代工业发展到一定阶段的产物，其实质是把社会大生产的分工理论运用到商业领域里，他们分工明确，相互协调，形成规模效应，共同提升企业的竞争力。

3.2.1 连锁经营的定义

1. 美国的定义

在美国的《最新企业管理大辞典》中，连锁商店定义为："由一个或两个以上所有权和管理权集中的零售机构所组成的，通常是大规模的零售商店。"美国贸易法规规定，连锁商店是至少有在一家总店控制下的 10 家以上的经营相同业务的分店。

2．欧洲的定义

德国将连锁经营定义为："由核心企业和分散经营的企业结成的紧密型的联合独立经营形式。"

英国则将连锁经营商店称为"多支店商店"（muitiple shops）或"联号"。《简明不列颠百科全书》将连锁经营定义为："具有统一管理和储存中心的两个以上的零售单位的联合"，严格规定只有具备企业必须是单一所有、实行集中领导和统一管理、设立的商店要相同以及要有 10 个以上的商店等 4 个条件的企业才是连锁经营企业。

3．国际连锁加盟协会的定义

国际连锁加盟协会（IFA）为连锁下的定义是："连锁总公司与加盟店两者之间具有持续契约关系。根据契约，总公司必须提供一项独特的商业特权，并在人员训练、组织结构、经营管理以及商品供销等方面提供协助，而加盟店也需付出相对的报偿。"这个定义过于简单，一位前 IFA 的总裁又补充如下："连锁加盟是一种经济而简便的经商之道，是一种商品或服务以及营销方法，以最小的投资风险和最大的机会获得成功，但是必须为此放弃若干的自由与选择，如商业决策等。"

4．我国的定义

我国原国家国内贸易部 1997 年 3 月 27 日发布的《连锁店经营管理规范意见》中指出，连锁店指经营同类商品、使用统一商号的若干门店，在同一总部的管理下，采取统一采购或授予特许权等方式，实现规模效益的经营组织形式。

综合各国对连锁经营的定义，我们可以看出，所谓连锁，是指一个商业集团以同样的方式、同样的价格，在多处同样命名（店铺的装修甚至商品的陈列也都差不多）的店铺里，出售某一种（或某一类、某一品牌）商品，或提供某种服务，这些同时经营的店铺就被称为连锁店，这种经营模式则被称为连锁经营。

3.2.2　连锁经营的特点

作为一种现代化的经营模式，连锁经营与其他经营形式存在着明显的区别，具有鲜明的特点。

1．经营的多行业渗透性

现在，连锁经营已经不仅仅局限于商业、服务业等几个行业。随着全球经济一体化的到来，连锁经营已经成为经济发展和企业战略扩张的一种重要方式，渗透到了各行各业。据美国商务部的统计分类，目前加盟的形式已经有 19 大类，几乎包括了所有零售业和大多数的服务业，共有 5 万多种。从这个意义上说，连锁经营的行业是无止境的。

2．经营快速化

由于连锁经营所追求的是整体规模，是"小店面，大企业"，其背后又有名牌做支撑，这就形成了成功企业的延伸和发展，所以它在相当程度上避免了企业扩张的风险。而且一些特许企业投资的风险还可以由双方共同承担。

3. 经营的国际化、集团化

连锁经营能够快速扩展经营组织，可以迅速地在市场中树立良好形象，这是连锁经营发展的一个重要特点。美国排名前 200 家的连锁贸易公司都是世界性连锁集团。例如，麦当劳在北京仅 5 年时间就发展到 50 家，特别是近几年来以每周一家的速度增长。有人预测，21 世纪将是世界范围内连锁经营的大发展、大普及、大深入的一个世纪。

4. 经营的竞争化

由于连锁企业规模大、采购数量多、中间环节少、所售商品进货价格低，与竞争者相比，相同售价，利润率就会提高；相同的利润率，则售价较低，可进行一些优惠措施，为消费者带来实惠。

连锁经营容易产生定向消费信任或依赖，维持顾客忠诚度。从某种意义上讲，连锁体系中的每一家店铺在经营的同时，也分担着为其他店铺做实物广告的作用。这样，不但做了活广告，而且各店铺之间形成了统一的顾客群，因为只要在一家分店得到了满意的服务，就等于为全系统的所有商店拉住了回头客。

3.2.3 连锁经营方式与传统商业经营方式的区别

由连锁经营的定义与特点可以看出，连锁经营方式与传统商业经营方式具有显著的区别，如表 3.1 所示。

表 3.1 连锁经营方式与传统商业经营方式的区别

经营方式	连 锁 经 营	传统商业经营
定　义	由同一资本所有、经营同类商品和服务的组织化零售企业集团	商业企业集团下属企业独立经营模式；由总部投资扩建的分店有较大的自主权
特　点	分店必须有统一的经营风格；分店不独立，与总部具有协作关系，特别强调总部与分店的互动关系	分店独立动作，没有形成统一的经营风格；偏重差异化经营
经营范围	一般以流通业和服务业为主	涉及诸多行业
运作方式	需有足够的资金和合适的业态类型，同时需受总部约束	一般总部掌握分店的所有权，经营决策有较强的自立性
法律关系	依各种模式而定	分店归总部所有
发展方式	扩大规模只需有市场、有资金，总部必须有成熟的运行模式和专有技术	取决于企业集团的决策

3.3　连锁经营的特征

虽然世界各国对连锁经营的概念以及应具备条件的规定不尽相同，但我们可以看到其内涵的一致性，即所谓的连锁经营就是指经营同类商品、服务的若干企业，在核心企业的组织领导下，采取共同经营方针和统一行动，实行集中采购和分散销售有机结合，通过规范化经营服务，实现规模经济效益的经营模式。连锁商店（又称为公司联号）是这种经营模式的存在方式，其中的核心企业称为总部、总店或本部，各分散经营的企业称为分店、分支店或成员店等。具体来说，连锁经营的特征主要体现在以下几个方面。

3.3.1　经营规模化

规模化是连锁经营企业的显著特征之一。连锁经营企业首先表现为多店铺体系，是一种规模化、集团化的商业经营形式，它由核心企业以及多个在总店控制之下、经营相同业态的分店构成，采用群体门市。由于连锁经营企业实行联购分销，采购进货由总部负责，各分店负责商品的销售，庞大的经营规模可以最大限度地降低进货成本，占据销售市场，创造巨大的经济效益。连锁经营的规模化具体表现在以下几个方面。

1．采购规模化

采购权的集中，使连锁店在对外采购时可采取集中采购方式。因为采购的数量较大，所以议价能力较强，可与供应商讨价还价，获得低价进货的优势。同时，由于集中采购，较之单店独立采购可减少采购人员和采购次数，从而达到降低了直接采购成本。连锁企业正是通过批量进货的规模采购方式降低了商品的进货成本，进而达到降低商品的销售价格来吸引顾客，不断扩大市场份额。

2．物流规模化

在集中采购的基础上设置仓库，要比单店独立存储更节省仓储面积，可以根据各店的不同销售情况，实现合理库存；通过总部集中配送可以选择最有利的运输路线，充分利用运输工具及时运送，避免门店商品库存过多或出现缺货现象。

3．市场营销规模化

由于连锁门店遍布一个区域、全国甚至多个国家，因此连锁店总部可以利用地方性、全国性或地域性的电台、电视台、报刊进行广告宣传，而连锁促销的广告费用可以分摊到多家门店，因此平均促销的成本并不高，而这对于单个商店而言是难以做到的。整体促销有利于企业形成遍布各地的售后服务体系，极大地方便各地区的顾客，形成统一提供多家服务的经营格局和服务竞争优势。

4．研究、开发、培训规模化

单个商店固然也能聘请专家设计有关照明、卖场布局等商业技术，也可以对自己的员工进行系统培训，然而费用很大。连锁企业由于研究、开发和培训的费用可以由其许多门店共同承担，还可以共享计算机系统、商品陈列、照明、防盗等一系列技术，并可建立自己的专职培训部门，同时其开发的成果可在整个连锁体系内推广，因而享有连锁经营所带来的研究、开发、培训方面的规模优势。利用核心企业的无形资产价值、管理水平和社会影响力，可以实现资源共享，降低单位商品销售的其他投入成本（单位产品的广告费、新技术专利费、设备的研制和购买费、信息资源开发费、经营管理费等）。

3.3.2 经营统一化

连锁经营的规模化，必须要有统一化或标准化的运作才能发挥其优势。统一化有时也称为标准化，具体表现在以下几个方面。

1. 统一管理

企业管理的目的是实现企业目标，而企业目标的实现则依赖于企业管理。统一管理是连锁企业最基本的特征。因为只有通过各分店的联合，才能形成集团的竞争优势。没有统一的管理，连锁企业要得到快速的发展是不可能的。所以，连锁分店必须接受总部的统一管理，实施统一的营销战略和策略等。

2. 统一企业形象

连锁企业总部提供统一的企业形象，包括统一的商标、统一的建筑形式、统一的形象设计、统一的环境布置、统一的色彩装饰等，各分店在店铺内外建设和员工服饰上保持一致。统一的企业形象体现了企业的整体设计和经营水准，它在一定程度上是一种极好的大众广告。连锁店外在和直接的形象特点，往往成为吸引顾客认识商店、商品和服务的第一感觉。麦当劳快餐连锁店的设计，必须严格按照麦当劳公司规定的建筑式样进行，以充分保持麦当劳独一无二的外观特色和商业个性，至于麦当劳的店名更是一个字都不能更改；在内部管理方面，规定"在所有麦当劳连锁店内，不能有自动点唱机、公用电话和自动贩烟机等摆放"；甚至不允许在其窗户上张贴海报，报贩也不准进店售报。

3. 统一商品和服务

各分店经营的商品种类、商品的定价、营业时间、售后服务等方面都必须基本保持一致，分店只有极小的灵活性。例如，麦当劳连锁总店绝不向任何加盟者下放自由经营商品的权利。对于那些违反规定的，总部命令其予以整顿，暂停推行连锁，对拒绝改正的连锁加盟者，总部不惜与其彻底决裂。在服务方面，对所有分店实行标准化管理。以员工上岗时的着装、仪表为例，麦当劳规定："男员工必须把头剪得和军人一样短，黑皮鞋擦得油光锃亮；女员工必须身穿深色服装，平跟鞋，戴发网，而且不能淡妆打扮；所有雇员必须保持指甲干净，并一律穿规定的制服。"服务统一之所以不可小视，是因为服务标准是使顾客放心、满意、信得过的重要因素，是建立商店信誉、创造品牌效应、吸引顾客的内在动力。

3.3.3　管理规范化

连锁经营企业一般均有完整、系统的公司制度规范着企业的运营，整个企业在职能划分、工作流程、人力资源开发与管理以及服务要求等方面都有规章制度和考核标准，企业严格按照相关制度运行，规范化特点非常突出。

1．规范的分工与合作

连锁经营企业由总部、分店、配送中心三部分组成。三者的分工非常明确：总部负责整个公司的经营、统筹进货、培训与指导工作人员、制定并执行促销计划、拓展经营规模、融资以及收集和处理信息等工作；配送中心专门负责商品转运、配送到各个分店以及对部分商品进行加工和处理等工作；各分店则专门进行销售现场的商品管理和销售，为顾客提供相关服务等工作。这三个组成部分各司其职，各尽其责，严格执行工作制度，相互协调却绝不越权，体现出部门分工制度的规范化。在企业内部人员分工方面，由于整个企业系统庞大而复杂，为提高工作效率，企业制定了简明扼要的操作手册，要求其内部各个岗位的工作人员严格按照工作说明书进行操作，从而使连锁经营企业的一切工作都有规范的标准可以遵循。

2．规范的工作流程

在连锁企业的工作流程方面，总部制定的规章制度严格规范着企业运转的各个工作环节，从总部的采购、订货到配送中心的配送货品，再到各分店的商品销售，整个工作程序都必须严格按照总部所拟定的工作流程以及工作制度来完成。连锁企业各个分店所提供的商品和服务都是一致的，这也根源于连锁企业规范化的工作制度。连锁企业一般对各连锁分店所提供的商品或服务必须达到的标准进行明文的规定，从而保证了消费者无论在任何一家连锁店都可购买到同样价格和质量的商品，享受到同样的服务。

3．规范的招聘、培训和考核

连锁经营企业的人力资源开发与管理也表现出规范化的特点。连锁经营企业对其内部工作人员的选拔、培训、任用以及管理等诸多方面也都有规范可以遵循。例如，世界各地的肯德基都要用全球通用的规范化教材对职员进行培训，从而保证了消费者在任何一家肯德基连锁店都能得到肯德基员工优质、规范的服务。

3.3.4　组织网络化

连锁经营的多店铺组织形式，从其业务营运角度来分析，其实质为网络化经营。连锁公司通过对上游企业的控制建立供货网络，通过门店扩张控制最终市场，并通过信息网络把两者有机地连接起来。

1. 销售网络化

首先，为实现连锁经营的盈亏平衡，必然要求构成销售网络的连锁门店的数量达到一定的规模。如果门店数量达不到基本规模，连锁经营就无任何优势可言。其次，连锁公司的形象对吸引消费者具有极为重要的作用，而树立企业形象的基本途径则是通过门店的销售服务，门店越多，形象的影响力就越强。最后，门店数越多，销售量越大，对上游企业的吸引力也就越强，就越能获得上游企业的支持。

2. 供货网络化

构成供货网络的基本要素是：统一采购、集货、加工、补货管理及配送，这些活动不仅是为了确保商品质量和持续不断的商品供应，同时还能创造利润。

首先，集中统一进货能避免或减少分散采购时普遍存在的不经济行为，以降低进货成本。其次，以大规模的销售网络为交易条件，可以获得巨额的"通道利润"，如上架费、广告费、促销费、堆头费等。实行产销一体化或定牌监制，能在维持低价销售的前提下实现高毛利与高利润。通过提高供货网络的效率，能减少商品库存，加快商品周转，提高现金流量的利用效率，为连锁公司创造丰厚的资金利润。

3. 信息网络化

信息网络化是确保销售网络与供货网络协调与平衡的关键。供货网络的一切活动都必须以高效率的销售网络的信息反馈为导向，否则就会降低供货网络的效率，即以信息流指导商流与物流。

管理大规模的供货网络和销售网络必须采用现代化的信息技术，否则就难以实现高效率的信息反馈。另外，原始的信息必须经过系统分析才能有效地发挥其应有的作用。

3.4 连锁经营的原则

连锁经营之所以被世界许多国家采用并快速发展，关键在于连锁这种经营模式具有许多传统企业无以比拟的优点和特点。坚持创办企业的目标，坚持连锁经营的特点，坚持优良服务的宗旨就是办企业的原则。连锁经营的原则主要包括两个方面：一是与各种企业相同的通用原则，二是与连锁经营相关的行业原则。

3.4.1 企业经营的通用原则

1. 诚信原则

诚信是企业经营的基石，也是连锁经营的基石。一个企业诚信与否关系到合作伙伴风险的大小，所以，没有诚信的企业在市场经济中是难以立足的。诚信在企业内部，应该是上下同心，同心同德，老板热爱员工，员工努力工作，有良好的企业文化和团队合作精神，严格遵守用工合同。诚信在企业外部表现为，企业领导人言行一致，严格遵守企业与相关单位签订的企业合同，货到付款，或款到送货，诚信财务。作为企业公民，应按法律承担相应的社会责任。

2．效益原则

一个企业作为社会的细胞，应服务于社会整体。企业服务于社会主要体现在经济效益、社会效益、环境效益三个方面。

（1）连锁经营的经济效益主要指连锁企业经营的首要目标是获取利润、加速资金周转、减少库存、节约成本、提高效率，从而促进企业的发展；同时，带动相关合作企业互利互惠，共赢发展。

（2）连锁经营的社会效益主要包括三个方面：一是为广大居民和单位提供物美价廉的商品，满足群众的日常文化和生活的需要，方便群众生活；二是发展经济，促进社会的发展，为国家提供税费等；三是提供大量就业机会，为政府分忧解忧，维护社会安定。

（3）连锁经营的环境效益是指，连锁企业在营运过程中，应尽量减少对环境的污染，使企业周围环境清洁、空气清洁、无噪声、无异味，垃圾清运快捷、电磁辐射小等都是对环境做出的贡献。

3．守法原则

作为企业公民，必须遵纪守法。合法经营才是正当经营，合法经营所得才是正当经营所得。这里的守法不但是指我国的经济法，还包括民法、商法及大量的交易惯例等。也就是说，连锁企业应摆正国家、企业、员工和消费者的关系。

3.4.2　连锁经营的行业原则

连锁经营的行业原则，是指连锁企业必须遵守的经营规范、要求、秘诀等。我们可以从日本 7-11 和麦当劳的例子总结出连锁经营的行业原则。

1．日本 7-11 的四项基本原则

日本 7-11 四项基本原则的内容如下：
（1）鲜度管理——比任何商场都新鲜的商品。
（2）商品结构满足顾客需求。
（3）店面整洁、干净、明亮。
（4）亲切的服务和与顾客主动打招呼，记住常客的相貌和名字。

2．世界连锁巨头——麦当劳的经营原则

提到麦当劳的经营，我们就会想到"QSC 三原则"，其具体内容如下。
（1）品质第一的"Quality"原则。
（2）服务至上的"Service"原则。
（3）清洁卫生的"Cleanness"原则。
麦当劳后来又追加了物超所值 V（value）原则，这便构成了著名的"QSC+V"原则。

3. 连锁经营的行业原则

我们可以对日本 7-11 与美国麦当劳的原则进行比较：

7-11	麦当劳
鲜度管理	Q（品质）
亲切的服务	S（服务）
店面整洁	C（清洁卫生）
商品结构满足顾客需求	V（价值感）

比较了 7-11 和麦当劳的基本经营原则，可见两者是相通的。这两个最著名的国际连锁系统，不约而同地道出了类似的经营奥秘，印证了所有连锁经营的共同法则——QSC+V 四大原则。

当然，有时也会因为行业不同，经营原则会有一定的差异。例如，科技含量高的商品，其售后服务也是重要的经营原则。又如，房地产中介的连锁企业，其经营的一条重要原则是合理透明的收费，统一的规范化、标准化服务，因为它经营的是不动产信息。

以上"四项基本原则"对一个合格的连锁企业来说是缺一不可的，只是不同行业在"四项基本原则"上的体现不同而已。在某小区，一家全国连锁的音像公司开设了一家社区店，由于竞争激烈，该社区店悄悄被撤，已交了 380 元会员费的顾客都有一种被欺骗的感觉。因为该社区店向顾客极力游说，承诺只要交了会员费，免费看碟一年，还可享受全年 8 折购碟优惠。现在说撤就撤，对已入会的顾客没有任何交代。这种经营手段，不仅违背了"QSC+V"原则，而且损害了企业的信誉。

"QSC+V"原则是连锁企业制胜的首要条件，选址再好，价格再低，违反了这四项基本原则，终究将会走向失败。在考察连锁企业总部时，要特别留意它的样板店和加盟店是否遵守了这些原则。

案例 3.1　麦当劳的清洁管理（C 管理）

C（cleanness）代表清洁，即店堂清洁整齐，环境怡人。麦当劳制定了严格的工作标准，这些标准近于苛刻，如果发现有人违反，则毫不留情给予开除处理。克罗克经常这样大声对人说："照我的方法去做，不然你只有离开麦当劳。"下面我们来看看几条他制定的规定，或许可以知道麦当劳保持良好用餐环境的奥秘。

（1）工作人员不得留长发，上班时间必须穿着统一的制服，女职员要使用发网。

（2）餐馆内不得出售香烟和报纸。

（3）顾客一离位立即清洁桌面。

（4）立即拾起顾客脚下的纸片或其他杂物。

（5）玻璃窗必须每天擦拭干净。

（6）每天刷洗垃圾桶。

（7）随时保持不锈钢器皿的清洁。

（8）每星期必须打扫天花板。

资料来源：杨宜青．连锁经营原理与管理技术．北京：高等教育出版社，2001．

3.5　连锁经营的优势

连锁经营作为一种现代的企业组织形式和经营方式，在几十年的发展中，已经成为商业领域最主要也是最重要的一种形式，其经营范围迅速普及整个零售业、饮食业和服务业的各个领域，并为世界上许多国家所采用，在全世界范围取得了巨大的成功。这充分说明连锁经营模式与传统的商业经营模式相比具有不可比拟的优势。

3.5.1　连锁经营的效益优势

连锁经营之所以能取得良好的经济效益，最根本的原因是把现代化工业大生产的原理应用于零售业，实现了商业活动的标准化、专业化、统一化。这些构成了产生规模效益的重要基础。一方面，先进的营销技术可以在众多的店铺大规模推广而获得技术共享效益；另一方面，投资的成本和风险又可以在众多的店铺得到均摊，从而可以降低商品的成本。连锁经营的体制是一种兼收并蓄的体制，具有许多其他经营形态所没有的优越性。

1．经营技术开发的专业化，有利于店铺经营水平的提高

在连锁体系内部都有总部和店铺两个层次。总部的重要职责之一就是研究企业的经营技巧，包括货架的摆放、商品的陈列、店貌的设计、经营品种的调整等，这些经营技巧直接用于指导店铺的经营，使店铺摆脱了传统零售业那种靠经验操作的影响，转而向科学要效益。由于连锁总部统一开发的经营技巧可以广泛应用于各个店铺，使店铺的经营水平普遍提高，获得技术共享效益（相对其他企业来说是一种超额利润），同时分摊了技术开发成本，这是单个企业无法做到的。

2．标准化的经营，有利于改善服务和扩大销售

在商业连锁经营方式中，商店的开发、设计及标准化的设备、陈列、产品、操作程序、技术管理、广告设计等都集中在总部。总部负责连锁店的选址和开办前的培训，提供全套的商业服务方案，并始终不断地对各连锁店进行监督、指导和培训，从而保证了各连锁店在产品、服务、店貌等方面的统一性，以满足消费者对标准化产品和服务质量的要求，达到吸引顾客、扩大销售的目的。标准化经营对树立店铺的形象意义重大。

3．连锁经营有利于指导生产，组织适销对路的商品

连锁企业产生和发展以来，对生产的促进作用日益增强。一是连锁店联合起来大批量购买商品，使生产过程的连续性得到保证。二是连锁店一头连着消费者，另一头连着厂家，能更加及时地向厂家反馈消费者的信息，指导厂家生产适销对路的商品。同时，连锁店还给厂家提供了在广大地域内迅速、经济地试验新产品的零售实验室。这样，商业不再是单纯地把工厂生产的商品卖给消费者，而是根据消费者的需求让工厂生产商品；商业不再是隶属于生产厂家进行销售的商业，而成为反映消费者要求、指导厂家生产的商业。三是连锁店的形成增加了社会产品的总量。因为零售费用的降低相对扩大了消费者的购买力，购

买力的增加反过来刺激了生产的发展，也增加了商店的销售额。

4．集中化的经营与管理，有利于降低企业的经营成本

连锁经营的同业性，使各个店铺的一些共同性活动，如采购、储运、广告宣传、会计核算等，可以集中起来由总部统一操作。这样，众多的店铺共享一套经营设施，共享一套管理机构，各个店铺无须设置烦琐的管理机构，无须配备相应的管理人员，这就从总体上降低了企业的管理成本。另外，集中操作所带来的经营成本的降低也是显而易见的。如进货，由于多店铺创造了大量销售的条件，所以总部可以通过大批量采购，从厂家获得较低的价格即批发价格。

5．物流中心可使批发环节的部分利润由社会转到企业内部

零售环节的利润很大程度上取决于商品所经过的流通环节数量，一般而言流通环节越少，商业流通费用越低，零售环节所能获得的销售利润也就越多。连锁企业一般都设有物流中心，专门为店铺进行商品配送。这些商品一部分由商家直接从工厂进货，减少了流通环节；另一部分是商家从供应商取得的原材料或半成品，需要物流中心进行加工、包装、分类等装配作业，增加了商品的附加值，这样可将一部分利润转化为企业的内部利润。

6．连锁经营有利于减少商业投资风险

连锁企业经营多个门店，即使个别门店经营上失败也不会影响整体的经济效益；另外，某一决策的失误所造成的损失，也可以由多门店共同分摊。这样大大降低了商业投资的风险。对于购买特许经营权的被特许人而言，加盟一个特许连锁店，可以利用一个已得到实践检验的成功的商业交易方式，获得特许人的指导，比其单独开店成功的机会大大提高，从而大大减少了行业新人面临的各种风险。难怪国外有人说，特许经营是进入商界的"安全通道"。

除此之外，连锁经营网点多、辐射范围广、市场占有率高，以及能够迅速大规模地集中资金、实现投资的灵活转移、取得市场机会效益等，也都是连锁经营取得良好经济效益的重要原因。

3.5.2　连锁经营的规模优势

现代化工业生产的基本规律表明，当生产和经营活动都达到一定规模时，企业可以降低成本，提高效益。连锁经营企业所拥有的庞大的多门店体系使其首先具备了突出的规模优势，这种优势在连锁企业的整个经营过程都有体现。

1．企业形象的规模优势

在塑造企业形象方面，连锁经营企业大规模的分店体系有助于在消费者心目中塑造鲜明的企业形象。这是因为连锁经营企业规模化的连锁门店无论设立在什么地方，都被要求采用与连锁总部一致的商店名称和标识，都要按照总部的风格进行统一的规划、设计和装修，店面的装饰、装潢、色彩以及店内的经营设备、货架布局、商品陈列、橱窗布置、货品标签、员工服饰等细节也都完全统一。这样，大量完全相同的店面和标识所形成的独特

而统一的企业形象，在不同地方不断加强对消费者的刺激，因此它在强化消费者对企业的认知方面具有传统经营形式中的单店经营所不可比拟的优势。消费者对连锁经营企业的印象会因为在不同地方多次看到相同的形象而不断深刻。

2. 采购的规模优势

连锁经营企业将分店的采购权集中到总部，巨大的购买规模使大型连锁企业可以从厂家直接进货，减少流通环节，使流通环节的部分利润转移到企业内部，降低了经营成本。而且大规模进货带来的价格优势可以降低连锁企业的商品成本。连锁企业的集中采购与传统经营形式中的单店独立采购相比，可大大减少采购人力及采购次数，也使企业采购成本大为降低。此外，连锁企业还可以从生产厂家获得广告费用折扣、延期付款、及时送货等多种好处，这也可为连锁企业节约大量采购资金。连锁经营企业采购成本的降低正是其规模化优势所带来的效益。

3. 物流的规模优势

连锁企业可在集中采购的基础上实现统一仓储及配送。由于连锁企业采用现代化技术和设备，有完善的专业分工，因此可根据各分店销售的具体情况，科学合理地组织大规模的仓储和配送，比单店各自独立存储货物更为节省仓储面积，更加节约运输工具及人力，实现更合理、有效的库存及商品的及时运送，以较快的资金周转速度、较低的存储和运输费用以及较高的运输效率节约大量流通费用。

4. 广告宣传的规模优势

连锁经营企业由总部进行统一的广告宣传，广告费用却由其规模巨大的众多门店分担，在节约广告费用、扩大广告效益的同时大大降低了各门店在商品广告宣传方面的资本负担，这也是其规模优势的具体体现。由于连锁经营企业分店遍布一个区域或全国乃至全世界，由总部利用地方性、全国性或国际性广播电台、电视台、报刊、杂志等传媒统一进行的广告宣传，可以使分散在各地的分店受益，这样统一进行的广告宣传，比各分店各自进行的广告宣传效果更好且费用更低，总销售额中的广告成本就会大大降低，这方面的规模优势十分明显。

3.5.3 连锁经营的竞争优势

连锁经营解决了大批量销售与消费者分散需求之间的矛盾，是零售组织的重大变革，故被称为零售业的第三次革命。它通过标准化、简单化、专业化原则提高经营效率，实现规模效益，具有其他零售组织无法比拟的竞争优势，具体表现在以下几方面。

1. 可快速聚集资本，有利于抓住稍纵即逝的市场机会

连锁经营，特别是采取加盟连锁方式，能把众多单个资本迅速集中起来，形成整体力量。在同样的竞争条件下，可以及时抓住市场机会，进行投资、进货和研发新产品，给企业带来良好的收益和发展机遇。

2. 组织化程度高，增强了市场竞争力

连锁经营是商品流通中一种组织化程度较高的集生产加工、零售、批发为一体的组织形式。它组织环节少，调节灵敏，反应迅速。它通过连锁体系的销售网络和销售渠道与消费者相联系，并能快速准确地了解和掌握市场信息，迅速将生产厂家的产品推向市场，扩大自身的市场占有率，增强自己的市场竞争力。

3. 经营费用低

连锁经营总部统一采购，进货量大，能够获得较大程度的价格折扣和其他优惠条件。此外，由于连锁经营标准化、模式化的操作技巧和店铺形式，提高了连锁经营管理的效率，使管理成本大大降低。

4. 产品销售能力强

由于连锁店中的商品或服务较其他商业形态机构更具价格优势，而且集中采购又使商品的品质得到保证，所以对顾客有很强的吸引力。众多分散的连锁单店构成一个有序的服务网络，能从售前、售中、售后给消费者提供快捷、优质的服务，具有服务优势。

5. 规模经济

连锁经营的出现解决了大规模销售与单个中小零售商要求维持其经营独立性之间的矛盾，使得连锁总部和连锁分店都能享有规模经济带来的经济利益，同时对加盟店的独立经营又不构成威胁。

正因为连锁经营具有上述优势，才使连锁经营具有较强的竞争力，具有巨大的发展前景，才使连锁经营在全球的发展经久不衰。

当然连锁经营不同的发展模式，其体现的发展优势也不同，其中以特许经营的发展优势最为明显。

3.6 连锁经营的风险及其规避

3.6.1 连锁经营风险的类型

1. 经营者带来的风险

连锁经营作为一种现代化的经营形式和组织形式，要求经营者具备相应的素质和能力。虽然，总部会对加盟的经营者予以一定的技能培训，但面对变化不定的市场及时做出决策所体现的一种经营才能和天分，并非人人都具有。而且连锁集团所提供给加盟经营者的经营诀窍体系和经营模式并不能保证成功，而只不过是提供了一个基本的业务工具，经营成功最主要的还是要靠加盟经营者的经营才能。决策的失败意味经营成果的丧失，由此将带来一定的风险，这是一种由经营者带来的风险。

2．市场带来的风险

市场变化莫测，消费者的需求呈现多层次、多样化的趋势，连锁经营者面对的不确定因素增加，使优秀的经营者也可能一着不慎，全盘皆输，此外还要面临激烈的市场竞争，这是一种由市场带来的风险。

3．集团指导不力及信息传递和广告宣传出现偏差等带来的风险

连锁经营者所加盟的集团支援、指导不力，特别是信息传递、后勤支援、广告宣传等出现偏差或力度减弱，可给经营者带来意外的风险，甚至会由于连锁集团倒闭，使连锁经营者遭受重大损失。

3.6.2 连锁经营风险的规避

通过对连锁经营存在风险的分析，下面给出几条规避风险的建议。

1．搞好自我评估

如果你想拥有自己的事业，首先应该仔细评估一下你自己的态度、能力和长期目标。每个人都应该真实、客观地对自己做出全面评价，不要被别人的看法、观念所干扰，应仔细考虑每一个细节方面的问题。

2．搞好行业评估

首先应对你准备参与连锁经营的行业的现状、竞争对手、发展前景等做出评估；然后是对目标商业圈做出评估。

3．搞好连锁集团的评估

要试图尽可能多地掌握连锁集团的信息。例如，其资格如何，背景如何，体系模式的完善程度如何，其信誉度如何及该行业在市场中的地位如何？然后再考虑一个问题：它的优势和劣势各是什么？对我是否合适？

复习思考题

1．连锁经营产生的条件是什么？
2．连锁经营的特征是什么？
3．连锁经营有哪些优势和风险？

【本章案例阅读与思考】

跨国连锁经营成功的奥秘

随着我国经济发展的进一步深化，更多的国际性连锁企业抢滩登陆中国，因此我们有

必要了解诸多跨国连锁企业成功的奥秘。

一、整体高效的物流体系——7-11便利连锁店：注重综合的信息网络

1927年，7-11便利店创立于美国得州达拉斯，早期名称为南方公司，伊藤洋华堂1973年把其引入日本。作为世界上最大的便利店连锁集团，截至2003年8月底，7-11在全球店铺总数已经达到24 984家，在全球近20个国家或地区设有分店，其中日本10 002家，美国5 783家。7-11公司是以经营方便店为主的特许连锁集团，原名"洋克七"，其意并非指从早7时到晚11时营业，而是指能够提供人们每天早晨7点到晚上11点之间所需要的商品和服务。7-11便利连锁店独具特色的物流体制，使其无论在美国本国还是在世界上的其他国家和地区，都得到了迅速的发展。7-11公司认为，实现连锁经营的基本政策和连锁化战略的目的，是提高物流的效率化，降低物流成本，而物流效率的提高离不开一个整体的生产销售网络，即注重整体的结构是建立高效物流体系的关键因素。另外，7-11便利连锁店，注重综合的信息网络，以提高物流体系运作效率。总公司提供硬件和软件信息系统，形成生产——物流——销售的综合网络，使得商店的销售信息能灵活、快速地纳入商品的供应计划与物流中，实现零售业务在整体上的系统化。

二、消费者导向——马莎连锁集团：为目标顾客提供其有能力购买的高品质商品

马莎公司是英国最大的百货连锁商店，成立于1894年，创始人为米高·马格斯。在马莎公司成立的几十年间，它迅速成长壮大，连锁商店已经扩展到世界各地。马莎公司摒弃了传统的被动式经营理念，建立起以顾客为导向的经营宗旨，"调查消费者需要——设计产品——交厂家生产——销售"，正是这种理念的集中体现。马莎公司所有的商品不是由马莎自己设计的就是与制造商一起设计的，然后将设计好的产品交给制造商，制造商按马莎提供的规格严格地进行生产，确保产品具有高级而稳定的品质。马莎公司有大量技术人员与制造商紧密合作，在选料、技术、品质控制、生产工艺等方面进行合作与监督。基于这种理念，马莎公司在同业中，越过了批发商这一环节，大大降低了成本，同时，与制造商密切合作，加上马莎公司的市场调查与产品设计，最大限度地满足了消费者的需求，实现了"为目标顾客提供其有能力购买的高品质商品"这一目标。这种服务实现了从传统的消极被动服务到主动积极服务的转变，冲破了百货零售业的传统，创新的经营理念使其在百货连锁同行中独具特色。

三、培训与激励——沃尔玛：我们的员工与众不同

沃尔玛从1945年创立第一家商店起，如今已经成长为世界零售业的巨头。创始人山姆·沃尔顿曾经在其自传中说，我们非常津津乐道于导致沃尔玛公司成功的所有因素，但事实上这些都不是我们取得令人难以置信的繁荣的真正秘密，公司飞速发展的真正原因在于我们管理者同我们员工的良好关系。在员工的培训方面，沃尔玛建立了统一的标准，使每个员工所表现出来的整体气质能够成为沃尔玛的整体形象代表，并充分给员工以激励。"我们的员工与众不同"这句话就印在沃尔玛每位员工的工作牌上，时时刻刻给员工以自豪感。正是对员工的充分尊重，使得员工在分享公司的效益时，更加增添了责任感与参与感，从而在全球建立起强大的以员工培训与激励为核心的团队精神，为其发展提供了坚实的人事基础。

四、统一的质量标准——麦当劳：让顾客得到应得到的

"让顾客得到应得到的"是麦当劳的店规之一，统一的质量标准为麦当劳赢得了大批顾客。在麦当劳确定汉堡包的配方之前，美国人似乎还没有听说过汉堡包还有"标准"。美国

政府对汉堡包的唯一规定仅仅是：碎肉的脂肪含量不得超过 33%。而麦当劳却为自己制定了严格的配方制度，肉类都必须是未经冷冻的鲜肉，并且要严格按 15 项指标进行化验。另外，薯条的制作也非常严格，麦当劳所需要的马铃薯要求果型长、眼浅、固型物和含糖量也有一定的标准。从麦当劳的历史资料来看，麦当劳在其第一个 10 年中，就勇敢地拿出了 300 万美元用于改善薯条的品质。为了寻求优良的马铃薯品种，他们投入大量资金创立实验室和种植地，并在世界各国寻找和研究马铃薯的品种、种植土壤及施肥方法。其后，终于在北芝加哥的一家热狗店中发现了薯条的最佳炸制方法，购买其专利后在所有麦当劳连锁店中推广。同时专门的实验室研制出了炸薯条的自动化装置，并经过大量试验确定了炸薯条的最佳油热温度。从此，麦当劳的炸薯条香脆可口，成为最受欢迎的小吃之一。在北京，麦当劳建立了辛卜劳农场，按照统一的要求生产所需的马铃薯。该农场引进了美国先进的农业机械，聘请了农业专家，实现了大规模生产。1998 年产量已达到 12 000 吨，麦当劳在北京郊区的薯条加工厂也已达到了一定规模。此外，在北京生产原材料需按批号送到质检中心进行检查，每月还要送到香港的亚太中心实验室评估打分。麦当劳每年都要在北京举行两次产品评估会，届时会从美国空运来标准样品，请供应商和评估会的采购员进行比较，找出差距，制定改进措施。

五、自主管理——肯德基：餐厅经理第一

肯德基独立经营的时间并不长，然而发展却极为迅猛。肯德基在中国的表现超过其全球的发展步调。1987 年 11 月 12 日肯德基作为第一家"洋快餐"进入中国（5 年以后麦当劳才姗姗而至），其在北京前门开设的第一家餐厅可谓是中国快餐行业的开山之作。时光冉逝，肯德基已成为中国发展最快、规模最大的快餐"双冠王"。截至 2003 年 1 月，肯德基已在中国设有 32 家肯德基有限公司，管理并经营着中国近 200 多个城市里 850 多家连锁餐厅。分析其成功之道，我们发现其"餐厅经理第一"的企业文化是其成功的重要因素。所谓"餐厅经理第一"，即在肯德基中，餐厅经理被充分授权。公司在经理、主管层提倡自主管理，也就是在营运中，他们要主动地思考问题，然后再充分授权给员工组长及所有员工。

六、服务制胜——必胜客：客户服务六准则

必胜客隶属于世界上最大的餐饮集团——百胜全球餐饮集团。以"红屋顶"作为餐厅外观显著标志的必胜客，如今已是全球最大的比萨专卖连锁企业。在世界 90 多个国家和地区，必胜客拥有 12 300 多家分店，员工近 25 万名，每天接待超过 400 万位顾客，烤制 170 多万个比萨饼。Pizza Hut 成功的奥秘在于其六大客户服务标准体系，即"Cleanness（清洁性）"、"Hospitality（热情）"、"Accuracy（准确性）"、"Maintenance（维护性）"、"Product（产品）"和"Speed（速度）"，这六大要素的英文缩写即"CHAMPS"。正是通过保持美观、整洁的餐厅，提供真诚、友善的接待，确保准确无误的供应，维持优良的设备，坚持高质、稳定的产品，注意快速、迅捷的服务等六个方面的客户服务准则，必胜客每日迎接着数以万计的顾客，并让他们满意而归。从某种意义上说，"CHAMPS"不仅是一切价值活动的统帅，而且也是一个全面的客户服务体系。

案例来源：中国商贸网 http://www.chinashangmao.com

思考题

根据本章内容，结合上述案例，分别说明六家连锁企业的经营是如何体现连锁经营的基本原理的。

第4章 连锁经营的基本模式

4.1 直营连锁

连锁经营在 100 多年的发展过程中，形成了多种多样的类型和形式。从不同的角度进行考察，连锁经营可以划分为多种不同的形态。通常人们从经营形式的角度，按所有权和经营权集中程度的不同，将连锁经营划分为正规连锁、特许连锁和自由连锁三种经营形态。

4.1.1 直营连锁的概念

直营连锁的英文是 regular chain，简称 RC，又称为正规连锁，但业界通常称其为直营连锁（direct chain）、公司连锁（corporate chain），即狭义的连锁店（chain），指由总公司（总店）直接经营的连锁店。

1. 直营连锁的定义

国际连锁店协会（IFA）对直营连锁的定义是："以单一资本直接经营 11 个商店以上的零售业或饮食业组织。"

日本通产省对直营连锁的定义是："处于同一流通阶段，经营同类商品和服务，并由同一经营资本及同一总部集中管理领导，进行共同经营活动，由两个以上单个店铺组成的组织化的零售企业集团。"

美国商务部对直营连锁的定义是："由总公司管辖下的许多门店组成，它往往具有行业垄断性质，利用资本雄厚的特点大量进货和大量销售，具有很强的竞争力。"

2. 直营连锁的本质

虽然不同国家和地区对直营连锁的定义不一样，但其本质是一样的。直营连锁是指处于同一流通阶段，经营同类商品和服务，并由同一个资本及同一总部集权性管理机构统一领导下，进行共同经营活动的连锁经营模式，即所有权属于同一公司或同一老板，由总部直接经营所有的门店。

直营连锁形式是连锁业发展史上最早出现的连锁经营类型，也是美国连锁商店的基本形式。世界上第一家连锁店——美国的"大西洋和太平洋茶叶公司"就属于此种类型，它由同一个资本开设多家分店，实行统一管理和经营。直营连锁最初主要集中于零售业和餐次业，后来的发展主要集中于流通业和商业服务业领域，通常是大型垄断商业资本通过吞并、兼并或独资、控股等途径，发展壮大自身实力和规模的一种形式。此外，世界著名的"西尔斯"零售公司、日本大荣集团的"大荣"株式会社、西友集团的"西友"株式会社等都是直营连锁商店。

直营连锁企业的组织结构通常有两种形式：一是不另设总部，连锁分店由母公司直接管理的形式；二是设置独立的总部，由总部管理连锁分店的形式。一般说来，在连锁经营企业处于初创阶段，设置的分店较少的情况下多采用母公司直接管理分店的组织形式，而在连锁经营企业发展壮大后，分店规模庞大的情况下，较多采用设置独立总部管理各分店的形式。

4.1.2 直营连锁的特点

直营连锁作为大资本运作，利用连锁组织集中管理、分散销售的特点，充分发挥了规模效应，其主要特点体现在以下4个方面。

1．所有权的集中统一

直营连锁企业由同一经营资本构成，其各个成员店之间以资本为主要联结纽带，所有门店属于同一个所有者，归一个公司、一个联合组织或一个人，由同一个投资主体投资开办，各分店不具有法人资格。这是直营连锁与特许连锁和自由连锁的最大区别。

2．管理权的高度集中统一

直营连锁的所有权、经营权、监督权完全集中在总部，由总部根据统一的事业规划方略，负责连锁企业的人事、财务、投资、分配、采购、促销、物流、商流、信息等方面的统一管理与经营，门店的业务必须按总部的指令行事。因此，直营连锁企业必须顺利地推进合理的分工体制，即总部必须设置分工明确、专业精细的内部管理机构及与各门店的层级管理制度、各类责任制度、工效挂钩的分配制度和规范的门店管理制度，以保证总部与各职能部门和门店的统一运作。

3．财务制度的集中统一

在人事关系上，直营连锁各门店的店长是连锁企业的雇员而不是所有者，所有门店的店长均由总部委派，店长无权决定门店的利润分配，因为整个连锁企业实行统一的核算制度，各个门店的工资和奖金由总部依据连锁企业制定的标准来决定。

4．人力资源开发与管理的集中统一

直营连锁企业各门店的所有员工均由总部统一招募，各门店的经理人员也由总部委派，他们是公司的雇员而不是公司的所有者。

4.1.3 直营连锁的优点和缺点

1. 直营连锁的优点

直营连锁的所有权和经营管理权高度统一的特点，决定其可以制定统一的企业经营战略和发展战略并确保其切实执行，可以打破各门店的界线，有效地调动整个企业的财力、物力和人力，统一开发和运用整体资源；可以统一进行企业的财务、人力资源开发与管理、采购、配送、广告宣传等业务，减少管理费用，降低经营成本；可以实现企业的高速度和高效率运转，充分发挥企业的规模优势，实现规模效益。

2. 直营连锁的缺点

直营连锁的所有权和经营管理权高度统一的特点，也会造成各门店由于自主权有限而缺乏经营的积极性、创造性和主动性，影响企业的快速发展和壮大。门店经理也会因为自己不是企业的所有者，与企业的利益关系不紧密而影响门店的经营管理。再加上直营连锁企业必须由同一资本构成，庞大的自有资本的需要会使企业的发展速度和规模受到一定限制。

4.1.4 直营连锁适用的行业

直营连锁主要适用于零售业，特别是大型百货商店和超级市场。例如，美国的沃尔玛、法国的家乐福，我国上海的联华超市、浙江的三江购物，等等。

4.2 特许连锁

4.2.1 特许连锁的定义

1. 美国的定义

在美国，传统上只有两种划分连锁企业的方法，即正规连锁与特许连锁。凡连锁企业的门店具备独立法人资格的即为特许连锁。

（1）美国商务部对特许连锁的定义是：主导企业把自己开发的商品、服务和营业系统（包括商标、商号等企业象征的使用、经营技术、营业场所和区域），以契约形式授予加盟店的规定区域内的经销权或营业权。加盟店则要交纳一定的营业权使用费，并承担规定的义务。

（2）美国特许连锁协会对特许连锁的定义是：特许经营是由一方（特许权拥有方）给予另一方（特许权接受方）的合同性特许，它包括以下 5 个方面。

① 在特许经营时期，要求特许权接受方按期向特许权所有方交纳钱款，其数量按特许

性质或按特许所有方提供的商品或服务量计算。

② 在特许经营时期，特许权所有方同意或要求特许权接受方在其名义下，或在与其有关的名义下，使用他的名义从事某一商业活动。

③ 要求特许权所有方对特许权接受方的商业活动提供帮助（关于特许接受方在商业活动组织方面的帮助有人员培训、推销、管理等）。

④ 授予特许权所有方在特许经营时期内连续行使管理控制的权利，在该时期内，特许权接受方在其商业活动中必须服从于特许权所有方。

⑤ 双方之间的关系不是持股公司与其子公司或同一持股公司下属的子公司的关系，也不是个人与特许权接受方控制的公司之间的关系。

2. 日本的定义

日本特许连锁协会对特许连锁的定义是："特许经营权是指特许者同其他事业者之间缔结合同，特许者特别授权特许加盟者使用自己的商标、服务标记、商号和其他作为营业象征的标识和经营技巧，在同样的形象下进行商品销售。此外，加盟者要按销售额或毛利的一定比例，向特许者支付报偿金，并对事业投入必要的资金，在特许者的指导及支持下开展事业。双方保持着持续性的关系。"

3. 国际连锁加盟协会的定义

国际连锁加盟协会将特许连锁定义为：总公司授权加盟者经营生意，并且在组织结构、人员训练、采购及管理上协助加盟者，相应地，加盟者也必须付出相当代价给总公司的一种持续性关系。

一般将主导企业视为总部，而将加盟者视为加盟店。根据特许合同，总部必须提供一项独特的商业特权，如商标、产品、公司象征等让加盟店使用，并给予员工训练、商品供销、组织结构、经营、管理等方面的指导和协助，加盟店除了总部赋予的权利外，也要付出相应的回报并遵守总部的规定。这种经营的关键在于总部的特许权的授予，所以称为特许连锁。

4. 我国的定义

1997 年 11 月 14 日，我国当时的国内贸易部发布的《商业特许经营管理办法（试行）》中规定："特许经营是指特许者将自己所拥有的商标（包括服务商标）、商号、产品、专利和专有技术、经营模式等以特许经营合同的形式授予被特许者使用，被特许者按合同规定，在特许者统一的业务模式下从事经营活动，并向特许者支付相应的费用。"

从以上定义中可以看出，特许连锁（franchise chain，简称 FC），又被称为合同连锁、加盟连锁或契约连锁，是一种以契约为基础的连锁企业经营形式。一般而言，连锁企业总部同加盟店签订合同，特别授权其使用自己的商标、服务标记、商号和其他为总部所独有的经营技术，在同样的形象下进行商品销售及劳务服务，各加盟店对自己的店铺拥有所有权，但经营权集中于总部，并按销售额或毛利的一定比例向总部支付报酬。

4.2.2 特许连锁的组成要素

从特许连锁的定义中可以看出，特许者、特许权以及被特许者是特许连锁经营形态的三个基本组成要素。

1. 特许者

特许者是指在特许经营活动中，将自己所拥有的商标、商号、产品、专利和专有技术、经营模式及其他营业标志授予被特许者使用的事业者。特许者是特许权的所有者，也是特许连锁的主宰或盟主。

一般说来，特许者应当具备以下基本条件：

（1）拥有一个有良好信誉的注册商标和商号，或者拥有专利、独有的产品技术等经营资源。

（2）有成功的单店管理经验并容易被复制。

（3）产品和经营模式具有良好的获利能力。

（4）有稳定的、具有高品质保证的物品供应系统。

（5）有确保特许经营体系正常运转的管理及支持系统。

2. 被特许者

被特许者，也就是通常所说的加盟者，是特许连锁的另一基本构成要素，它指在特许经营活动中，被授予使用特许者的商标、商号、专利、专有技术、产品及其他成为营业象征标志的事业者。被特许者是特许权的接受方，他们要具备符合特许权所有方要求的资金、场所、设备、经营管理能力以及良好的信誉等方面的资格和条件才有可能加入到连锁企业中去。

案例4.1　麦当劳公司寻找潜在加盟者的资格要求

成为麦当劳公司的加盟者，需要具备下列基本资格：

（1）企业家精神和强烈的成功欲望。

（2）较强的商业背景，尤其应具有处理人际关系和财务管理的特殊技能。

（3）愿意参加培训项目，培训项目需要全力以赴，并可能需要1年或更长的时间才能完成。

（4）财务资格。

3. 特许权

特许权是指产品、服务、商标、专利、营业技术、商业机密、经营诀窍以及其他可以带来经营利益的特别权力。这种权力可能是具有较高知名度和广为大众所接受的商品，也可能是具有研究与开发独具特色的商品或服务的能力，还可能是一套独到的运作方式或管理经验等有形或无形资产。

4.2.3　特许连锁的基本特征

尽管不同国家对特许连锁的定义不尽相同，但这些定义都明确地表现了特许连锁具有的下列主要特点。

1. 所有权的分散与经营权的集中

各加盟者对其各自的门店拥有所有权，而经营权则高度集中于总部。各门店店长是加盟者，不受聘于总部，加盟店甚至还有部分用工权和进货权。加盟店仍然具有独立的企业法人资格和企业的人事、财务权，但是加盟者必须按特许合同的规定严格执行生产经营任务，没有独立的生产经营权。

2. 特许连锁的核心是特许权的转让

总部作为转让方，必须具有自己的产品、服务、营业技术，或有名的商标、商号等独有的物质技术或知识产权，这些特许权能给企业带来经济效益。总部除了向加盟者提供完成事业所必需的信息、知识、技术等一整套经营系统之外，还要授予加盟者店名、商标、商号、服务标记等在一定地区的垄断使用权，并在开店过程中不断给予经营指导。

3. 特许授权经济合同是维系特许连锁经营的纽带

这种特许授权经济合同通常不是由双方协商确定的，而是由连锁企业总部制定的。加盟者只有接受既定的合同内容才能加盟连锁系统。例如：必须按总部提供的各项标准进行生产经营；必须按总部提出的经营管理方法办事；必须按合同规定的数量和方法向总部交纳一定的特许金额等。这些特许金额包括：首次加盟费、特许商品销售额款项或所得利润的提成费等。总部也在合同中承诺相应的授权责任与义务。例如，提供必要的技术指导，提供独有商品、原材料，允许使用商标，进行必要的员工技术培训等。

4. 总部与加盟店的关系是纵向关系

因为特许经营是通过总部与加盟店签订一对一特许合同而形成的经营关系，所以总部与加盟店的关系是纵向关系，而各加盟店之间不存在横向联系。

4.2.4　特许连锁的类型

特许连锁自产生发展至今已派生出许多具体的形式。根据不同的分类方法，特许连锁具有不同的类型。

1. 按特许权接受方经营加盟店的不同方式进行划分

按特许权接受方经营加盟店的不同方式进行划分时，特许连锁可分为以下 5 种类型。

（1）投资性特许经营方式。这种经营方式主要表现为，特许权接受方以大量资金的投入来获得特许经营权，特许权接受方控制企业整体运营策略，雇用他人经营分店。

（2）职业性特许经营方式。这种经营方式表现为，特许权接受方只进行较少的资金投入，获得特许权后自己以职业者的身份，亲自从事部分业务。

（3）零售式特许经营方式。采用这种经营方式加盟连锁的特许权接受方将大量资金投入到商业产业设施的建设方面，利用所获特许权亲自经营零售业，在自己经营不便时有权转让所获特许权和投资产业。

（4）管理式特许经营方式。这种经营方式表现为，特许权接受方利用所获特许权亲自经营管理业务。

（5）销售与分销式特许经营方式。这种经营方式表现为，在获得授权的地区从事授权产品的分销业务。

2．按特许连锁的特许权内容进行划分

按特许连锁的特许权内容进行划分时，特许连锁可分为商品、商标型特许连锁和经营模式特许连锁两种基本模式。

（1）商品、商标型特许连锁。这种模式是指盟主将其拥有的某一专门商品或商标的经销权和使用权授给加盟者。这种模式最早是一种供货厂商和代销商的契约关系，商人为供货厂商代销某种产品，供销双方签订契约协议，代销商专门为一个供货厂商代销商品，或者直接使用供货商的字号、商标，从而成为供货厂商的销售部门，与供货厂商形成纵向的子公司与母公司的关系，特许连锁也由此产生。因此这种模式是初期特许连锁普遍采用的形式，又被称为"第一代特许经营"。

（2）经营模式特许连锁。这种模式是现代特许连锁广泛采用的形式，又被称为"第二代特许经营"，是指盟主将其拥有的可获利的经营诀窍等内容授予加盟者的一种特许连锁形式。它要求加盟店经营总店的产品或提供与总店相同的服务，而且加盟店的店名、标志、经营方式、质量标准等所有经营管理模式都要按总店的规定进行。

3．按特许连锁授予特许权的方式进行划分

按特许连锁授予特许权的方式进行划分时，特许连锁可分为以下4种类型。

（1）一般特许连锁。一般特许连锁是最常见的特许连锁形式。这种形式主要表现为总店向加盟店授予产品、商标、店名、经营模式等特许权，加盟店为此支付一定费用并使用这些特许权进行经营。

（2）委托特许连锁。委托特许连锁是指总店把自己的产品、商标、店名等特许权出售给一个代理人，授予该代理人特许权，允许该代理人负责某个地区的特许权授予。

（3）发展特许连锁。发展特许连锁是指加盟店向总店购买了特许经营权，同时也购买了在一个区域内再建若干家分店特许权的经营形式。

（4）复合特许连锁。复合特许连锁是指总店将一定地区的独占特许权授予加盟者，加盟者在该区域内可以独立经营，也可以再次授权给下一个加盟者经营特许业务，由此该加盟者既是特许权接受方，同时又是这一区域的特许权所有方。

案例4.2 肯德基的特许加盟方式

肯德基目前在中国发展加盟店的方式不是让加盟者交纳加盟费后自行开店，而是让加

盟者出资购买一间正在运营中并已赢利的连锁店。

转让已经成熟的餐厅，加盟者不必由零开始，可以较快地融入肯德基的运作系统，进而可极大地保障加盟者成功的机会。对肯德基和加盟者来说都是最稳健、最便捷的做法。

考虑到大型城市开展特许经营的挑战性大，目前肯德基只在中国内地境内非农业人口大于 15 万小于 40 万，且年人均消费大于 6 000 元的地区寻求加盟经营的申请人。当然，不是所有这些地区的餐厅都适合加盟经营。然而，如果可能，肯德基可以优先接受加盟商对地点的建议。

4.2.5　特许连锁的优点和缺点

1．特许连锁的优点

特许连锁的优点主要表现为对盟主（经营者）和加盟者（被特许者）均有好处。

（1）特许连锁经营对盟主的好处主要体现在以下 5 个方面。

① 既节省了资金，又能获得扩大市场的机会，提高知名度，加速连锁事业的发展。

② 开展新业务时，有合伙人为其共同分担商业风险，能够大大降低经营风险。

③ 特许店成为稳定的商品流通渠道，有利于巩固和扩大商品销售网络。

④ 盟主可根据加盟店的营业状况、总部体制和环境条件的变化调整加盟店，掌握连锁经营主动权。

⑤ 统一加盟店的店面设计、店员服装、商品陈列等，能对消费者和企业界形成强大而有魅力的统一形象，有助于企业形象和品牌的塑造。

总之，特许经营对于特许者来说是一本万利的事情，即一个本钱（模范店或模范产品、服务、品牌）多次被利用，利用一次，就赚一次钱，扩大一次规模，实现低成本扩张，就像复印机复印一样，有人将其比喻为扩印底版。富士胶卷公司对特许经营"扩印底版"的精髓理解颇深，他们在中国有 2 200 家特许专洗店，仅北京就有 200 家，一家店支持 1 万元，共投入 2 200 万元，使市场占有率保持在 45% 左右。

（2）特许连锁经营对加盟店（被特许者）的好处主要体现在以下 6 个方面。

① 用较少的资本就能开展创业活动。

② 没有经验的创业者也能经营商店，可以减少失败的危险。对于加盟店来说，购买一个成功的特许经营模式，大大降低了创业风险。

③ 能借用连锁总部的促销策略。

④ 能进行高知名度和高效率的经营，能够接受总店参谋的指导，以持续地扩大和发展事业。

⑤ 稳定地销售物美价廉的商品，并能够专心致力于销售活动。

⑥ 能够迅速适应市场变化。

总之，特许经营对于加盟者来说是一万利本的事，即源源不断的利润皆来自于投资一个本钱：购买一个成功的特许经营模式。他不必"摸着石头过河"，也不必品尝"失败是成功之母"的酸果，花钱直接享受他人成功的经营模式即可，大大降低了创业风险。例如，美国有 80% 的店铺开业 5 年就关闭了，但是采取特许方式关掉的仅为 30%～40%，因此在美国每隔 16 分，就有一家特许店开张。

案例 4.3   麦当劳的特许经营制度及对加盟者的好处

麦当劳经营方式主要有两种：一种是总部直接投资经营；另一种是分店由业主独立经营，即特许经营。在美国本土，公司直接经营的连锁分店只占 16%，而加盟店却占 84%，可见特许加盟制度已成为麦当劳"帝国大厦"的基础。

麦当劳所签订的加盟合约期限一般都在 20 年。加盟者一旦和总部签订合约，必须先付一笔特许权使用费，总额为 2.25 万美元，其中一半现金支付，另一半以后上交。此后，每年上交总部一笔权利金和房产租金，前者为年销售额的 3%，后者为年销售额的 8.5%。

麦当劳对加盟店提供的服务有：对所有加盟店派出顾问，帮助选择最佳位置和理想的装修设计；帮助招聘员工；帮助寻找符合公司总部要求的原料基地等。对这些活动，总部不仅分文不取，而且还十分认真。麦当劳公司一般不直接向加盟店提供餐具和食物原料，而是与专业供销公司签订合同，再由他们向各个分店直接供货，有条件的地方则由总部直接提供原料。由于麦当劳分店众多，原料需要量大，对美国市场的影响力也非常大。

资料来源：杨宜青. 连锁经营原理与管理技术. 北京：高等教育出版社，2001.

2. 特许连锁的缺点

特许经营虽然有许多优点，但同时也有一些缺点。

对于特许者来说，特许连锁的缺点主要表现为，在其所选择的加盟店经营不善的情况下，会直接影响到特许者自身的名誉、地位；而加盟店发展态势极好却要求与其脱离关系时，又会变成特许者的强劲竞争对手，也会影响到特许者的发展。

对于加盟者来讲，特许连锁强调标准化的经营要求，加盟者必须与总部保持高度一致；加盟者在经营管理方面没有自主性，经营的灵活性受到限制，这会妨碍加盟者积极性和创造性的发挥，在一定程度上制约着特许连锁企业的发展。

4.2.6 特许连锁适用的行业

特许连锁适用于制造业、服务业、餐饮业以及便利店之类的小型零售业等领域。美国胜家（Singer）缝纫机公司 1865 年首创特许经营这一方式。日本"不二家"西点糕饼店于 1963 年开始实行特许加盟。在美国，目前餐饮业各种特许连锁店总数达 103 313 家，汽车零配件和维修特许连锁店总数为 42 222 家，便利店特许连锁店总数为 17 265 家，职业介绍所特许连锁店总数为 8 265 家。

在我国，彩色快速冲印店是典型的特许加盟店。一般来说，特许连锁比较适合于那些名气大、经营管理方面有独到经验的企业，通常以商品或服务等作为联结的纽带；主要有具备相当实力的大型零售店，一些位于繁华闹市、交通要道等黄金地段的中（小）型零售店、快餐店、饭店等。此外，在其他行业，如洗染、理发、美容、搬家、照相、扩印、电器维修、清扫用具出租乃至汽车加油站、出租汽车公司、房屋维修业等领域，都可以大力发展特许连锁。

4.3　自由连锁

4.3.1　自由连锁的定义

自由连锁（voluntary chain 简称 VC），又称自愿连锁、志愿连锁、志同连锁、任意连锁店集团，是各门店保留单个资本所有权的联合经营。

1．美国的定义

美国商务部将自由连锁定义为："由批发企业组织的独立零售集团，即所谓批发企业主导型随意连锁店集团。成员零售店经营的商品，全部或大部分从该批发企业进货。作为对等条件，该批发企业必须向零售企业提供规定的服务。"

2．日本的定义

日本经济界对自由连锁店的定义是："所谓自由连锁店是许多零售企业自己组织起来的，在保持各自经营独立性的前提下，联合一个或几个批发企业，并以此为主导建立强有力的总部组织，在总部的指导下，实行共同经营。通过集中进行大量采购，统一经销，获得低成本、合理化经营的利益，不断提高流通效率的零售商业组织。"在相关法律中还规定："自由连锁主要是指对中小零售业，依照一定的合同条款，持续地销售商品，并开展有关经营方面的指导事业"。

总之，自由连锁是指通过签订连锁经营合同，总部与具有独立法人资格的门店合作，各门店在总部的指导下集中采购、统一经销的经营模式。根据自由原则，自由连锁体系中的各门店可以自由地加入或退出连锁体系。

自由连锁最早形成的原因，是众多中小企业在与一些规模大、实力强的大型连锁企业竞争时，由于势单力薄，竞争力不强，占有的市场份额日益缩小；为了摆脱困境，若干零售商共同投资设立机构，负责共同进货，开展共同促销和广告宣传等活动，以降低成本，提高利润率。可见，自由连锁是中小零售商为了对抗大型连锁企业的垄断而自行发起的联合组织。

4.3.2　自由连锁的特征

自由连锁的最大特点，是各门店的所有权和财务权相对独立，与总部没有所属关系，只是保持在经营活动上的协商和服务关系，如统一订货和送货，统一使用信息及广告宣传，统一制定销售战略等。自由连锁的特征具体表现为以下四个方面。

1．加盟店拥有独立的所有权、经营权和财务核算权

自由连锁拥有众多分散的零售商加盟成员，这些零售商一般是小型的，但它是独立的，门店的资产归门店经营者所有。各门店不仅独立核算、自负盈亏、人事安排自主，而且在

经营品种、经营方式、经营策略上也有很大的自主权，每年只需要按销售额或毛利额的一定比例向总部上交加盟金、管理费等。

2．拥有一个或几个核心企业作为总部组织

自由连锁的总部拥有一个或几个核心企业作为强有力的总部组织，该总部组织通常是已经存在的企业，有的是单独设置的，有的是由核心主导企业兼行总部职能，因而可以是批发企业，也可以是大型零售企业。

3．协商制定的合同是维系各方经济关系的纽带

总部与各加盟的成员店通过合同作为纽带联结在一起，合同由各成员通过民主协商制定，而不是特许连锁那样的定式合同。其合同的约束力比较弱，一般以合同规定的加盟时间一年为单位，加盟店可以随意退出自由连锁组织，在自由连锁的合同上并未规定对随时退出自由连锁组织成员店的具体惩罚细则。

4．自由连锁的核心是共同进货

共同进货是中小企业成为自由连锁店的最大诱因，这样可以使中小型商业企业和大型超级市场、百货商店一样，获得低廉的商品进货价格。但对总部而言，自由连锁门店是总部强有力的分销渠道，因而形成了自由连锁重要的"联购分销"机制。

4.3.3　自由连锁的类型

自由连锁在其发展过程中，形成了包括批发企业和若干零售企业在内的结构形式，批发企业成为各个连锁组织的龙头，他们向零售企业提供食品、设备、服饰用品和药品等领域相同的商品、服务和建议。在实践操作中，自由连锁具体形成了以下三种主要的发展模式。

1．大型零售企业主导型自由连锁

这种连锁经营模式在日本较为普遍，是某个大型零售企业利用其在进货渠道、运输条件以及仓储设施等方面的优势开设总店，再以自由连锁的形式吸收中小型零售企业加盟形成的自由连锁经营形式。

案例4.4　自由连锁经营的典型：日本桔高公司

日本桔高公司是一家蓬勃发展的自由连锁经营的典型。该公司拥有1 000多家加盟分店，经营着4 000多种糕点食品。由于公司经营的食品品种多，而每种食品批量又不大，所以花样品种的周转与变化的速度较快。针对这一经营特征，桔高公司的连锁总部为了随时掌握各个加盟店的每一品种食品的销售情况，专门设立了销售时点管理系统。同时，为了保证使每一种食品能及时按计划配送到各加盟店，在全日本各地设立了23个物流配送中心。一个单独的食品店，如果要申请加入桔高公司的自由连锁经营网络，必须向连锁总部一次性上交加盟金1 500万日元和开店费（依据铺面大小而定）等费用。在加盟以后的日

常经营中，各加盟店还要根据加盟协议交纳共同的广告费（销售额的 0.2%）、进货手续费（进货额的 2%～4%）等。完成销售后，按销售额的 1.5%～2%向连锁总部交纳业务指导费。而连锁总部经营所获的利润，则通过奖励、业务培训等形式，部分返还给各加盟店。这种总部与加盟店之间互惠互利的业务经营关系和利润分配关系，充分显示了自由连锁经营的本质和特色。

2．中小型零售企业联合主导型自由连锁

由几家中小型零售企业联合起来，共同投资建立、开办自由连锁的总店，然后吸引其他中小企业加盟，建立连锁企业集团。这种自由连锁经营企业的总部由股东组成，共同执行经营管理业务，具有服务性质，不以赢利为目的；他们以集资的形式解决企业运营过程中的资金问题，也像其他连锁经营形式一样共同建立统一的配送中心进行货品的加工处理和配送。

3．批发企业主导型自由连锁

这种连锁经营模式是欧美国家自由连锁的主要形式，由聚集在批发商周围的独立零售商构成，通常由批发商发起。它可能由一个批发企业发起并行使总部职能，也可能由两个以上的批发企业发起，在核心企业建立总部，承担配送中心的职责和服务指导的功能；然后按照自愿的原则与那些与批发企业具有长期稳定交易关系的零售企业结成连锁企业集团，形成自由连锁的经营模式。

4.3.4 自由连锁的经营原则

自由连锁经营具有以下四项基本原则。

1．共同原则

自由连锁经营更加注重总部与加盟店的互相配合和互相协调，在总部倾全力支援加盟店，对其进行全方位指导的同时，加盟店也应积极配合，两者是利益共同体。

2．利益原则

自由连锁总部的经费由各加盟店共同缴纳，总部的责任在于确保连锁组织成员的利益。总部以组织形式获得的利益，要以培养人才，加强物流系统、信息系统的更新等进行战略性再投资的形式向加盟店偿还，以繁荣加盟店，强化连锁经营系统。

3．调整原则

在自由连锁系统中，并不否认营业范围内的加盟店之间的有效竞争。有效竞争会给加盟店带来活力，增强连锁的竞争力。但是，应尽可能调整加盟店彼此之间的过分竞争。

4．为社区作贡献的原则

加盟店要有"商店是为顾客而存在"的"店客共荣"的经营原则。加盟店要有为其商

店所在社区居民服务的思想，并不断得到当地居民的信赖，使自己的商店成为社区不可缺少的设施，进而确保自己商店的发展和繁荣。

4.3.5　自由连锁的优点和缺点

1. 自由连锁的优点

对于自由连锁经营模式，各连锁企业自愿联合且所有权独立的特点决定了这种连锁企业集团各分店的利益与总店的利益直接相关，这有利于整个企业集团协调一致，促进共同事业的发展。而加盟企业拥有较独立的经营权又使他们在经营过程中拥有较大的自主权，可以自主地选择经营策略、经营范围和经营方式；自主管理、独立核算、自负盈亏，有利于充分调动各分店的积极性和创造性，促进组织的发展。这种连锁经营模式管理方式上的民主与集中相结合的特点，也使其经营管理活动既相对统一又具有较大的灵活性，既降低了管理成本又实现了规模效益。

2. 自由连锁的缺点

自由连锁由于没有一个牢固的联结纽带将各加盟企业紧密的联结在一起，因而导致自由连锁企业集团存在着结构松散、凝聚力较差的问题；自由连锁企业各成员企业的独立性、自主性较大，也使组织体系不够稳定，总部的命令得不到及时、彻底的执行，难以集中、统一运作；在管理方式方面过于民主也会导致决策迟缓，效率低下；各成员店相互之间存在的竞争也制约了企业集团的协调发展。

4.3.6　自由连锁适用的行业

在日本，自由连锁经营比较普遍，这是因为日本的中小企业之间历来具有很强的合作意识。在市场竞争的外部压力下，日本的许多中小企业逐渐走上了以互助合作为特征的自由连锁之路。所以，日本的自由连锁在其发展初期以零售主导型为主。最大的自由连锁店是食品零售业的 CGC 集团，年营业额为 3 000 亿日元；加入门店最多的是寝具零售业的"全国日之友会"和食品零售业的"全日食连锁店"，均有 1 500 家左右的门店。

我国港台地区的一些传统式"夫妻店型"杂货店，也大多是加入这种自由连锁组织的成员店。根据我国目前的状况，发展自由连锁有一定的难度，其中很重要的一条原因是：缺乏持久的合作精神以及过多考虑局部的近期利益，当考虑到近期利益受到一定的影响时，往往宁愿放弃合作所能带来的长远利益而偏好独立自主的经营。然而，在今后市场竞争日益加剧的情况下，批发主导型自由连锁组织与行业主导型的自由连锁组织必然会逐步形成并发展壮大。

4.4　连锁经营模式的比较

在特许连锁、直营连锁和自由连锁之间，每一种连锁都有其自身的特点、优点、缺点及适应的领域，因此不能简单地断定孰优孰劣。同一连锁企业内部，可以同时采用直营连锁、特许连锁和自由连锁三种经营形式。关键是连锁企业在进行连锁经营模式的转换时，应先进行自我评估，有了充分的准备及阶段性的选择后，才能逐渐转换，不能只是"这山望着那山高"地盲目转换经营模式，否则只会因为无法顾及门店（或加盟店）的需求，而加速消耗连锁企业的战斗力。

1. 共同点

无论是直营连锁、特许连锁还是自由连锁，每一种连锁模式均由多个门店组成，都有一个总部作为统一的组织机构进行管理。同时，每种连锁模式均在产品与服务方面采取各自的标准化、规范化营运标准。在商品的采购、储备、门店结构及管理系统方面均不同程度地要求标准化与规范化操作。总部作为统一的组织机构，其功能主要是负责商品的采购、储存、运输、定价和促销，而各个门店的功能则主要是进行商品的实际销售。

2. 不同点

直营连锁、特许连锁和自由连锁三者之间的不同点主要体现在以下五个方面。

（1）所有权不同。直营连锁企业的门店无论有多少，都是由一个投资主体投资开办的，属于一个资产所有者。各门店不具有企业法人的资格，不能作为独立的企业存在。各门店的店长也是由总部直接委派的管理人员。

在特许经营企业中，加盟企业仍然具有独立的企业法人资格以及企业的人事权和财务权。

相对于直营连锁资产所有权的单一性来说，自由连锁集团是在具有独立法人资格的各商业企业之间进行联合而形成的；其中，无论是核心企业还是加盟企业的资产所有权都是独立的，整个连锁集团呈现资产所有权多元化的特点。

（2）经营管理模式不同。直营连锁一般都采用"总部—门店"的直接管理模式，即以总部为核心，在人事、财务、价格、经营、分配等方面对所属所有门店进行直接、全面的管理。各门店只能执行总部的管理与决策，不能脱离总部的管理体系而独立地进行商业经营活动。

特许连锁是以经营管理权控制所有权的一种组织方式。在特许经营企业中，加盟者必须按特许合同的规定严格执行经营管理任务，加盟者投资特许加盟店并对门店拥有所有权，但该门店的最终管理权仍由加盟者掌握。

自由连锁的经营管理模式最为松散。无论是总部还是各门店，在加入自由连锁组织之后，原来的独立法人资格并未消失，每个企业仍在资产所有权、财务权、人事权和一定范围的经营权等方面保持着自主性和独立性。

（3）涉及的经营领域不同。直营连锁经营的范围一般仅限于商业和服务业，而特许经营的范围则宽广得多，如在制造业中也被广泛应用。

（4）法律关系不同。在特许经营和自由连锁中，特许者和加盟者之间的关系是合同双方当事人的关系，双方的权利和义务在合同条款中均有明确的规定。而直营连锁则不涉及这种合同（分店经理与总部的雇佣合同另当别论），总部和分店之间的关系由公司内部的管理制度进行调整。

（5）财务制度不同。直营连锁实行总部统一核算制度，各连锁门店只是一个分设的销售机构，销售利润由总部统一进行分配。

特许连锁具有资产独立性的特征，特许连锁门店之间以及连锁门店与总部之间的资产都是相互独立的。特许连锁门店与其总部都是独立核算的企业，因此特许连锁实行总部与加盟店各自独立的核算制度，而加盟店只要在加盟时依照合同规定向总部一次性缴纳品牌授权金，并在经营过程中按销售额或毛利额的一定比例向总部上缴"定期权利金"。

3. 三种连锁经营模式的比较

三种连锁经营模式异同点的比较如表 4.1 所示。

表 4.1 三种连锁经营模式异同点的比较

连锁经营模式	直营连锁	特许连锁	自由连锁
总部与加盟店的资本所属	同一资本	不同资本	不同资本
总部资金构成	企业总部自身所有	加盟店持有一定股份	全部由加盟店出资
加盟店与总部的关系	企业内部管理上下级	总部对加盟店具有较大影响力	加盟店对总部具有较大影响力
总部对加盟店的人事权和直接经营权	有	无	无
加盟店自主性	小	小	大
加盟店上交总部指导费		5%以上特许费	
分店间联系	同隶属于企业总部	无横向联系	有横向联系
总部与加盟店的合同约束力	视公司规章而定	强硬	松散
合同规定的加盟时间		多为 5 年以上	以 1 年为单位
总部机构人员	企业职工	专业人士	加盟店参与或委托代理

复习思考题

1. 特许连锁和自由连锁各有哪些类型？
2. 列表比较直营连锁、特许连锁、自由连锁的相同点与不同点。
3. 结合实际，说出你身边的商铺属于哪种连锁类型？

【本章案例阅读与思考】

全聚德的特许连锁

自 2001 年以来，创立于 1864 年，已有 140 年历史的全聚德可谓是喜报频传。2001 年经国际权威部门评选，北京全聚德集团有限责任公司入选"2000 年度世界餐饮行业 500 强企业"。2002 年 8 月，中国饭店协会首次对外宣布了 2001 年度中国餐饮企业经营业绩 500 强的名单，全聚德又拿了"中式正餐第一"。2001 年 9 月，全聚德又荣获北京商业委员会授予的"北京市首批优秀特许经营品牌"。从 1993 年中国北京全聚德烤鸭集团公司成立，到 1998 年集团按照现代企业制度改制为中国北京全聚德集团有限责任公司，再到如今的中国最大的餐饮连锁企业之一，短短几年的时间里，全聚德就实现了由弱变强的集团化规模扩张，并带动了整个企业管理体制和经营机制的重大转变。究其原因何在呢？用董事长姜俊贤自己的话来讲就是："假如全聚德百年老店是一条船，那么特许连锁就是全聚德在希望之海乘风破浪的风帆，全聚德取得的辉煌成就靠的就是多年来坚持走连锁经营之路不动摇。"

一、全聚德的历史和文化

中华老字号"全聚德"的创始人名为杨全仁，杨全仁每天到肉市上摆摊卖鸡鸭肉，都要经过一间名叫"德聚全"的干果铺。这间铺子到同治三年（1864 年）濒临倒闭。精明的杨全仁抓住这个机会，拿出他多年的积蓄，买下了"德聚全"的店铺。

为了扭转霉运，杨全仁请来风水先生把脉，风水先生说："以前这间店铺甚为倒运，晦气难除。除非将其'德聚全'的旧字号倒过来，即称'全聚德'，方可冲其运，踏上坦途。"于是他将店铺的名号定为"全聚德"。

全聚德由于历经众多历史时期，曾一度陷入濒临倒闭的危险境地。直到 1993 年 5 月，中国北京全聚德烤鸭集团公司成立，百年老店重现辉煌。1994 年，由中国北京全聚德集团公司作为发起人，联合深圳宝安集团、上海新亚集团等法人单位，设立了北京全聚德烤鸭股份有限公司，并将连锁经营工作全部纳入全聚德股份公司，设立了全聚德特许连锁事业部。1998 年，根据企业发展需要，集团按照现代企业制度改制为中国北京全聚德集团有限责任公司。自此结束了全聚德前门、和平门、王府井三大店各自为营、相互竞争的局面。到 2001 年，全聚德已经拥有国内连锁企业 50 余家、国外连锁企业 5 家，全年销售收入达6.63 亿元。

二、全聚德的特许经营战略

1. 连锁经营的管理体系

从 1993 年起，全聚德开始不断地实施扩张战略，市场占有率逐步提高，品牌影响力也不断扩大。在这一过程中全聚德逐渐形成了坚持"一个原则"、贯彻"两线运营"、抓好"三条主线"的全聚德连锁经营管理的框架体系。

（1）坚持"一个原则"，即"双赢"的原则。

特许经营的一大特点就是通过盟主和加盟商的精诚合作实现双赢的结果。在这个过程中，盟主提供的是品牌、技术支持和管理服务，而加盟商则要提供资金、管理并接受盟主的监督。多年的摸索令全聚德体会到"双赢"不是一种单纯的获得，而是有付出的获得。

（2）贯彻"两线运营"，即有形资产运营和无形资产运营两线并进。

"两线运营"是全聚德在推行特许连锁经营的实践中确立的一条发展思路。有形资产运作，是以直接投资方式建立连锁经营项目，并按持有股权获配送业务外，还负责以"全鸭席"为基础的熟食食品的开发研制工作。目前已向市场成功推出了五大系列三十多个品种的鸭肉熟食品，使消费者在品尝到全聚德传统风味的同时，能味到采用先进的现代食品工业技术研发生产的方便快捷、营养卫生的鸭肉熟食品。

无形资产运作，是针对其品牌而言的。特许经营是对特许人以商誉为核心的无形资产的开发和利用，是对企业信誉的"出租"，而商标是无形资产的核心内容。集团公司自成立以来十分注重对"全聚德"商标的管理和保护，迅速在国内外进行了商标的注册工作。截至目前，在国内已经注册的商标是 9 个，注册范围涵盖 25 类 97 项。全聚德集团已在 29 个国家和地区正式注册了"全聚德"商标。

（3）抓好"三条主线"。即开发运营、统一配送、信息管理三条管理主线。

2. 建立特许连锁经营的开发、运营管理体系

首先，集团制定了《全聚德特许经营管理手册》。

其次，为了适应国际化和规模化发展的需要，1998年，集团形成了较为完备的《全聚德形象识别手册》，明确提出了"全而无缺、聚而不散、仁德至上"的企业精神和"继承弘扬民族优秀饮食文化成果，以繁荣和发展中华饮食为己任"的企业宗旨，并对这一古老企业精神加以了现代的诠释，即：

全而无缺——以现代的开拓意识、科学的管理体系、灵活多样的经营方式迎接时代赋予的新挑战。

聚而不散——以"聚德"之心聚天下有识之士；以"聚全"之志广纳华夏美食。200多名现代管理人才和包括国际烹饪大师、百余名高级烹饪师在内近700人的技术队伍，奠定了"全聚德"饮食"劲旅"的地位。

仁德至上——"全聚德"始终奠定了"仁德至上"的商业公德，使其赢得了中国乃至世界各国宾朋的一致赞誉。

为了保证全聚德集团内各企业的菜品质量和风味统一，达到实质性的连锁，探索中餐标准化和规模化的实现形式，姜俊贤组织了专门的技术攻关小组，由具有丰富实践经验的老技师和具有现代科技知识的技术人员相结合，进行全聚德传统特色菜品的量化定标工作。

3. 充分发挥配送中心的作用，提高特许连锁经营的规模效益

北京全聚德烤鸭股份有限公司配送中心成立于1996年3月，目前已形成集技、工、贸于一体的经济实体，拥有国内一流的现代化禽类加工、制坯生产线，担负着对全聚德集团六十余家成员企业的鸭坯、荷叶饼、甜面酱的统一加工任务。

4. 科技手段推进连锁经营的信息化管理

在利用科技手段推进连锁经营的信息化管理方面，全聚德集团主要做了以下三个方面的工作。

（1）用工业化生产解决鸭坯加工工序。

（2）更新和改进传统烤鸭炉。科技开发人员结合传统式烤鸭炉的使用情况和使用原理，先后研制出三代烤鸭炉：标准化砖炉、内胆式烤鸭炉和分体快装式烤鸭炉，并获得国家专利。

（3）建立计算机餐饮管理系统，实现了全国连锁店的联网。

三、全聚德的市场定位与布局

1. 市场定位

在中国，全聚德是较早探索特许经营发展模式的中国餐饮企业之一。它的定位就是高档次的中式正餐，这可以说是特许经营中一个全新的领域，尚不具备任何现成的经验和标准答案，唯一可借鉴的就是麦当劳、肯德基这些西餐快餐开发特许体系中积累的先进经营理念和营销管理方式。

相反，中式正餐的经营与西式快餐相比就要复杂得多。全聚德的定价比较高，以品质和特色制胜，这也决定了它的目标客户群是以商务宴请、旅游团队、亲朋好友聚会为主。顾客在就餐的同时，不仅享受餐厅独具特色的氛围，更要进行信息的沟通、感情的交流，甚至是社交、谈判场所的延伸。

全聚德的市场定位是宣扬一种高品位的饮食文化，是传统的中式正餐，因此全聚德的日常管理就必顺迎合自身定位的需要，借鉴西式快餐管理方法的同时也要有所创新。

全聚德认为，"克隆"两个字虽然形象地反映出特许经营的特点，但对于传统饮食文化来讲，是不能完全克隆的。全聚德根据自己的文化特点进行了重新定位。以北京的几家全聚德烤鸭店为例，前门店拥有 140 年的历史，"老墙"是全聚德百年沧桑的历史见证。那是不是要在每一个加盟店旁都建造一堵"老墙"呢？全聚德人经过研究认为，这种克隆不是在发扬历史文化，而是在稀释历史文化，刻意追求统一并不能达到良好的效果。于是"老墙"成为前门店所独有的"历史文化"见证。与前门店不同，和平门店则更突出了"名人文化"特征。这里接待过的中外首脑、名人成千上万，"名人园"中展示了名人的照片和题词，这里的"总统间"更是应接不暇。而开在王府井大街上的王府井店（其原址为明代十王府），结合店铺周边的文化特点，店内建筑以王府风格为主，设有豪华气派的宴会厅，"萃锦园"更是尽显清朝王府的华贵儒雅，营造了独特的"王府文化"氛围。

2．战略布局

在推进特许连锁的过程中，全聚德努力把品牌经营战略布局与其市场定位紧密相连，强调质量重于数量。市场布局以各省会大中城市、沿海地带为主，根据不同城市的规模和消费水平，分别制定了 A 级和 B 级餐厅标准，并选择具有较强经济实力、良好信誉和文化素质的合作伙伴。目前，全聚德集团在国内已经拥有近 60 家成员企业，分布在 26 个省、市、自治区，其中特许连锁占到 35 家，初步形成了较为合理的布局。最近几年，依据精品战略要求集团先后在国内边远地区和国际市场开办了连锁店。

资料来源：《特许经营案例集》（朱明侠，经济科学出版社，2003）

思考题

1．全聚德是如何体现特许连锁的经营原则的？
2．全聚德的特许经营战略包括哪些内容？

第 5 章　连锁经营的主要业态

【学习要点】
- 连锁超市、专营店、便利店、百货商店的定义与业态特征
- 专营店与专业店的区别

5.1　连锁超市

在世界零售业的发展史中，超市被当做继百货商店之后的第二次零售革命。超市导入连锁经营机制后，使商业经营转变成为一种可管理的技术密集型活动，使经营过程中的不确定因素随之减少。因此，超市多门店的连锁化经营成为现实。超市的出现，丰富了连锁经营科学的内涵，而超市的发展离开了连锁经营也是无法想象的。

5.1.1　超市的概念

1. 超市的起源与发展

世界上第一家超市于 1950 年诞生在美国，由迈克尔·库伦（Michael Cullen）创立的这家商店，同传统的百货商店相比，具有动态的自助服务、灵活的商品价格和新颖的广告宣传等特征。20 年以后，这种新的经营形态传到了其他地区。欧洲于 1950 年、亚洲于 1952年先后出现了超市，我国也于 20 世纪 80 年代引进了超市这种现代化的零售方式，超市在我国得到了蓬勃发展。从 1994 年起，我国连锁超市业年均增长速度为 70%左右。从商务部公布的 2003 年全国前 30 家连锁企业的经营情况来看，总销售额为 2 704.2 亿元，比上年同期增长 29.9%；店铺总数为 10 321 个，比上年同期增长 35.1%。其中以超市（包括标准超市、大型综合超市和仓储超市）为主的连锁企业有 18 家，该类连锁企业的销售额占 30 家连锁企业总销售额的 56.8%，比 2002 年增长了 30.5%，店铺数增长了 32%。超市已成为我国零售业广泛采用的一种新型业态。

2. 超市的定义

在美国 1955 年出版的《超级市场》一书中，超市的定义为："采取自助服务方式，有足够的停车场地，完全由所有者自己经营或委托他人经营，销售食品和其他商品的零售店。"

日本自助服务协会 1959 年对超级市场的定义是："以自助服务方式，由一个资本经营，年营业额 1 亿日元以上的综合性食品零售业。"

综上所述，超市的核心定义是实行自助服务和集中式一次性付款的销售方式，以销售食品和生活用品为主，满足消费者对基本生活用品一次性购买需要的零售业态。超市运用大工业的分工机理，实行对零售经营过程和工艺过程的专业化和现代化改造，普遍实行连

锁经营的方式。

5.1.2　超市的业态特征

超市突破了传统的商业模式，是一种新兴的现代零售商店，即按满足消费者某种需求而设立的商店，其业态特征主要体现在以下几个方面。

1．超市需求的多样性

超市最基本的目标顾客是家庭主妇。随着超市经营品种的不断增加，经营规模的日益扩大，其服务对象也出现了多样化的趋势，主要有以下几类。

（1）双职工小家庭。这类顾客没有时间在菜市场购物，回家后料理家务的时间也不多，所以偏好超市所提供的定量化、包装化的食品和日用品。

（2）对商品知识或料理方法不太了解的消费者。这类消费者特别喜爱加工食品和熟食。因为超市可提供组合配菜，所以能迎合这类消费者的需求。

（3）追求新鲜、卫生、品质良好的消费者。随着生活水平的提高，人们不再满足原有的消费方式和销售服务，而超市能够符合这类消费者所需的卫生、新鲜、规范、信誉、方便的要求。

（4）收入水平或教育水平较高，比较喜欢尝试新、奇、特商品或追求时髦的消费者。这类消费者由于有一定的收入或较高的教育层次，因而比较注重购物环境的舒适性以及购物的自由与便捷，也愿意尝试超市提供的某些新、奇、特的商品。

2．超市经营的规模化

超市的规模经营不仅仅体现在多门店的连锁经营以及广泛的市场拓展方面，还表现在其经营内容、价格政策、批零功能的双向发挥以及劳动力和营业空间的有效利用等方面。

（1）经营品种的规模化。超市的经营范围是以食品为主，兼营其他日用消费品。发达国家的超市已经发展到经营几十万种商品，几乎与大型百货商店的经营种类没有什么两样，甚至已经超过了百货商店。这就表明超市这种零售业态在经营的范围上几乎概括了整个零售业经营的种类，可以说，超市在零售业种向零售业态的转移中最能体现经营品种的规模性。

（2）超市门店的规模化。由于超市薄利多销的价格特征，使得它要取得规模经济效益，就要采取多门店的连锁经营方式，而连锁经营的中央采购功能、配送中心功能和管理总部功能，大大提高了商品的销售率和商品的库存周转率。多门店的连锁市场网络，在量上是一个较高的市场占有率，在质上是就近满足消费者购物便利性的需要，因而超市的规模经济效益与百货公司大店化的规模经济效益是不同的。超市是分散的多门店的连锁规模，而百货商店是在一个大店里将分散的消费集中起来的集聚规模，因此在网点规模上，超市较之百货商店（如果没有连锁门店的话）更贴近消费者。在消费者日益追求购物便利性的趋势下，超市所具有的规模经济性将使其更具活力和适应性。

（3）超市配送中心的规模化。超市的规模经济性还表现在对工业的渗透和配销功能的增强上。超市以连锁模式发展到一定规模时，借助于自己掌握的流通通道，以众多的连锁门店作为市场销售依托，开发自有品牌商品，直接加工、生产和销售商品，使超市同时取得了生产和商业双重利润。超市配销功能的增强依赖于中央采购制和配送中心的联动功能效应。通常，连锁经营的超市较易取得各类商品的代理权和经销权，在既定的销售权力区域内，这些商品就不仅仅是在自己销售网络里出售，而是可以通过配销将销售能力放大到系统之外。

3. 超市经营的顾客利益化

超市所具有的自助售货和集中结算的销售方式，对零售业传统的销售方式是一次突破。这种突破意味着超市可以给顾客来更多的利益，具体表现在以下 4 个方面。

（1）购物的便利性。超市通常强调靠近住宅，购物方便。为此超市的店址大多选在靠近消费者居住的地区，这样消费者就可以方便地就近买到商品。同时，超市所提供的商品是消费者日常所需的品项齐全的主、副食品和日用百货等，能满足消费者一次购足其日常所需商品的需要。

（2）购物的廉价性。实行大众价格，以较低的零售价格出售商品，即以价格低廉取胜，是超市的显著特征。超市通过大量进货降低成本、大量销售加快周转节省资金以及减少营业人员、降低工资成本等多种有力措施，使商品能以较低的销售价格吸引顾客。因而，超市属于低毛利的业态，但这并不会影响超市的总体效益，因为低价销售能带来薄利多销的效应。

（3）购物的舒适性。超市的自助式销售方式除了能为顾客创造良好的购物环境，还能使消费者从紧逼性推销方式的压力下解放出来，自由地选购商品，从而增加了购物的乐趣，也避免了买卖双方可能出现的冲突和不愉快。同时，超市注重卖场环境的卫生与整洁、卖场商品的合理配置与陈列以及卖场气氛的营造等，为消费者创造了一个良好的购物环境，使消费者得到最大的满足。

（4）购物时间的节约性。传统的售货方式实行分部门结算和单品结算，而超级市场在结算方式上实行一次性集中结算，能让消费者节省购物时间从而使购物变得快捷。据有关资料统计，前苏联曾在 20 世纪 60 年代对 10 万个消费者进行了一年的跟踪性调查，调查显示，到超级市场购物比到其他商店购物可以节省大约 50% 的时间。

4. 超市市场地位的独立性

超市这一零售业态由于其多门店的连锁化经营，以及运用现代流通技术和管理手段，其市场地位显示出明显的独立性特征。这种独立性就是对生产的主导和对消费需求的创造。

流通实践告诉我们，谁掌握了流通的最终渠道，谁就掌握了市场，而作为最终流通渠道的一种业态——超市，当其连锁规模发展到相当大时，就不仅仅是掌握了市场，而是在市场中形成了独立的地位。正是这种独立的市场地位，超市不再依附于制造业，而是引导制造业；不仅仅是适应消费，而是不断地创造消费了。

5.1.3　超市的业态模式

超市的业态模式是各种各样的，但绝大多数超市的类型都是以价格折扣为导向的，这种导向是由超市经营的商品属性和采取的连锁经营方式决定的，即基本生活所需商品的属性是低价格、高周转，而超市连锁经营的方式又使其低价格的销售成为可能。随着市场需求变化的加快、市场竞争的激烈，超市的业态出现了分化，目前主要有以下三种类型。

1. 标准超市

标准超市的营业面积一般为 300～500 平方米，其经营的商品是一般食品和日用品，其中食品占全部商品的 70%左右。它的功能集中了食品店、杂货店、小百货店、粮店、南北货商店等传统商店各自的单一功能。标准超市主要的目标顾客是家庭主妇，它是传统小商店的取代者，也是超市最初的原始模式，20 世纪 80 年代末至 90 年代初，我国最早发展起来的 500 平方米左右的超市就属于标准超市。由于标准超市仅是对传统小商店的替代，其商品经营的综合度不够，无法真正满足一次性购足需要是它的最大缺陷，而这种缺陷最集中地反映在无法综合地经营生鲜食品，而生鲜食品正是生活水平提高之后人们的生活必需品。因此后来标准超市在经营面积上有所扩大，增加了生鲜食品的经营。

2. 大型综合超市

大型综合超市是食品超市与折扣店的结合体，衣、食、日用品齐全，可以全方位地满足消费者基本生活需要的一次性购足。其营业面积可以分为两类，大型综合超市营业面积在 2 500～6 000 平方米，超大型综合超市营业面积在 6 000～10 000 平方米或以上。对超大型综合超市来说，还需配备与营业面积相适应的停车场。大型综合超级市场具有两个最基本的特点：一是经营内容的大众化和综合化，适应了消费者购买方式的变革；二是经营方式的灵活性和经营内容的组合性，它可以根据营业区域的大小，消费者需求的特点而自由选择门店规模的大小，组合不同的经营内容，实行不同的营业形式。

3. 仓储式商场

仓储式商场是实行储销一体、低价销售、提供有限服务并采取自助服务销售方式的零售业态。仓储式商场大多采取会员制，营业面积一般在 10 000 平方米以上，设有较大规模的停车场。仓储式商场实际是用零售的方式完成批发配销业务的商店。它的功能主要是实现为小型零售商业、餐饮业和服务业提供商品的配销业务，对法人和个人会员实行低价销售，规范企事业单位集团采购的行为，降低采购成本。仓储式商场的发展有效弥补了计划经济转向市场经济时三级批发企业的空缺，提升了小商业和服务业的组织化程度，降低了个人和法人会员的采购成本。

仓储式商场一般采取以固定顾客为目标消费者的会员制，这是它区别于其他超市的最大特点。会员制可分成两类：一类是专为企事业单位服务的法人会员，一类是法人会员和个人消费者均有。在会员的收费上也有两种形式，即收费与不收费。仓储式商场的另一个特点是低价销售，一般以批发价格向会员供货，之所以能实行低价销售，是因为仓储式商场采取了现购自运的销售方式。

案例 5.1　南京"苏果超市"的经营类型

"苏果超市"成立于 1996 年 7 月，2005 年销售规模达 181.2 亿元。2005 年上半年销售额达 95 亿元，在中国零售连锁业的排名由上年的第九位上升至第六位。迄今已连续七年位居中国连锁企业前十名，并跻身中国 500 强企业第 176 强。2005 年，"苏果"的品牌价值评估达 10.32 亿元，荣获"2005 中国 500 最具价值品牌"称号；2006 年再次蝉联这一称号，品牌价值评估飙升到 21.38 亿元。同时，"苏果超市"又被国家商务部确定为全国重点扶持的 15 个大型流通企业集团。在南京，"苏果超市"占据着超市业态 50% 以上的市场份额，是江苏省超市零售业最大的商贸流通企业。"苏果超市"的具体情况如表 5.1 所示。

表 5.1　南京"苏果超市"的经营类型

目标市场	超市类型	超市举例	规模定位	区域定位	品类定位
中小型零售商、餐饮店、集团购买和有交通工具的居民	大型仓储超市	南京市汽车东站仓储超市店	营业面积 10 000 平方米左右	城乡结合部、住宅区、交通要道	以销售大众化的实用商品为主，约有 30 000 多种商品
以周边各小区居民为固定顾客群	社区超市	南京市长乐路社区店	营业面积 5 000 平方米	居民社区	经营的商品有 20 000 余种，重点经营日用品和生鲜食品
普通居民	标准超市	南京市朝天宫连锁店	营业面积 1 000 平方米左右	居民区、交通要道、商业区	以销售生鲜食品、副食品、生活用品为主
追求便利的普通顾客	便利超市	南京市大中桥便利店	营业面积 100 平方米左右	普通商务区、住宅区、主干线公路边、机关、团体，企事业单位附近	商品结构以速成食品、饮料、小百货为主，有即时性消费、小容量、应急性等特点
追求便利的中高收入阶层	便利超市	好的便利店	营业面积约 100 平方米	高档商务区、商业区、高收入住宅区及交通便利地带	除时尚消费品外，更注重即时消费品、休闲食品和日用必需品

5.2　连锁便利店

从总体上来看，超级市场的发展为便利店提供了先进的销售方式和经营管理技术，便利店是超级市场发展到相对较为成熟的阶段后，从超级市场中分化出来的一种零售业态。

5.2.1　便利店的概念

1. 便利店的起源与发展

作为一种零售业态，便利店最早于 1927 年出现在美国，其兴起的主要原因是在超级市场步入大型化与郊外化后，给购物者带来在距离、时间、商品、服务等诸多方面的不便利；

超级市场远离购物者的居住区，到超级市场购物需驾车前往；超级市场的卖场面积较大，商品品种繁多，购物者要花费大量的时间和精力挑选商品，而且还要忍受等候排长队结账之苦。以上种种问题都使得那些想购买少量商品或满足即刻得到所需商品的购物者深感不便。由此，促成了便利店的出现。在 20 世纪的 60 年代至 70 年代，便利店以惊人的速度增长，并迅速传遍美洲、日本、澳大利亚及欧洲各国，成为具有较强生命力的业态之一。

日本便利店的发展最为迅速，尽管 20 世纪 90 年代以来日本出现的经济衰退波及整个商业领域，导致许多商业企业倒闭，但连锁便利店却显示出强大的生命力，数量从 1991 年的 9 700 家增加到 1997 年的 20 530 家，销售额从 15 920 亿日元增加到 36 890 亿日元。仅伊藤洋华堂一家所经营的便利店在日本当地就发展到近 8 600 家，销售额达到近 2 万亿日元。

2. 便利店的定义

国外早期对便利店的定义是："运用超级市场的经营管理技术和销售方式的食品杂货店。"现代的便利店则成为专门出售便利性商品和服务的商店了。

日本中小企业厅对便利店的定义是："以向消费者提供方便为第一原则，并在经营管理方面追求高效率的零售业态。"通常，顾客在便利店买完商品后，在 10 分钟以内即消费该商品，因此便利店可以说是经销日常生活必需品的小商店。

综上所述，现代便利店的核心定义为：采用超级市场的销售方式和管理技术，以食品、饮料和服务产品为经营内容，以满足顾客便利性需求为主要目的的小型商店。

5.2.2　便利店的业态特征

以"小、灵、便"为特征的便利店与"大、全、廉"为特征的超级市场在业态上可以形成互补，加之在开发门店时定位于实用面积 100 平方米左右，有利于网点的渗透性和有效地控制经营成本；因此便利店即使处在白热化的商业竞争中，仍能够产生、成长，并逐步发展壮大。

1. 便利店需求的特殊性

便利店的目标顾客主要是对新产品特别敏感的年轻人，这些人不是通过广告宣传去购买新商品的追"新"族，而是对尚未进行宣传的新商品信息灵敏度特别高的人，他们往往是新消费趋势的引导者。此外，便利店的目标顾客还包括上班族、丁克族（即没有孩子的年轻夫妇）、单身族、青少年等，其中男性、儿童、单身顾客较多。便利店需求的特殊性主要体现在以下 5 个方面。

（1）适量性需求。便利店提供的便利性商品包装量合适，能满足消费者少容量、多样性选择的需要，包装量合适的商品刚好够用，不会浪费。此外，便利店还经营超级市场无法顾及的商品品项，如需求量较小的特殊商品、特殊服务项目等，从而可以弥补超市的品项空隙。

（2）即时消费需求。便利店能满足消费者的即刻需要。

（3）急需性需求。便利店往往能帮助消费者救急，如家中突然来了客人、该买的东西忘了买、偶尔才用的东西没有了等，这时消费者都会自然而然地想到便利店。

（4）调剂性需求。便利店还要满足这样一类消费者的需求，他们在无所事事时，便利店也是个好去处。

（5）应季性需求。便利店会根据季节的变化调整商品结构，以满足消费者不同的季节需求。消费者在冬季希望有暖和的东西，可立即食用；在夏天希望有冰凉的东西，能迅速消暑解渴，便利店都会努力满足消费者这方面的需求。

2. 便利店商品的日常需求性

便利店的商品结构，大致可以分为食品、非食品和服务三大类。无论哪一类，都是与居民生活息息相关的日常需求用品。便利店商品结构选择标准应考虑顾客的便利性和商店本身的有利性，其选择标准主要有：消费量大、购买频率高、品牌知名度高、销售方法相对简单、品质一致、附加价值高、毛利率高、季节性强等。

（1）食品类商品。食品类商品是便利店的主力商品，至少占全店商品构成的50%以上。在食品类的商品结构中，重点销售的是"速食品"和"饮料"两大类，如面包、方便面、牛奶、清凉饮料、啤酒、咖啡和香烟等。在这些商品中，便利店内的常温性加工食品往往很难与超级市场相竞争，但非常温性的速食品和饮料，不仅能满足消费者快速、方便的饮食需要，而且也是毛利率较高、周转较快的商品，通常被视为便利店商品销售的重点。而这些商品的个性化和特色也是至关重要的。

（2）非食品类商品。非食品类商品的销售额占便利店总营业额的比重虽然不高，但品项很多，这是构成便利店商品结构的一个重要方面。如洗涤用品、卫生用品等商品，这类商品保质期较长，所以经营者往往会忽视对其进行数量控制，从而造成商品的积压或者缺货。对于那些必备商品应确保供应数量，绝对不允许缺货现象的出现，否则会极大地影响消费者对该便利店的忠诚度。

（3）服务性商品。众多富有特色的服务性商品也是构成便利店主力商品的内容之一。服务性商品具有很大的发展空间，是便利店经营的一大特色。通常便利店在设置服务性商品时都事先进行市场调研，评估消费需求的大小，坚持"便利性"与"有利性"相结合的开发标准。开发的项目主要有：服务代收、代理类（如代收公用事业费用，代收广告、快递信件、冲洗的相片、印刷的名片，为洗衣店代收衣物等）；设备服务类（如复印、电话传真、自动提款等）；信息和其他服务类（如生活、娱乐、休息咨询等）。

3. 便利店营销的便利性

便利店的营销特征主要体现在"便利"方面，具体包括以下4个方面。

（1）时间方便。便利店靠近居民区，其营业面积为50～150平方米，营业时间每天可达15个小时以上，甚至全年不休息，每天24小时经营。由于便利店门店的面积小，商品品项少，商品陈列有序，位置明显，因此顾客在便利店购物的时间很短，而且交易过程迅速，更能解决生活的急需。

案例5.2　可的便利店——24小时经营

可的便利店有限公司的前身是上海可的食品公司。1995年年末，可的食品公司建立时，原有的几十家小企业，经营种类繁多，规模小而分散。当时的许多门店都是柜台式销售，显然是一种传统模式。公司想要改进，苦于没有一种可参照的模式。这时，正好有一家日资的便利店进入上海。通过就近学习与模仿，逐步形成了可的的形象与风格。在 1997 年，可的基本完成了对原有门店的改造。全部实行了开架自选式销售，为市民购物提供了方便。

可的实行的 24 小时全年无休经营，也经过了逐步推行的过程。在 1997 年前，上海除了罗森的几家门店实行 24 小时销售外，很少有通宵营业的商店。但决策层考虑到便利店实行 24 小时服务是一种趋势，人们的消费习惯可以通过创造与培养逐步形成。于是在 1997 年春节前夕，可的首先选择了几家较有可能成功的门店试行 24 小时营业。起初效果不是很明显，下半夜的销售额只有几十元、上百元。情况确实很让人担心。但可的一直坚持着，相信随着经济的增长，人们消费习惯的变化，市场需求一定会出现。果然，没过一年，当可的的大多数门店都实行了 24 小时营业时，夜间销售需求有了明显增长，日夜销售比例逐渐变化，基本达到了 6∶4，个别门店达到了 5∶5。而当可的在外地开设便利店时，在当地都是首创 24 小时全年无休营业，给人们的购物带来了时间上的便利。

（2）地点方便。便利店开店的地点比较自由和灵活，通常其商圈半径为 250 米左右，步行约 5 分，有效地填补了市场的消费空隙。由于便利店门店的位置适当，所以顾客购物十分方便。

（3）商品方便。便利店的经营品种在 2 000 种左右，销售的商品以消费者日常的必需品及市场新品为主，并且商品质量可以得到完全的保障。

5.2.3　便利店发展的基本原理

连锁便利店的发展规律和国内外的发展经验证明，便利店是最具竞争力的零售业态之一。近年来，我国连锁便利店的发展势头强劲，究其原因，主要有以下两点。

1. 便利店的"乘法理论"

连锁便利店的赢利，来源于众多门店细微利润的汇集，总部利润约等于门店数量与门店平均微利的乘积（除了配送和批发利润）。假设某便利店企业有 1 000 家门店，如果每家门店每年能够多赢利 1 万元，每年就多赢利 1 000 万元，如果每家门店每年能够节省 1 万元，每年也能多赢利 1 000 万元；反之，如果每家门店多亏损 1 万元，则一年就要多亏损 1 000 万元。因而，这个"乘法运算"法则是一柄双刃剑，存在正数和负数的运算问题。如何做到正数的乘法运算，如何能够多赢利和多节省，这就是连锁便利店管理所要研究的内容。试想，如果在减少劳动力、合理节约用电、提高管理效率、优化商品结构、降低库存、优化运输路径，降低配送成本、提高服务质量、丰富服务内容等全方位进行改善，就可以提升正数的乘法因子。

2. 便利店的"复制原理"

连锁便利店的发展主要体现为门店的扩张。如果将连锁便利店的经营模式、商品结构、管理规范、门店形象和企业文化称为"模子"，那么连锁便利门店的发展就是一种"模子"的"复制"，每开设一家门店都将是一个"复制"过程。如果这个"模子"是优秀的，那么复制品也将是优秀的。可见,连锁便利总部力图保证这个"模子"的优秀,并做到"复制"不走样,是连锁便利店发展的重点。

由于基于"复制"和"乘法运算"等基本法则,因而连锁便利店业态在经营理念、管理、服务、配送、员工的培训和企业文化建设等方面都具有丰富的想象空间和创新空间,这也是连锁便利店的魅力所在。随着连锁便利店扩大到一定的规模,经营理念、管理、计算机的应用和企业文化的不断升华,基于"复制"和"乘法运算"的基本法则将被突破,从而寻求新的"复制"和"乘法运算"法则。连锁便利店就是在建立基本法则、冲破基本法则、重新建立新的基本法则中壮大,每一次循环都是企业的又一次高速提升的过程。

5.3 连锁专营店

5.3.1 专营店的概念

1. 专营店的产生

专营店是零售业中最早出现的差别化、个性化的业态形式,反映了现代零售业的特色。零售业发展到今天,与在世界上占主导地位的连锁超市、百货公司和便利店等业态比较起来,专营店似乎要逊色一些。但从各自的功能来说,超市和便利店是满足消费者基本生活需要的商店,其销售方式是快捷与便利,其特点是通用性强,使用和购买频率高。而专营店具有提供给消费者挑选性强的个性化和特制化商品的特点。当世界上的百货商店逐步演变成品牌专卖的综合店时,专营店获得了更大的市场空间。无论是在繁华的商业街,还是在城市郊区的购物中心,连锁专营店都以其丰富的个性扮演着零售业多姿多彩的角色。

2. 专营店的定义

专营店是专营性质的零售业态,是零售业中区分明确且经营内容专一有限的业态店。通常,专营店可分为专业店和专卖店两种。

(1)专业店。专业店是指以经营某一大类商品为主的,并且配备了具有丰富专业知识的销售人员和提供适当的售后服务的,满足消费者对某大类商品的选择需求的零售业态。专业店是百货商店的分化形式。百货商店所经营的商品类别虽然十分广泛,但各类商品的系列化、专业化程度却不是很高。随着制造行业产品系列化程度的提高,专业店就成为专门经营从百货商店中分化出来的一类商品或几类相关联商品的商店。例如,经营单一商品的专业店,如鞋店、肉店、时装店,布店、眼镜店等;经营若干相互关联商品的专业店,如食品店、副食品店、文具店、电器店、工艺品店、珠宝店等。

案例5.3 上海美亚音像连锁经营有限公司的专营店

上海美亚音像连锁经营有限公司成立于1996年4月,成立之初就得到了中宣部、文化部、信息产业部等中央各部委的关心与支持,并且在上海市各级政府的扶植和培育下,于1997年11月获得了"连锁经营许可证",是上海第一家经政府批准的音像连锁经营公司。

公司经过 5 年的发展，成为以音像制品的零售和租赁为主营的连锁业态公司，附带经营体育彩票、福利彩票票务销售及音像衍生品的销售业务。上海美亚音像连锁经营有限公司是典型的传播文化信息的专业店。

（2）专卖店。专卖店指专门经营或授权经营制造商品牌和中间商品牌，适应消费者对品牌选择需求的零售业态。

专卖店是以专业店为基础而发展起来的。随着商标的广泛应用，各国相应地制定了保护商标专用权的法律，这就为经营某种特定商标（品牌）产品的专卖店的诞生奠定了基础。专卖店通常是以品牌来划分的。目前，那些拥有著名品牌的制造商相继开发了同品牌的系列产品，从而使专卖店所经营的产品种类也不断增加。不过这类专卖店与经营几类商品的专业店有所不同，专卖店经营商品的品牌具有排他性，且它只经营同一品牌的不同种类的商品。因而，专卖店是专门经营某种品牌的系列商品，如海尔电器专卖店、李宁牌体育用品专卖店、格力空调专卖店、苹果牌休闲装专卖店等。

5.3.2　专营店的业态特征

专营店（又称专卖店）明显的业态特征使它具有其他业态不可比拟的优势，因此，在近年商业发展不景气的状况下，专营店都能快速地发展起来。

1. 专营店需求的针对性

专营店的需求特征是在无限大的需求中，选择有针对性的顾客。因此，专营店是专门售卖某一类或一种商品的商店，它必须明确这些有限商品的目标顾客是谁，即要明确目标顾客所属的消费层。同时，这些有限的商品是严加选择和正确定价的，从各方面都能较好地符合目标顾客的特别需求。例如，耐克牌体育用品专营店，就是满足消费水平较高的体育爱好者对品牌体育用品的专门需求。专营店这种明确的目标顾客特征，从某种意义上来说反映了专业店的基本需求特征，它将直接影响专业店的经营绩效。专营店因为更符合消费者挑选性、专门性和特殊性的需要，所以在出售相同类别商品的其他商店相比，专营店会因为其品牌商品的优势而销售得更好。

2. 专营店营销的特色性

专营店在营销上具有的特色是吸引消费者的关键所在，具体有以下几点。

（1）规模小，投资回收期短。专营店的单体规模一般不大，如果面积过大，商品就难以"专"，就会失去特色，有向百货店发展的倾向。西方国家虽然有超过一万平方米的大型专营店，但一般说来，大多数专营店的规模是不大的，而且大都是实行连锁经营的专营店。正因为专营店的规模较小，其单体所需投资量不大，往往可在较短时间内就能收回投资，因而不会导致长期负债经营，大大降低了经营的风险性，这就是目前各种专营店遍地开花的一个重要原因。

（2）商品专一，质量有保证。这是专营店最基本的特征。专营店所经营的商品都是某一类商品，而不混杂其他商品。在这类商品上，能够尽量满足消费者的挑选性、专门性的特殊要求。因为专营店的商品，能够做到品种齐全、款式多样、花色齐全，甚至可以提供特殊规格的商品。同时，专营店的商品质量能够得到保证，因为专业性生产可使其生产工艺达到精益求精的程度，从而保证了其品牌的信誉度。

（3）周到、灵活的服务。专营店的服务要求比一般的零售店高，因为专营店的服务对象往往是比较固定的，消费者眼光通常比较挑剔，而且还掌握了一定的专门知识，极个别的消费者甚至达到了"发烧"的地步，这就决定了专营店的营业员和导购员一定要是经营该商品的行家，具有相当丰富的商品专业知识，能用令人信服的理由来引导顾客购买相应的商品。周到、灵活的服务还体现在能够帮助顾客进行消费设计，根据顾客的特点，为他们设计生活，指导消费，即提供个性化服务、多功能服务以及专项服务等。

（4）引导消费，创造需求。相比于其他零售店，专营店更能在广大的消费者中间细分出自己的目标顾客。这些目标顾客的购物目的比较明确，对专营商品有较强的消费偏好。为此，专营店对他们比较了解，可以满足他们的一些共同需求和新的需求。在这个过程中，专营店能充分利用其与目标顾客的这种亲密关系，设计出属于本店的新颖、独特的商品，从而引导消费，创造需求。

3. 专营店经营的专业性

（1）商品种类的专业性。专营店的商品之所以能赢得顾客，是因为其商品在某一类商品上做到了品种齐全，或在某一种商品上做到了款式多样、花色齐全。专营店由于其经营商品种类的有限性和专业化，使它一旦与连锁经营机制相结合，就可产生出较大的规模效益。连锁专营店各门店商品与服务的一致性，加上商品种类少、专门性强，便于挖掘和开发深层次的连锁经营，可使连锁店的经营与管理相对简单，门店运营效率很高。因而，其规模效益不但在网点发展上迅速体现出来，而且在销量上也成倍增长。

（2）商品销售服务的专业性。专营店销售的商品具有一定的附加价值，其主要呈现两个特点：一是营业员对自己所售的商品有相当丰富的专业知识，不但要了解和掌握商品的基本性能、功能和对顾客的利益所在，还要掌握商品的原料特性、工艺流程、使用与保养要领等各方面知识；二是在专营店日益高档化和精品化的发展趋势中，消费者的自我保护意识日益增强，专营店对顾客的服务是体系化的售前、售中和售后服务。例如，黄金珠宝专营店的营业员，售前要向顾客提供黄金含量、钻石成色和克重的鉴定书，售后还要为其提供能在所有连锁门店清洗、修饰及贴换等服务。可以说，完善的顾问式咨询和无顾虑的服务，是专营店有别于其他业态店的典型特征。

案例5.4 美亚音像的客户管理与服务

美亚音像较早就实行了会员制，现在主要推行两种会员卡，易卡通和租片卡，会员可以享受比一般顾客优惠许多的折扣。美亚音像与中国银行上海分行合作，推出了长城—美亚联名卡，使会员享受到了更多的服务。"会员在我心中"是美亚人一直倡导的。会员如果没有空，一个电话，美亚音像的店员就可上门送片或替会员还片。定期和会员召开交流会，是美亚音像的传统项目。美亚音像成立以来，以丰富多彩的营销活动贯穿于整个日常经营工作中，形成了美亚"天天有活动"的概念，以会员为中心，以各种超值的服务，实实在在让利给会员，由此吸引会员、留住会员，争取更多的会员加入美亚。此外，美亚音像注重利用连锁店资源，开发多种营销渠道，采取强强联手、优势互补的方式。其中最成功的当属与松下电器、LG 电器联合推出的"DVD 2000 金卡、银卡活动"，即购买价值 2 000 元（或 1 500 元）的美亚 DVD 金卡（或银卡），即可获赠价值 1 800 余元的 DVD 影碟机，另可免费租借 222 部 DVD 碟片，极大地吸引了顾客。

5.3.3　专营店与专业店的区别

1. 专营店比专业店更具有个性化

专营店强调品牌经营的个性化，这种个性化表现在各个方面。在经营的商品上，批量小，文化附加值大，有些商品还有一定的垄断性；在服务上，有很强的针对性和亲情感；在建筑装潢上，别具一格，具有较强的形象魅力，加上很多专营店引入 CIS，则进一步从视觉上突出了它的个性。因此，专营店比专业店更具有个性化，个性化正是专营店的生命力所在。

2. 专营店比专业店更具有信誉优势

无论是国内的专营店还是国外的专营店，都具有很强的信誉优势，如国内的张小泉剪刀店，国外的皮尔·卡丹服装店等。这些专营店依靠自己的艰苦努力，用了几十年甚至上百年的时间，创立了稳定、扎实的企业信誉和较高的企业知名度，形成了独特的品牌优势，对顾客具有很强的吸引力。

3. 专营店比专业店更具有扩展力

专营店和专业店虽具有经营特色，但规模相对较小。面对激烈的市场，如仅靠几家门店，显然没有竞争优势，而具有品牌的专营店对加盟者来说更具有吸引力。总部独具特色的品牌商品、服务或独特的销售技术和方法，能够提供给加盟者门店。而在门店标志、店面装潢、内部管理等方面，要求加盟门店与总部保持一致性，实行连锁化经营，从而取得规模效益。

案例 5.5　联想 1＋1 专卖店的特许经营

1998 年 8 月，联想造就了一种具有联想特色的特许专卖模式——联想 1＋1 专卖店。经过 2 年的发展，其专卖店已遍布 36 个大中城市，近 200 家。预计到 2001 年 3 月底将达到 260 家，成为联想消费类信息产品销售的主力渠道。

（1）商业模式。把联想 1＋1 的商标授予加盟方，与其共享联想商誉。同时以特许经营合同为纽带，向加盟方传授经营管理经验。建立一条专门为家庭和个人客户提供消费信息产品和服务的零售连锁体系。

（2）特色。联想 1＋1 特许专卖店是充分分析顾客需求和细分市场的结果。它面向个人和家庭顾客，满足他们对联想消费信息类产品的购买需求，旨在建成一条精品渠道。联想 1＋1 专卖店体系以"规范、专业、亲和"为单店特色，而体系遵从"六个统一"。

① 统一的产品和价格。专卖店销售指定的联想消费类信息产品及解决方案，顾客不仅可以得到联想 1＋1 家用电脑全线产品，还可以方便地购买到笔记本电脑、软件、外设、手

持产品。同时专卖店采用统一的销售价格，避免了专卖店之间的恶性价格竞争。

② 统一的理念。经营理念是将各个特许专卖店相互联结在一起的内在链条。对外，联想1+1特许专卖店的服务理念是"专业、规范、亲和"；对内，倡导团队合作精神。

③ 统一的布局。依据各城市的电脑购买力进行合理规划，保证专卖店体系的合理覆盖面，满足顾客购买的便利性需要，同时避免渠道冲突。

④ 统一的形象。统一企业形象（CI）管理，树立渠道形象。

⑤ 统一的管理。 联想成立了专门部门负责所有专卖店的接口和管理工作。通过统一的网络化的信息管理系统，管理各地专卖店的进销存和日常运营；撰写了十几本《管理手册》和《开业手册》等管理规定，对专卖店进行统一的资格认证、人员管理、营运政策、培训计划、推广计划、奖惩等，使各项管理制度标准化、流程化，保障落实。

⑥ 统一的服务。 所有专卖店岗位遵循统一的服务规范流程进行运作，执行统一的服务项目及服务政策。

"六个统一"涵盖了特许经营模式的一致性、产品服务组合的一致性、经营管理方式的一致性和经营理念的一致性四个特征，清晰地描述了联想 1＋1 特许专卖店体系发展的方向。

资料来源：王红，李盾. 特许经营 ABC. 北京：对外经济贸易大学出版社，2004

5.4 连锁百货商店

5.4.1 百货商店的概念

1. 百货商店的产生与发展

百货商店的产生被誉为零售业的第一次革命。19 世纪中叶，由于工业革命的推动，生产力飞跃发展，工业日用品日益丰富起来，小型杂货店不能适应生产的发展和消费的增长，百货商店便应运而生。1862 年，在法国巴黎诞生了世界上第一家百货商店——"本·马尔赛"百货商店（Bon Marche）。随后，百货商店很快传到了英国、美国、德国、日本等国家，一时间百货商店风靡全球。在近一个多世纪的世界商业发展中，百货商店一直作为一种大量销售商品的零售业的典型业态处于统治地位。近年来，百货商店在各国都有不同程度的衰落；因而，百货商店也有集中化发展的趋势，大多数商家通过采用连锁经营来稳固其市场地位。

在中国，百货商店是城镇零售商业的一种重要形式。百货商店的经营范围广泛，商品种类多样，花色品种齐全，兼备专业商店和综合商店的优势，便于顾客广泛挑选，能够满足消费者多方面的购物要求。目前，我国规模较大的百货商店有南京新街口百货商店、民生百货、哈一百、 天津百货大楼、北京百货大楼、武汉商场、南方大厦百货商店、长沙中山路百货大楼、重庆百货大楼、上海市第一百货商店等。百货商店已经成为大城市商业区的标志性场所。

案例 5.6　南京新街口百货商店

南京新街口百货商店（以下简称"南京新百"）位于南京市中心最繁华的地段新街口广场东南侧，占地面积约 1.3 万平方米。营业面积 4.1 万平方米。自 1952 年 8 月创建至今，已经具有半个多世纪的历史，是一家老字号大型百货零售企业、全国十大百货商店之一和南京市第一家股票上市公司。目前，经营品种已达到 24 万多种，年销售额近 20 亿元，经济效益连续 15 年保持在江苏省同行业第一的地位。2000 年销售利润指标名列全国十大百货商店之首。近年来，南京新百积极实施"一业为主，多元经营"的发展战略，在做精、做强零售主业的同时，已经把经营触角延伸到证券、房地产、高科技投资、生化制药、进出口、物业管理等领域，取得了初步成效，展示出良好的发展前景。

2．百货商店的定义

许多国家都对百货商店给出了相关的定义。

法国对百货商店的定义是："百货商店是零售企业，拥有较大销售面积，自由进入，在一个建筑物中提供几乎所有消费品；一般实行柜台开架售货，提供附加服务，每个商品部都可成为一个专业商店；销售面积至少为 2 500 平方米，至少有 10 个商品部。"

德国对百货店的定义是："百货商店是供应大量产品的零售商店，主要产品是服装、纺织品、家庭用品、食品和娱乐品；销售方式有人员导购、自我服务两种；销售面积超过 3 000 平方米。"

英国对百货商店的定义是："百货商店是设有多个商品部，营业商品至少覆盖 5 大类产品，至少雇用 25 人的零售企业。"

荷兰对百货商店的定义是："百货商店是销售面积至少有 2 500 平方米，最少应有 175 名员工，至少有 5 个商品部的零售企业。"

日本对百货商店的定义是："百货商店是从业员工超过 50 人，营业面积至少为 1 500 平方米，大城市要超过 3 000 平方米的零售企业。"

综上所述，百货商店的核心定义是指在一个大型建筑物内，根据不同商品部门设置销售区域，开展进货、管理、运营活动，满足顾客对时尚商品多样化选择需求的零售业态。

5.4.2　百货商店的业态特征

1．百货商店需求的高消费

百货商店主要的目标顾客收入水平的中、高档消费者，因为消费需求的实现很类：一是中、高档

客。主要可分为三大
高，购物环境好，因此其商品
出其他商店许多，这就决定了百货
研究生活品位、追求生活时尚、消费行为
而低水平收入的消费者对价格较高的百

货商店的商品是不愿问津的。

（2）追求时尚的年轻人。百货商店的商品不仅注重品质，讲究信誉，而且推崇时尚，引导消费潮流，以此作为促销的有力手段。而年轻人是社会消费新潮流的主导力量，他们必然成为百货商店的主要目标顾客。例如，太平洋百货目标顾客的特征就是追求时尚和潮流。因此，这类百货商店的特点是紧紧抓住追求时尚的年轻顾客，商店的商品结构主要针对年轻人，尤其是年轻女性顾客。

（3）外地游客。百货商店由于选址在城市繁华区和交通要道，一般都是本地的旅游点之一，所以外地游客是一个主要客户。尤其是重要的商业城市，每年外来旅游、探亲人员的购买力占整个百货商店零售总额的比重很大。

2. 百货商店营销的高档性

百货商店营销的高档性主要表现在以下三个方面。

（1）优美的购物环境。百货商店往往是都市形象的象征，百货商店往往处于商业中心地带，坐落在城市的繁华地段，建筑富丽堂皇，能提供宽敞、亮丽、温馨、舒适的购物环境。百货商店重氛围、讲情调，能给顾客带来较好的精神享受，其营业面积有一定的规模性，一般在 5 000 平方米以上，能实行一定的产品线宽度与深度的组合，有较强的满足力和挑选性。百货商店的卖场布局一般按口字形设立中央大厅，其四周以墙壁隔断，并列设置不同的部门，卖场中央部分装置滚动扶梯。同时通过精心布置的商品陈列，充分展示商品，将商店塑造成为能让消费者发挥想象力，为消费者的基本生活添加色彩并充满情趣的商店。

案例 5.7　南京新街口百货商店的购物环境

南京新街口百货商店装饰一新的营业楼于 1997 年 9 月 19 日全面开业，地下 2 层，地上 8 层，合计建筑面积 7.6 万平方米；其中地下 1 层至地上 6 层总营业面积为 3.83 万平方米。整个楼宇的建筑风格简洁明快，庄重大方，富有现代气息。营业楼装有美国霍尼威尔楼宇自动控制系统、美国特灵空调系统，使营业大厅始终保持空气清新。在消防安全方面，装有瑞士西伯乐斯自动消防系统。在保安监控方面，装有荷兰飞利浦公司的先进监控系统，辅之以先进的对讲录音、录像、监听功能，为整个楼宇提供了可靠的安全保证。为方便顾客，大楼内安装了 34 部日本三菱公司生产的自动扶梯，7 部垂直升降电梯，2 部残疾提高。·40 部磁卡电话。公司的经营定位以中档为主，增加高档，兼顾低档，面向最……营品种以名优新品为主，扩大品牌经营，以品牌带动整体经营档次的

四个结合：观赏相结合。……为主，方便顾客自由挑选，利于商品陈列美观。经营布局做到

顾客从中得到美的……购物与休闲相结合，购物与风味餐饮相结合，购物与

（2）优良的企业形……领时尚，体现品位的内在……购物与……热带绿色植物与琳琅满目的商品交相辉映，使

发情感和梦想，传达温馨与欢……形象和声誉的行业，这也是由其引

定的休闲共享空间，一方面便于顾……内涵、注重品牌和信誉，抒

……布局时注意留出一

……另一方面

营造商店的人文氛围。同时在经营中非常注重文化营销和公共关系，善于举办与核心能力相符的主题活动和顾客联谊活动，以增加其商品销售的附加价值，培养顾客的忠实性。因而在业态竞争中，百货商店能以其优良的企业形象引领消费时尚、带动消费潮流、创造消费热点。

（3）完善的服务体系。百货商店的销售方式通常是柜台式服务方式与开架式服务方式相结合，而且开架式服务方式所占的比重越来越高，但与超市等业态店的顾客自我服务、强调物化服务是不同的。百货商店的服务主要是一种全面、细致和以人为本的完善的服务，包含售前服务、售中服务和售后服务三个方面。

3. 百货商店商品的综合性

与专业店和专卖店相比，百货商店的优势是专业店加专卖店，在一个屋顶下集中若干专业店和专卖店，以提供足够的挑选性和满足力。百货商店经营的商品不仅数量繁多，而且范围很广，一般以经营服装、服饰、衣料、家庭用品为主。

百货商店内通常设有许多不同的商品部，专门经营不同种类的商品。大型百货商店一般有 100～150 个商品部。由于经营规模大，百货商店通常实施部门化、职能化、专业化的管理。总之，百货商店注重销售挑选性强的商品、技术性高的商品、品牌商品、时尚商品和新产品等。这些商品的利润率较高，差别性强，而且附加值较高。

复习思考题

1. 比较连锁超市、专营店、便利店、百货商店的业态特征。
2. 连锁便利店的基本原理和发展规律是什么？

【本章案例阅读与思考】

可的便利店的发展之路

可的便利店有限公司的前身是上海可的食品公司。在大力发展第三产业、"全民经商"的 20 世纪 90 年代初期，上海市牛奶公司下属的许多企业也纷纷进行以开办商业企业为主业的产业结构调整，为消化剩余劳动力起了重要的作用。由于其规模小、品牌弱，无法应对新的市场竞争，公司决策层在 1995 年决定对全公司的第三产业企业进行整合，将其定位为连锁经营管理形式的便利店业态。

便利店这种业态起源于美国，发展于日本等亚洲国家与地区，而当时在国内几乎是一个空白点，既没有现成的模式与经验，又没有前人的实践。于是"可的"采取了探索、模仿、学习的态度，跨越了一道又一道"难坎"。经过 6 年的实践，现在已有近 500 家门店，门店遍及上海市和江浙两省，每年销售额保持 60% 左右的增长，连续 5 年成为全国百强连锁企业。2000 年全公司首次实现了扭亏为盈的目标，走进了良性运行、快速发展的时期。

一、坚定跨跃第一道坎：组织转型，分配转制，经营定位

1. 组织转型

1995 年年末，可的食品公司建立时，原有的几十家小企业经营种类繁多，规模小而分

散。这是实行连锁经营管理最大的障碍。在当时不具备改变企业体制的条件下，只有从改变组织形式入手。首先，把多个具有法人资格的独立经营企业转为一个法人单位下的多个非独立核算的门店，实行连锁经营。其次，按照连锁经营、统一管理的要求，在商品的进、销、调、存和人、财、物的控制与核算方面，实行高度集中，建立了总部各职能部门，明确了总部与门店各自的职责。至1997年中期，基本完成了组织结构从相对分散到高度集中的转型任务，形成了适应连锁经营要求的管理雏形。

2. 分配转制

便利店与其他连锁企业相比，具有门店面积小而分散，营业时间长，门店人员内部工作不细的特点。因而，投资者具有更大的管理风险。传统的用工与分配制度显然不适应这种情况。为了使门店员工有更多的经营积极性，对门店的资产管理有更大的责任心，"可的"除制定一系列相应的规章制度外，更重要的是坚持推行"准利润"提成的薪酬分配制度，即门店每月实现的销售毛利，扣除门店可控制的当月费用后（余下部分为"准利润"），其30%作为该门店当月的工资收入。这样，就能使员工意识到"门店的每笔业务都是为自己而做"，提高了经营积极性，并且更注重高毛利商品的销售和降低门店费用。更重要的是，使门店店长不会一味向总部申请用工额度，而会注意每一个劳力的有效劳动时间的配置。同时，总部坚定执行商品损耗的赔偿制度，防止资产无节制地损失。实践证明，当劳动成果与劳动者收益密切关联时，劳动者的潜能就会得到极大发挥，劳动者对自身的劳动岗位也会更加珍惜，更会关心企业的发展。所以，在目前人员流动相对频繁的情况下，进入市场化运作的"可的"，劳动力也能相对稳定，很少出现不服从分配、擅离岗位的现象。同时，坚持推行合理的分配制度，也为以后推行员工作为投资者加盟可的的改革举措打下了较好的基础。

3. 经营定位

顾名思义，便利店需体现"便利"，其生命力在于能否为顾客提供更多的商品销售和服务便利。可的的经营定位就是不断追求"便利性"的服务，成为人们的生活伙伴，人们的"好邻居"。

在组建初期，当时的许多门店都是柜台式销售，这显然是一种传统的销售模式。要改进，苦于没有一种可参照的模板。当时只知道封闭自选式，其中的配置、陈列都一无所知，把商店的门都开在当中。这时，正好有一家日资的便利店进入上海，真是送上门的好事，可以就近学习与模仿，之后逐步形成了"可的"的形象与风格。1997年，"可的"基本完成了对原有门店的改造，全部实行了开架自选式销售，为市民购物提供了方便。

"可的"实行的24小时全年无休经营，也经过了逐步推行的过程。在1997年之前，上海除"罗森"的几家门店实行24小时销售外，很少有通宵营业的商店。但决策层考虑到便利店实行24小时服务是一种趋势，人们的消费习惯可以通过创造与培养逐步形成。于是在1997年春节前夕，"可的"首先选择了几家较有可能成功的门店试行24小时营业。起初效果不是很明显，下半夜的销售额只有几十元或上百元，情况确实很叫人担心。但"可的"一直坚持，相信随着经济的增长和人们消费习惯的变化，市场需求一定会出现。果然，没过一年，当"可的"的大多数门店都实行了24小时营业时，夜间销售需求有了明显增长，日夜销售比例逐渐发生变化，基本达到了6：4，个别门店达到了5：5。而当"可的"在外地开设便利店时，在当地都是首创24小时全年无休营业，给人们的购物带来了时间上的便利。

便利店经营哪些商品，主要满足哪些顾客的需求，一直是经营者的困惑。严格地说，上海几家国内便利店公司，基本是沿袭了超市的模式，是缩小门店面积的"小超市"。人们很难看出其与超市的差异。难怪在与超市比商品品种和价格时，便利店很难有特有的个性。这个课题对于较早进入便利店业态的"可的"来说，也是一个很难的课题。"可的"的优势在哪里？"可的"就从光明牛奶的销售与服务入手。牛奶是人人喜欢的健康食品，"光明"也是一个知名品牌，而且上海市民又养成了全月预定的习惯。但碍于条件，人们对于预付交款与储存都感到不方便。而"可的"店实行 24 小时服务，又增添了冷藏设备，正好可以弥补这些不足。于是，"可的"相继在全市所有门店推出"24 小时付款，24 小时取奶"的服务。这样几个月后，就吸引了几万户，方便了市民，提升了企业知名度，牛奶销售就成为"可的"的一个强项。"可的"的光明牛奶销售额在全市连锁企业中名列第一，销售比例一直在 10%以上。在以后的摸索中，"可的"争取了方方面面的支持与理解，推出了公用电话、传真、复印业务；销售报刊、杂志、IP 卡、交通卡；代收冲扩件、部分公用事业费；个别门店设立了 ATM 机；销售人们所喜欢食用的中华大包、茶叶蛋、鲜肉月饼、串煮食品等。到目前为止，属于便捷性商品与服务的收入约占销售收入的 55%～60%。店内的设施与陈列也做了很大的改进，分为功能服务区、冷藏冷柜区、传统货架区。

二、及时跨跃第二道坎：应用信息技术，提升经营管理水平

到了 1998 年中期，"可的"的门店数已超过 50 家，尽管公司的配送中心已经有了数台 PC，再也不需人工开单了，但整个公司的管理与核算仍是采用传统的方法。逐渐增长的业务量，已不可能通过更多的人力投入来完成，而且其准确性也令人担忧。况且门店的销售业务也难以控制，难免出现管理漏洞。应用新的信息技术，提升企业的经营管理水平成为迫在眉睫的任务。

用怎样的方案达到目的，就成为新的问题。便利店的特点是店小、门店多、布点散，又是 24 小时营业。管理难度很大，员工基本来自社会再就业人员，对电脑技术的理解和应用能力较弱。所以必须要求后台（总部）控制与处理问题能力较强，而前台（门店）操作简单，商品销售与核算的全过程都由计算机代替人脑来控制与操作。于是"可的"就采用了以单品为基础的自动补货、自动配货、自动核算、自动付款的信息技术应用系统。

1. 自动补货

当配送仓库的库存低于基本警戒线时，系统就会产生对供应商的订货单，而且规定了基本的进货量、进货价格、进货时间。每家供应商每周进货 1 次或 2 次，保证有序进货。

2. 自动配货

门店每只单品的销售量低于规定的下限时，总部收集其销售信息同时开出该门店的配货单。配送频率为每天 1 次，间隔时间为 8～16 小时。

3. 自动核算

各门店的进、销、调、存都由计算机记录，商品的毛利都由计算机核算到每个单品。各门店的月度核算与经营分析全由计算机进行。

4. 自动付款

当供应商的供货发票转入计算机后，按双方约定的付款周期，自动导出该笔货款的付款日期，再加上银行信贷汇票方法的应用，整个付款行为完全简单化了。

采用上述"四自动"的运行方式，把大量业务工作程序化、规范化、简单化；紧接着利用信息系统在门店的商品库存盘点和货款结缴等方面加以管理，基本保证了"可的"的经营活动都是在可控的状态下运行，取得了较好的效果和企业形象。

正因为"可的"有较完整的信息管理系统，所以在2000年试行特许经营方法时，采用了紧密性加盟管理方案，即加盟店的销售资金回笼、商品供应配送、门店的效益核算都由"可的"总部统一控制与服务，既给加盟主提供了方便，又维护了公司的统一形象，支持了总部的管理效应。

三、理性跨越第三道坎：以高标准推动高速度发展，保证高质量运行

不断地扩张其门店规模，取得其规模效益，是所有连锁企业追求的目标。但"成也规模，败也规模"，如果没有高质量的运行，规模无序扩张后，其后果必然是走向反面。

门店多了，规模大了，部门之间的协调与合作的矛盾也会增多，总部与门店间的距离越来越大，决策层与操作层也会越来越陌生；高速发展容易粗制滥造，影响质量，连锁管理的统一性也会受到挑战，诸如此类的问题，会直接影响公司的运行质量和门店的销售业绩。如何解决？"可的"从以下两个方面着手，改变旧的管理方法，建立系统与流程。

1. 管理方法的变革

传统的管理方法以人治管理为主，强调个人权威；尽管要求"领导在场与不在场一个样"，但成功的可能性很小。于是，建立系统与流程就相当重要了。"可的"在原有的基础上强化了门店营运、市场营销、采购供应链、人力资源、财务核算、网点开发等六大系统。同时又制定了相关的工作业务流程：新开门店流程，商品进入、供应、结款流程，人员招聘、培训、使用、考核流程，加盟店操作流程，等等。流程的内容既是规程，又是标准，是权限与职责的界定，是一个无形的而又时时刻刻在发挥作用的"领导者"。

2. 组织创新，让总部更贴近第一线

连锁企业要求高度统一，强调总部的控制力，这无可非议。问题是作为第一线的门店每天会出现新的情况与新的需求，但由于其权力与能力有限，要解决问题，就需要在较短的时间内从总部得到响应。那么，必须建立满足门店需要的组织管理体系。"可的"就此进行了组织调整，增设了地区管理部这一机构，规定了其对门店服务、指导、控制的职能。把门店长的任免权、人员调配与考核权、日常费用的审核权、日常维护的管理权、工程质量的验收权等都下移到地区管理部，让地区管理部"求快求近"，解决门店的问题，了解门店的第一手资料。同时，为了方便门店，公司派出了服务班车，每周一次到地区提供服务。在强化了地区对门店的贴近管理与服务以后，总部这条线就必须加强系统建设。这样，地区营运管理在于"细"与"近"，总部系统管理在于"专"与"精"，形成了较理想的组织体系。

此外，竞争加剧，容易使人浮躁；规模大了，容易造成"虚胖"。以国际水准推动企业的发展，从而应对中国加入WTO以后面临的新挑战，保证企业始终处于持续、稳定发展的状态，这是"可的"公司在新的发展阶段的基本思路。

追求国际水准，就得不断研究世界上便利店发展的基本规律，就得学习国外的成功经验，就得有稳健与自信的心态。必须在选址技术、采购技术、配送技术上有更进一步的理解与应用；进一步在管理创新、组织创新、体制创新上下工夫；学会在互联网条件下加强与各方面的沟通与合作，积极地开展新的业务，使企业成为一个网络化的企业。"可的"的

未来在跨越第三道坎后，会有更美好的前景。

案例来源：张晔清．连锁经营管理原理．上海：上海立信会计出版社，2006.

思考题

1．"可的"便利店的发展之路经历了哪几个阶段？

2．"可的"的发展经验给了我们什么启示？

第6章 连锁企业的管理体系

【学习要点】
- 组织结构的设计原则
- 总部的管理职能
- 配送中心的功能
- 配送中心的组织结构与管理职能
- 连锁门店主要岗位的职能

6.1 组织结构的设计原则与程序

任何一个企业的经营与管理活动都离不开一定的组织结构。连锁企业由于其特殊的经营特点，使得其组织结构和具体职能与传统商业有着明显的不同。连锁企业组织结构和职能的确立是连锁企业发展的重要环节，它在经营和管理的运作中，发挥着巨大的作用。这也是一百多年来，连锁经营在世界范围内获得巨大发展的成功所在。

无论哪种形式的连锁企业，其基本的组织结构一般由三个部分组成：总部、门店和配送中心。总部是连锁企业的高层组织，是连锁经营的指挥领导层和经营决策层；门店是连锁经营的基础，承担具体实施的执行功能；配送中心是连锁企业的物流机构，是促进连锁经营成功的保证。有一些规模较小的连锁企业把配送中心看做总部的一个部门。

6.1.1 组织结构的设计原则

1．统一指挥的原则

统一指挥的原则是指每个环节有人负责，每个人知道对谁负责；每个人只对一个上级负责，每个上级知道多少人对他负责；上下级线条明晰、统一。

2．以工作为中心的原则

这里的工作是指工作量、工作环节、工作分配的综合。以工作为中心进行组织设计时，应有三条标准：一是没有多余的管理环节，每个岗位必须有明确的工作任务；二是部门划分粗细适当；三是每个部门的人员配备要与工作任务相适应，既不要人浮于事，又要有一定的人手，确保任务的完成。

3．对称原则

连锁企业组织应符合对称原则，权力和责任应与职位相称。

4．组织设置专业化原则

组织设置专业化主要是指按专业功能设计组织结构。例如，总部董事会承担决策功能，那么总部各职能部门承担执行功能，而连锁分店承担销售功能。总部各职能部门应按工作性质进行设置。如果地域太广还可按区域划分为二级区域组织：一是区域管理部，二是区域代理商。

5．适当的组织层次和管理幅度

组织层次应采取适当的偏平化框架。层次太多，沟通困难；层次太少，管理力度可能跟不上。从国外的情况看，管理幅度为 1～25 人，一般情况下，7 人或 8 人为宜。在确定连锁店的不同领导的管理幅度时，应视不同职位有所不同。通常，层次越高，管理幅度越窄；层次越低，管理幅度越宽。

6.1.2　组织结构的设计程序

1．明确任务

一个连锁经营企业通常要面对的主要任务有：商品的采购、运输、配送、库存、标价、陈列；门店的维护、清洁、保卫；顾客调查、顾客接洽、顾客跟踪调查与处理顾客投诉；要事管理；商品的维修与调换、处理收据与财务记录；商品包装、退货、销售预测、预算等。

2．工作分类

工作分类可按功能、产品、地理等进行。按功能划分时，可将工作按不同业务领域，如促销、采购、门店营运等进行分类；按产品划分时，可以商品或服务为基础对工作进行划分；按地理划分时，可以不同性质的商圈对工作进行划分。以上这些分类方法对于连锁企业特别重要，大型连锁经营企业对工作进行分类时可综合利用上述方法。

3．任务分工

任务分工就是确定是由连锁经营企业独立完成上述任务和工作，还是由物流公司、制造商、顾客共同完成上述任务和工作，或者是由各家共同分担相关任务。同时，任务分工还包括连锁企业内部的专业化分工，明确具体员工应从事的具体工作。

4．组织定型

在进行连锁经营企业的组织策划时，策划者不能将不同工作视为单个单元，而是要将其视为整个连锁经营企业的一个组成部分。相应的，连锁经营企业组织必须采取整合与协调的方式，将不同的工作区分开来，并清楚地进行描述，同时工作之间的关系也要明确。另外，组织的层次、结构及组织的管理幅度等都应加以考虑。综合考虑上述所有因素，组织设计者可将类似工作合并为一个部门或门店，进而将不同部门、门店整合为一个有机的连锁经营企业组织。

6.2　总部的组织机构与管理职能

6.2.1　总部组织机构的设置

连锁总部的组织机构设置会受到连锁体系类型的影响，也会受到连锁体系规模大小的影响。当然连锁总部的组织机构设置还会受到连锁体系创建人、合伙人的影响。下面介绍一般情况下连锁总部机构的设置。

1．连锁总部最高管理层的组织机构

连锁总部最高管理层的组织机构如图6.1所示。

图6.1　最高管理层的组织机构图

2．连锁总部职能部门的组织机构

连锁总部职能部门的组织机构如图6.2所示。不同的业态，如便利店、超市、百货店、快餐店由于其具体业务内容不同，其组织形式也会有所不同。

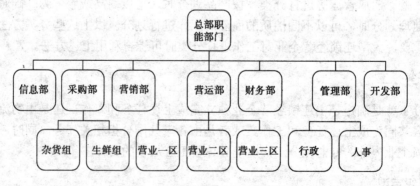

图6.2　职能部门的组织机构图

3．区域总部的组织机构

区域总部的组织机构如图6.3所示。

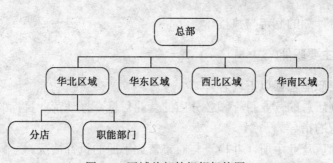

图 6.3　区域总部的组织机构图

6.2.2　总部的管理职能

1．信息部的主要职能

信息部也叫信息处理中心或计算机中心，是连锁企业信息处理与收集的总后方、总枢纽，是连锁企业运作系统软件的支撑平台。企业的所有软件系统都必须在计算机中心安装的企业总的系统平台上运行才能发挥作用。连锁企业的各部门、各店铺的所有数据处理均需通过网络传到计算机中心，并由计算机中心汇总处理。信息部的主要职能包括以下内容。

（1）连锁企业信息的收集与处理。

（2）连锁计算机网络系统的维修与养护。

（3）商品代码、企业代码、条形码的打印处理。

（4）各种数据、影像资料的存储与保管。

（5）数据资料的加密与解密。

2．采购部的主要职能

采购部（商品部）的主要职能包括以下内容。

（1）采购方式的制定。

（2）供应商的管理。

（3）商品货源的维护、新商品的开发与滞销商品的淘汰。

（4）商品采购的谈判、采购价格的谈判与制定以及商品销售价格的制定。

（5）制定与实施不同区域、不同产品大类的商品组合策略。

（6）商品储存、商品配送制度的制定及作业流程的制定与控制。

3．营销部（或企划部）的主要职能

营销部（或企划部）的主要职能包括以下内容。

（1）分店商品配置、陈列设计、商品销售分析、利润分析与改进措施。

（2）促销策略的制定，促销活动的计划与执行。

（3）企业广告、竞争状况的调查与分析。

（4）店铺形象的设计。

（5）店铺广告计划的制定与执行。

4. 营运部的主要职能

营运部的主要职能包括以下内容。

（1）制定连锁店总的营业目标和各分店的营业目标，推动营业目标的实现。

（2）分店经营的指导。

（3）编写连锁店营业手册，并检查与监督营业手册的执行情况。

（4）指导分店改善现场作业，派出指导人员对不同连锁店指导并考察其工作情况。

5. 财务部的主要职能

财务部的主要职能包括以下内容。

（1）财务管理，即融资、用资、资金调度及企业财务状况与投资风险的分析。

（2）编制各种财务报表和会计报表。

（3）审核进货凭证，处理进货财务，与供应商进行货款对账并付款。

（4）统计每日营业额。

（5）发票管理。

（6）税金的申报与缴纳，年度预决算。

（7）各店铺财务工作的统一管理。

6. 管理部的主要职能

管理部的主要职能包括以下内容。

（1）人力资源制度的制定与执行。

（2）员工福利制度的制定与执行。

（3）人员的招聘与培训。

（4）企业合同的管理，企业保安制度的制定与执行。

（5）企业办公用品的采购与管理。

（6）法律事务专员和公关事务专员的管理。

一些规模较大的连锁企业将管理部拆分为人力资源部和行政部，并作为独立的部门发挥各自的作用。

7. 开发部的主要职能

开发部的主要职能包括以下内容。

（1）新开分店或加盟分店的商圈调查，包括人口户数、消费收入和竞争状况等。

（2）新开分店的投资效益评估，加盟分店的销售能力评估。

（3）新开分店的自行建设、投资购买或租赁场地的投资预算。

（4）建设新店的工程设计与审核，工程的招标、监督与验收。

（5）新开分店的开店流程与进度控制。

（6）新开分店所需经营设备的采购以及分店设备的维修与保养。

开发部的工作流程由以下步骤组成：制定选址标准、设备标准和投资标准→商圈分析→

建店、买店或租店→分店建造、改建或装修→施工监督和验收→新店开业。

以上是连锁总部各部门的基本职能。实际上，由于业态的不同，决定了连锁企业的具体产品与服务不同，而产品与服务的不同就需要连锁企业进行适当的组织调整。在连锁经营的发展过程中，随着连锁企业经营网络的扩张和经营项目的变化或增加，连锁总部管理部门的组织结构也是不断变化的，需将各部门的权限范围、行使方式以及部门之间的功能合作方式进行必要的调整，但各部门的基本功能不会改变。连锁企业主要职能部门与分店的运作流程如图 6.4 所示。

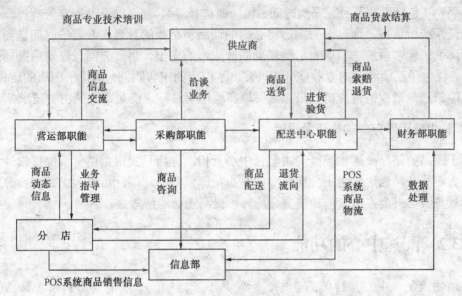

图 6.4　连锁企业主要职能部门与分店的运作流程

6.3　配送中心的组织结构与管理职能

6.3.1　配送中心在连锁经营中的作用

在连锁经营企业中，物流系统主要起到商品集散及带动商流、信息流、现金流三流运转的作用，它通过商品的集中采购、集中储备和统一配送，成为连锁经营市场供应的保障系统，也是连锁企业运作的基础。连锁物流系统不仅具有一般物流活动的价值功能，在连锁经营中更具有其特殊性。

1.　保障连锁经营规模效益的实现

连锁经营的赢利源泉主要来自于规模效益，它将来自单个店铺的多品种、少批量的零星进货集中为大批量进货，通过集中、统一进货获取来自供应商的价格优惠。但由于连锁经营企业所属的店铺点多、分布面广，在进货的品种、数量和时间上也不完全相同，因此连锁经营需要高效率、低成本的物流系统给予支撑。这也说明，连锁经营的规模优势是建立在规范物流活动的基础之上的。通过配送中心把厂商或批发商供应的商品储存分装、送货上门，把分散的实体储运活动转为系统的物流活动，协调产、供、销关系，缩短中间环节，使适销对路的商品在规定时间内以适当批量送达分店，实现连锁经营的规模经济效益。

2．强化门店的销售功能

连锁经营企业一般处于直面终端消费者的供应链末端，是商流、物流、信息流和现金流四流的会聚点，连锁物流有效分离和带动了其余三流的运转。对单个门店而言，所必需的商品采购（包括采购品种、采购时间、供应商选择等）、商品储存及库存管理等职能都被连锁物流系统所承担，通过统一配送将必要的商品和必要的数量在必要的时间送到门店。一方面降低了连锁系统中门店对后勤辅助职能成本的支出，另一方面通过对后勤辅助职能的剥离，强化了连锁经营的专业化分工，突出了门店的销售职能，简化了门店的运作管理，使门店能够充分把握销售商机，最大限度地实现销售目标，满足顾客的消费需求。

3．减少分店库存，加快资金周转

由于商品的储存及运输职能均由配送中心承担，分店只需根据销售情况提出计划，所需商品大多能及时送达。由于分店存储的是少量即销商品，因此可以大大减少各分店的商品库存量与流动资金占用量，加快资金周转，提高企业经济效益。

6.3.2　配送中心的功能

连锁物流配送中心与传统的仓库、运输是不一样的，一般的仓库只重视商品的储存保管，传统的运输只是提供商品输送而已，而配送中心承担了连锁物流中的主要职能，重视商品流通的全方位功能，具有储存保管、分拣配货、送货、流通加工及信息提供五大功能。

1．储存保管功能

一般来说，除了采用直配直送的批发商之外，连锁企业的大部分商品必须经过实际入库、保管、流通加工包装后才可出库，因此配送中心具有储存保管的功能。在配送中心一般都有库存保管的储存区，因为任何的商品为了防止缺货，或多或少都有一定的安全库存。视商品的特性及生产前置时间的不同，其安全库存的数量也不同。一般国内制造的商品库存较少，而国外制造的商品因船期的原因需储存较多的商品，库存较多，库存周期约为 2～3 个月；另外生鲜产品的保存期限较短，因此保管的库存量比较少；冷冻食品因其保存期限较长，因此保管的库存量比较多。

2．分拣配货功能

在配送中心里另一个重点就是分拣配货的功能。连锁企业一般具有较多的门店，不同门店对商品种类、规格、数量等方面都有不同的要求，因此配送中心必须根据各门店的补货要求（商品品种、数量、规格等），从储备商品中通过拆零、分拣等作业完成对不同门店的配货工作，并以最快的速度送达各门店手中。配送中心的分拣配货效率是物流质量的集中体现，是配送中心最重要的功能。对于大型连锁企业来说，必须建立自动化的配送设备，才能达到上述要求。

3．送货功能

送货是连锁物流的一大核心功能，也是物流成本支出和提升物流服务质量的主要方面。配送运输不同于一般运输，配送中心送货主要是支线运输，其运输范围较小、区域密度较大，因此需通过货物配装和路线规划，来实现降低成本和提高送货效率。

送货流程包括配装、运输和交货。由于运输在送货中的重要性，选择合理的运输方式和使用先进的运输工具，对于提高送货质量至关重要。

4．流通加工功能

在物流过程中，根据零售要求或配送对象（产品）的特点，有时需要在配货之前先对货物进行加工和分装，以更好地满足用户需求。如肉类分割、计量，散货分装等，还有蔬菜的分拣、计量、包装等。这些作业是提升配送中心服务品质的重要手段。

5．信息提供功能

一些现代连锁企业的配送中心除了具有配送、流通加工、储存保管等功能外，还集成了信息管理功能，掌握物流活动中的相关信息，为配送中心本身及上下游企业提供各式各样的信息情报，以供配送中心营运管理策略制定、商品路线开发、商品销售推广策略制定作为参考。例如，哪一个客户订多少商品，哪一种商品比较畅销，从计算机的分析资料中可以非常清楚地了解到，甚至可以将这些宝贵资料提供给上游的制造商及下游的零售商当做经营管理的参考。

6.3.3　配送中心组织结构的设置

根据以上对配送中心在连锁体系中的作用与功能分析，可以看出配送中心对于连锁企业来说是一个重要的部门。连锁企业的规模和性质不同，配送中心的组织结构一般也不一样。通常，配送中心的组织结构如图 6.5 所示。

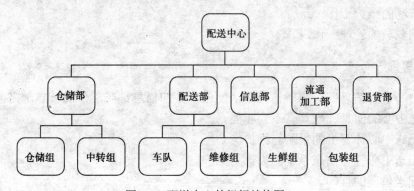

图 6.5　配送中心的组织结构图

6.3.4　配送中心各部门的管理职能

1. 仓储部

仓储部是配送中的一个最重要的部门。有的配送中把仓储部分成仓储组和中转组。仓储组就是商品在配送中心会存放一定的时间，中转组就是供应商把商品送配送中心后，马上就分配运输到各个门店，在配送中心的时间一般只有一天，最多两三天。总体来说，仓储部具有以下职能。

（1）收货与检验。根据采购部门的采购订单，接收供应商送来的货品，并负责检验。

（2）分配库位。对于要存储的货物，把它们分类并存放到合适的库位，对于中转的货物要分配到相应的门店位置。

（3）保管工作。对库存商品进行维护保管。

（4）分拣。根据门店的要货订单，到相应的库位进行拣货。这是仓储部一项非常重要的工作。

（5）库存的盘点工作。

（6）库存管理。对库存商品进行相关统计分析，为采购和营销提供重要信息。

（7）仓库维护与修理。

2. 配送部

配送部同样也是配送中心的一个主要部门。有的配送中心有自己的运输车辆，有的配送中心到外边租用车辆。无论是哪种模式，配送部均应具有下列主要职能。

（1）货物的装车工作。

（2）货物的运输工作。

（3）货物与各分店的交接工作。

（4）接受各门店的退货。

（5）各种单证、物品的交接。

（6）车辆的采购（租赁）工作。

（7）车辆的维护工作。

（8）驾驶员的管理工作。

3. 信息部

配送中心也有信息部。一般情况下，配送中心的信息部与总部的信息部之间有一定的联系。配送中心的信息部应具有下列职能。

（1）配送中心计算机的采购与维护。

（2）配送中心管理信息系统的设计与维护。

（3）配送单证的打印。

（4）配送中心商品数据的统计与分析。

4. 流通加工部

流通加工也是配送中心的一项功能。对于一些规模较大的连锁企业来说，配送中心的流通加工项目主要有以下几类。

（1）商品的再生产。

（2）商品的再包装。

（3）生鲜产品的采购、清洗、分拣、包装等加工工作。

（4）自有品牌商品的生产。

5. 退货部

退货是连锁经营不可避免的事情，许多时候，退货量也是非常大的。通常，配送中心要接受各门店的退货，其具体职能主要有以下几个方面。

（1）清点、验收、分类各门店退货。

（2）通知供应商前来配送中心退货。

（3）损坏和过期商品的处理工作。

（4）退货商品的库存保管工作。

（5）统计、分析退货情况，并上报相关上级部门。

6.4　门店的组织结构与管理职能

6.4.1　门店职能概述

门店是连锁经营的基础，主要职责是按照总部的指示和服务规范要求，承担日常销售业务。门店是连锁总部各项政策的执行单位，应把连锁企业总部的目标、计划和具体要求体现到日常的作业化管理之中。

门店是连锁企业直接向顾客提供商品和服务的单位，因而其主要职能是商品的销售与服务，以及相关的管理作业。下面介绍门店的主要职能。

1. 环境管理

环境管理主要包括店头的外观管理与卖场内部的环境管理。

一是店头的外观。由于交通、住宅动迁、调职等原因，门店的老顾客都会有一定比例的流失，同时又会有新的潜在顾客进入门店的商圈范围内。所以，门店必须每日对店头进行检查，并加强维护与管理。

二是卖场内部的环境。卖场内部环境包括走廊、货架、各种设备、场内的气氛等。

2. 商品管理

商品管理包括对商品陈列、商品质量、商品损耗、商品销售状况等方面的管理。

（1）商品陈列管理。商品陈列管理首先必须严格按照连锁总部所规定的统一标准；其次要做到满陈列，以便最有效地利用店间空间；再次要注意陈列商品的及时整理，使商品陈列的方式、高度、宽度、陈列量、排面等符合商品陈列表的要求。

（2）商品质量管理。商品质量管理首先必须重视商品的包装质量及商品的标签；其次要加强对商品保质期的控制；再次要对生鲜食品进行鲜度管理。

（3）商品损耗管理。商品损耗管理首先要防止商品的动碰损耗；其次要加强防盗、防窃工作；再次要重视商品盘点。此外，对商品保质期的有效控制，以及与促销活动的有效配合，也是控制商品损耗的有效办法。

（4）商品销售状况管理。商品销售状况管理首先必须掌握商品的销售动态；其次要根据销售动态及时做出反应，如及时补充货源。及时处理滞销品，在总部的指导下及时调整商品的陈列位置及价格，等等。

3. 人员管理

人员管理包括员工管理、顾客管理和供货者管理。

（1）员工管理。对员工的管理是人员管理的核心，其管理的重点是：按公司规定控制人员总数及用工时数；培养全体店员的团队合作精神；合理分配工作任务，并要求员工严格执行公司总部所制定的作业规范；树立全体员工的礼仪精神，做好服务工作，根据营业状况排定班次，做好考勤工作；应照顾到员工的身体状况及应有的权利。

（2）顾客管理。对顾客的管理主要是指对顾客的了解、引导和适当的控制。如了解顾客的类型、各类顾客的需求特征；通过调查掌握社区内常住顾客的基本资料；在卖场内设置醒目的指示性标志，以便于顾客选购商品；对顾客的行为依法实施必要的限制，如明确告示顾客：店内不准吸烟，不准饮食，不准拍照，不准抄价，进入卖场必须存包等；妥善处理顾客的投诉。

（3）供货者管理。无论是厂方人员还是公司内部的配送人员，送货或是洽谈业务，都必须在指定地点按规范程序进行，如需要进入卖场，也必须遵守有关规定，如佩戴特殊的标志。

4. 财务管理

财务管理包括收银管理及凭证管理。

（1）收银管理。收银作业是门店销售服务管理的一个关键点，收银台是门店商品、现金的"闸门"，商品流出，现金流入都要经过收银台，稍有疏忽就会使经营前功尽弃。从现金管理角度来看，收银管理应把握以下重点：控制收银差错率；防止收入假币及信用卡欺诈行为；分清各班次收银员的经济责任；及时结算并上缴营业款；要严防内外勾结侵吞货款。

（2）凭证管理。对连锁超市门店而言，会计工作由总部负责，但对于基本的凭证仍需要妥善管理，如销货发票、退货凭证、进货凭证、现金日报表、现金投库记录表、交班日报表等。有些凭证（如退货凭证、进货凭证）是日后结算付款的依据，与现金具有同等的效力，更应妥善保管与处理。

5. 情报管理

连锁门店既是各类经营情报的发送者（信源），又是各类经营情报的接收者（信宿），因此，加强情报管理便成了连锁门店的一项重要工作。连锁门店的情报管理主要包括下列三类。

（1）店内经营情报管理。这是连锁门店情报管理的重点，内容有：销售日报表、商品销售排行表、时间销售报表、供应商销售报表、异常销售分析表、促销商品分析表、销售毛利分析表、ABC 分析表等。此外还包括员工的意见、建议以及他们的心理和行为状态等情况。

（2）竞争店情报管理。连锁门店有责任对附近的竞争店情况进行调查，内容包括：与竞争店的距离；竞争店的交通条件、商品质量及价格、商品结构、门店规模、顾客购买行为等。

（3）消费者需求情报管理。消费者需求情报包括：消费需求的总体趋势、社区内消费者的总体规模、收支水平、购买特征等。其中，顾客投诉情况的分析应作为了解消费者需求的一个重要方面。

6.4.2　门店组织结构的设置

连锁门店组织结构相对较为简单，因为连锁企业实行的是商品采购、配送、财务等作业的总部集中性统一管理。而门店组织结构主要视门店的性质、业态特征、规模大小以及商品结构等因素的不同而有所差异。例如，直营店通常由店长直接管理，同时下设副店长、值班长、组长等职务；规模较小的门店不再分组，也不设组长；规模较大的门店则应分工明确，并分别由组长主管。中等规模门店的组织结构如图 6.6 所示。

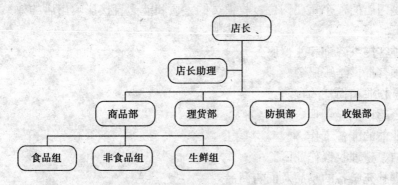

图 6.6　中等规模门店的组织结构图

6.4.3　门店主要岗位的管理职责

1．店长工作职责

店长是门店的第一责任人，是门店的总管，其主要职责如下。

（1）负责门店的经营管理。

（2）对总部下达的各项经营指标的完成情况负责。

（3）监督门店的商品进货验收、仓库管理、商品陈列、商品质量管理等。

（4）执行总部下达的商品价格变动。

（5）执行总部下达的促销计划与促销活动。

（6）掌握门店销售动态，及时向总部提出建议。

（7）监督与改善门店各部门商品的损耗管理。

（8）监督和审核门店的会计、收款等作业。

（9）负责门店员工考勤、仪容、仪表和服务规范执行情况的监督与管理。

（10）负责提出门店员工的人事考核、职位提升、降级和调动等建议。

2．理货员工作职责

理货员是在超市和便利店中间接为顾客服务的销售人员，其工作质量的好坏直接影响门店的销售额和形象，其工作职责如下。

（1）熟悉所在商品部门的商品名称、产地、厂家、规格、用途、性能、保质期限。

（2）遵守连锁店仓库管理和商品发货的有关规定，按作业流程进行工作。

（3）掌握商品标价的知识，正确标好价格。

（4）熟练掌握商品陈列的有关专业知识，并把它运用到实际中。

（5）搞好货架与责任区的卫生，保持清洁。

（6）随时对顾客挑选后、货架剩余商品进行清理并做好商品的补充工作。

（7）保证商品安全。

3．收银员工作职责

收银员是门店的一个重要岗位，收银员的素质和能力直接影响门店的效率与服务，其工作职责如下。

（1）为顾客提供咨询和礼仪服务。

（2）为顾客提供结账服务。

（3）现金作业和损耗的预防。

（4）配合超市安全管理。

（5）营业前的准备工作。

（6）清洁、整理收银作业区。

（7）整理补充必备的物品及面售商品。

（8）准备好找零用金。

（9）收银机的日常维护与设置。

（10）收银机的检查。

（11）了解当日促销商品及促销活动注意事项。

4．防损员工作职责

一般的连锁门店都设有专业的防损员，但门店外的防损员通常称为保安。下面主要介绍店内防损员的工作职责。

（1）维护门店秩序，保护门店的财产安全。

（2）对责任区内的重点防护区（包括收银台、贵重商品、危险物品存放地）严密守护、巡逻，如发现异常情况，应果断处理，同时应立即上报保安部。

（3）对发生在门店内的一切有损门店形象，影响门店正常经营秩序的人和事，应及时加以制止，如制止无效应立即上报保安部及门店经理，以便协调解决。

（4）熟悉责任区的地理环境，商品分布情况，各柜组负责人情况，以利于开展工作。

（5）加强巡逻检查，发现火险隐患应在立即排除的同时向门店负责人、保安报告，监督、检查处理方法和结果。

（6）发生火灾时，应在门店负责人的统一指挥下，积极组织扑救、抢救工作，并妥善疏散群众。

（7）发生治安、刑事案件时，应采取积极有效措施，抓捕肇事人、犯罪嫌疑人、保护现场，及时向保安部报告，配合公安机关开展工作。

（8）完成门店及保安部临时指派的各项任务。

案例 6.1　普尔斯马特会员商店的部门设置

普尔斯马特会员商店共设有七个部门，如图 6.7 所示。

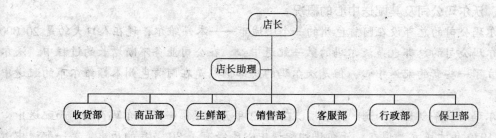

图 6.7　普尔斯马特会员商店的部门设置图

收货部：顾名思义，它是接收商品的部门，同时它还负责退货的处理及整个仓储店各类设备的维修、维护（除电脑设备）。该部门设有主管、叉车司机、收货员、退货员、办公室人员（录入员）、设备主管、设备员工。

商品部：按照商品的七个正确（即：正确的商品、正确的地点、正确的时间、正确的数量、正确的条件、正确的价格、正确的服务）将所有的商品（除生鲜食品）进行合理摆放，是商品部的职责。该部门分三个区域（一般情况下）：食品区、非食区、中心区，各区配有相应的主管、叉车司机、理货员。商品部还设有一名 QC（品质控制）员，专门负责价签问题。

生鲜部：按生鲜商品的要求展示和售卖生鲜食品。生鲜部包括冷冻/冷藏食品、生肉、熟食、面包、快餐、快照、果蔬等操作间，该部门设有主管、员工、QC 员。

销售部：该部门分两部分：大宗购物组、会员部（制卡、推卡）。大宗购物组主要负责开发、维护大宗批发客户和团体购买客户；会员部主要负责推销、制作会员卡，以扩大、巩固一个店的会员数量，同时获得可观的会员费收入。

客服部：提供快速、准确、友好的收银服务是客服部的职责，同时客服部负责办理会员退换货业务及为会员提供存包服务。该部门设有收银主管、收银员、退换货员工、存包员。

行政部：它是整个仓储店的审计及后勤部门，该部门设有人事主管、审计员（包括库存审计、销售审计），EDP（系统维护人员）、出纳及清洁员。

保卫部：保护公司财产和人员（包括会员、员工）的安全是保卫组的职责。该部设有门检员、中控员、内保。

资料来源：《普尔斯马特培训手册》

复习思考题

1. 连锁经营总部应该具有哪些职能？
2. 配送中心在连锁经营体系中具有什么作用？
3. 连锁配送中心一般有哪些部门，各有什么职责？
4. 请设计一个连锁门店的组织结构图。

【本章案例阅读与思考】

沃尔玛的物流配送体系

一、沃尔玛公司及其配送中心的概况

沃尔玛公司的总部设在阿肯色州的一个小城市——本顿维尔，现在人口大约是 20 000 人。沃尔玛公司的总部也是沃尔玛的第一配送中心。在公司业务不断增长的过程中，沃尔玛也建立了一些新的配送中心，但是沃尔玛的总部仍然是在阿肯色州本顿维尔市的配送中心附近。

沃尔玛的最早创始人山姆·沃尔顿，在 1962 年开设了第一家沃尔玛商场，而配送中心一直到 1970 年才成立。现在，沃尔玛的配送中心已经有了 30 多年的历史，第一配送中心负责给 4 个州的 32 个商场供货。下面介绍一下为什么沃尔玛要花费很大的精力在物流方面呢？我给大家介绍一下过去几年当中沃尔玛的发展，这样你就可以了解到，进行物流配送在沃尔玛公司当中是非常重要的。沃尔玛在物流方面的投资是 1 600 亿美元。现在业务还在继续增长，要增长到 1 900 亿美元，因此沃尔玛将从现有的销售额中提取 250 亿美元，集中用于物流配送中心的建设。在美国，目前有 1 800 多家沃尔玛商场。沃尔玛商场是一个常规的、提供商品的商场，它以较低的价格提供日常用品。除此之外，沃尔玛公司还有一类沃尔玛超级中心，这是在过去 8 年中开发出来的。沃尔玛公司有 721 个这样的超级中心，这些超级中心是由规模较大的商场及附近一些小的副食店，加在一起而形成的一个超级中心。它有一些比较常规的日常用品，同时也卖一些食品。这些结合在一起，沃尔玛就可以为顾客提供一站式的消费服务。这样，顾客来在一个商场当中所有东西都可以买到，这是沃尔玛业务增长的一个模式。在中国是这样，在国际上的其他地方也是这样，而且沃尔玛认为美国未来的商场也应当是这样的。沃尔玛在美国新开的商场都是这种超级购物中心。在美国沃尔玛还有 463 个山姆会员店，在中国的深圳也有这样一个会员店。这种会员店是这样一种商场：商场中货物量更大一些，每一个包装都比较大。例如，在那里卖沙琪玛，不是一个一个地卖，而是三个一起卖。但在深圳的超级市场中，你却可以买一个沙琪玛。在这种会员店中，商品量特别大，而且商品与超级中心的商品也有所区别，你会在那里发现完全不同的一些商品，在深圳就是这样。

从世界范围来看，阿根廷有 13 家商店，巴西有 14 家商店，加拿大有 66 家商店，中国

有8家商店，在德国有95家商店，韩国有5家商店，在墨西哥有462家商店，在波多黎各有15家商店，在英国有232家商店。沃尔玛在美国有885 000名员工，在美国之外的世界其他地方，沃尔玛有255 000名员工，所以沃尔玛的员工大约有110多万人。

二、沃尔玛的物流服务要求

在美国国内，沃尔玛自己做物流和配送。沃尔玛拥有自己的卡车运输车队，有自己的后勤和物流方面的团队，但在其他地方沃尔玛没有这样的专门机构，所以就由飞驰公司来完成这方面的工作。

在物流运营过程当中，要尽可能降低成本，因为沃尔玛降低成本之后就可以让利于消费者，这是沃尔玛的哲学，就是"以最佳服务，最低的成本，提高最高质量的服务"。飞驰公司同沃尔玛是一种合作伙伴的关系，也是沃尔玛大家庭的一员，并百分之百献身于沃尔玛的事业。沃尔玛共同的目标就是努力做到最好。

为了尽可能降低成本，沃尔玛建立了一个"无缝点对点"物流系统。这种"无缝"的意思是，使整个供应链达到一种非常顺畅的链接。沃尔玛所指的供应链是说产品从工厂到商店的货架，这种产品的物流应当是尽可能平滑的，就像一件外衣是没有缝的。大家都知道，物流业务要求比较复杂，如有的时候可能会有一些产品出现破损，因此在包装方面就需要有一些对产品特别的运输能力。因此，对沃尔玛来说，能够提供的产品的种类与质量是非常重要的。沃尔玛似乎已经寻求到了这种高质量与多品种结合的方式。

沃尔玛有时候采用空运，有时候采用船运，还有一些时候采用卡车进行公路运输。在中国，沃尔玛百分之百采用公路运输，就是卡车把产品运到商场，卸货后自动放到商店的系统当中。在沃尔玛的物流当中，非常重要的一点，沃尔玛必须确保商店所得到的产品是与发货单上所列产品完全一致的产品，因此沃尔玛的整个物流过程都要确保是精确的，没有任何错误的。这样，商店把整个卡车当中的货品卸下来就可以了，而不用把每个产品检查一遍。因为他们相信运输过来的产品是没有任何失误的，这样就可以节省很多的时间。沃尔玛在这方面已经形成了一种非常精确的系统，这有助于降低成本，而这些商店在接受货物以后就直接放到货架上，这就是沃尔玛物流的整个循环过程。

沃尔玛的物流业务，不管是在美国还是其他地方，都是百分之百的一致和完整。不管物流项目是大还是小，沃尔玛必须要把所有的物流过程集中到一个伞形结构之下，形成一个供应链，每一个供应者都是这个供应链当中的一个环节，沃尔玛必须使整个供应链是一个非常平稳的、光滑的、顺畅的过程。这样，沃尔玛的运输、配送以及对于订单与购买的处理等所有环节，都是网络当中的一部分。这样就可以大大降低成本。

沃尔玛进行的是每天24小时，每周7天的全天候的运作。沃尔玛的产品能够卖得非常多，物流的支持是非常必要的。物流必须确保这些产品是在不断地流向沃尔玛的商店，而没有任何停止的过程。目前，美国沃尔玛有30家配送中心。这些配送中心分别服务于18个州的2 500家商店。沃尔玛的一些区域配送中心，是一些比较大的配送中心；同时沃尔玛也有一些比较小的专用于进口产品和副食品等的各类配送中心，所有这些不同种类的配送中心，都是沃尔玛整个网络当中的一员。

三、沃尔玛的补货系统

沃尔玛之所以能够取得成功，是因为沃尔玛有一个补货系统。它使得沃尔玛在任何时间都可以知道，现在这个商店当中有多少货品，有多少货品正在运输过程当中，有多少是在配送中心，等等。同时它也使沃尔玛可以了解，沃尔玛某种货品上周卖了多少，上年卖了多少，而且可以预测沃尔玛将来可以卖多少这种货品。沃尔玛之所以能够了解这么细，就是因为沃尔玛商场当中所有的产品都有一个统一的产品代码——UPC 代码。沃尔玛之所以认为有这种代码是非常必要的，是因为可以对它进行扫描。在沃尔玛的所有商场中，都不需要用纸张来处理订单。沃尔玛的自动补货系统，可以自动向商场经理订货。经理们在商场当中走一走，然后看一看这些商品，选到其中一种商品，对它扫描一下，就知道现在商场当中有多少这种货品，有多少订货，而且知道有多少这种产品正在运往商店的途中，会在什么时间到，所有关于这种商品的信息都可以通过扫描产品代码得到，不需要他人再进行任何汇报。

沃尔玛还有一个非常好的系统，可以使得供货商们直接进入到沃尔玛的系统之中，这一系统称做零售链接。任何一个供货商可以通过进入这个系统来了解他们的产品卖得怎样。供货商们可以在沃尔玛公司的每一个店中，及时了解到有关情况。通过零售链接，供货商们可以了解商品卖的情况，他们可以对将来卖货进行预测，以决定生产的节奏。

四、沃尔玛的配送中心

由于在美国沃尔玛有数以千计的商场，因此产品的需求量是非常大的。沃尔玛的每一个配送中心规模都非常大，平均面积约有 11 万平方米。在这些配送中心，每个月的产品价值超过两亿美元。沃尔玛降低配送成本的一个方法就是把这种配送成本和供应商们一起来进行分担。如果供货商们采用这种集中式的配送方式，可以节省很多钱，而供货商就可以把省下来的这部分利润，让利于消费者。

沃尔玛的集中配送中心是相当大的，而且都在一层当中。之所以都是一层，而不是好几层，是因为沃尔玛希望产品能够流动。沃尔玛希望产品能够从一个门进从另一个门出。如果有电梯或其他物体，就会阻碍这种流动。

沃尔玛所有的系统都是基于 UNIX 系统的一个配送系统，并配有传送带、非常大的开放式平台、产品代码、自动补货系统和激光识别系统。

沃尔玛每一个星期可以处理的产品是 120 万箱。沃尔玛公司的商店众多，每个商店的需求各不相同。沃尔玛配送中心能够根据商店的需要，自动分类产品并放入不同的箱子。这样，员工可以在传送带上就取到自己所负责的商店所需的商品。

节选：芮约翰（沃尔玛中国有限公司高级商品总监）和戴豪文（飞驰有限公司沃尔玛区域经理）的谈话

思考题

1. 沃尔玛的配送中心是如何运作的？
2. 沃尔玛的配送中心对沃尔玛的整个商业体系有哪些重大意义？

第 7 章　连锁企业的战略管理

【学习要点】
- 连锁企业的经营战略
- 连锁企业的竞争战略

7.1　连锁企业的经营与发展战略

7.1.1　连锁企业的经营战略

经营战略是企业为实现经营目标，通过对企业的外部环境和内部条件的分析而制定的较长期的全局性的重大决策，它是企业组织活动长期性质的基本设计图。经营战略主要解决企业组织与市场环境相结合的问题。

连锁企业的经营战略是指连锁企业在经营过程中，对经营中的各个环节确定目的标准、制定管理制度、确定经营规模、把握扩张速度、控制产品质量等问题而制定的长期的经营规划。连锁企业的经营战略主要包括下列 4 个方面。

1．顾客满意战略

连锁企业的最终消费者是广大的老百姓。顾客满意战略是坚持顾客第一、顾客至上的理念，并始终以消费者满意为宗旨的战略。而且这种顾客第一、顾客至上的理念必须始终贯穿连锁企业从商品采购到最终销售的全过程。

（1）充分认识顾客的价值。顾客的价值不在于他一次购买的金额而在于他一生的消费总额，其中包括他对亲朋好友的影响。

（2）充分认识顾客满意的价值。顾客满意与企业利润存在着因果关系，而且忠诚顾客与企业利润之间关系更为密切。实践表明，在 90%以上的厂商的利润当中，有 10%由一般顾客带来，有 30%由满意顾客带来，有 60%由忠诚顾客带来。

（3）树立"顾客第一"的经营理念。对于广大的连锁店来说，"顾客第一"的经营理念应贯穿于整个连锁经营过程，其中包括产品的设计、生产、运输、采购和销售。

2．商业化运作战略

连锁经营必须以商业化运作为主导，完全按市场规则来运作，这对处于生产领域技术变革和现代化的背景下，把顾客满意作为自身经营宗旨的连锁企业显得更为重要。商业化运作的措施主要包括以下两个方面。

（1）明晰产权。连锁企业内部权责利必须明确，尤其是连锁企业与加盟者之间的产权要明晰，这是制定商业化战略时重要考虑的问题。对于一些原来采用直营连锁模式，后来改为加盟连锁模式的企业来说，这一点更为重要。

（2）按市场运行规律运作。连锁企业要讲求实用和效率；市场的竞争比较激烈，不实用或者没有效率的商业战略不可能成功。坚持市场为主导，即一切跟着市场走，紧紧把握市场的脉搏，才能使企业立于不败之地；还要追求利润最大化，努力扩大销售，精简物流环节，降低经营成本。

3. 规模经营战略

虽然同一资本拥有 11 家分店以上，就算是连锁经营了，但要达到规模经营，11 家分店远远是不够的。在美国，要实现规模经营，起码要达到 200 家分店以上。对于连锁经营来说，单品的利润比较低，只能通过规模化的经营才能迅速占领市场，获得利润。连锁规模化战略的主要措施有以下几个方面。

（1）多品牌。例如家电连锁，可考虑同时引入多个家电品牌。这样，消费者的选择性就比较大。

（2）多品种。例如鞋帽连锁，可考虑在同一品牌之下，引入多种颜色、款式、尺码、种类的鞋帽。

（3）多地区。在一个地区成功后，可复制到其他各个地区。

（4）多分店。在同一个地区的不同街道，可开设分店。

规模化的经营战略，是通过不断扩张实现一定的经营规模，以便降低经营成本，增强连锁企业自身的竞争力。

规模经营战略必须是规模经济战略，既要追求开店的数量，又要追求开店的质量，规模不经济是不可取的。如果是有潜力的市场，则可先期投入，放弃短期利益，而追求长期利益。

4. 标准化战略

连锁商店经营的标准化战略，是由连锁经营这一模式本身决定的。市场竞争的加剧，顾客需求的多样化，使顾客从对商品的认可转移到对商店、品牌的忠诚，所以标准化的经营可以树立商店的形象进而赢得更多的消费者。连锁经营的标准化，主要表现在以下几个方面。

（1）企业整体形象的标准化。无论开多少家连锁店，在什么地区开，规模多大，其店面装潢、标志物、甚至员工的服装等都应该统一。

（2）商品的标准化。每家连锁店出售的商品都要求统一进货，以确保商品的标准化。

（3）商品服务的标准化。包括定价、促销、广告等都要执行统一的标准。

案例 7.1 肯德基的标准化战略

肯德基全球推广的以"CHAMPS"为内容的冠军计划，是肯德基取得成功业绩的主要精髓之一，其具体内容如下。

（1）Cleanliness——保持美观整洁的餐厅。

（2）Hospitality——提供真诚友善的接待。

（3）Accuracy——确保准确无误的供应。

（4）Maintenance——维持优良的设备。

（5）Product Quality——坚持高质稳定的产品。

（6）Speed——注意快速迅捷的服务。

"冠军计划"有非常详尽、操作性极强的细节，它要求肯德基在世界各地每一处餐厅的每一位员工都严格地执行统一规范的操作。这不仅是行为规范，而且是肯德基企业的战略，是肯德基数十年在快速餐饮服务经营上的经验结晶。

7.1.2　连锁企业的发展战略

连锁企业的发展战略主要是指连锁企业在经营过程中，根据企业特点和经营模式，针对连锁企业发展过程中的发展资金、发展方向、发展方式、发展速度、发展风险规避等问题制定的一种连锁企业战略。俗话说不进则退，企业的发展战略对连锁企业来说同营运战略和竞争战略一样重要，是企业经营战略里不可缺少的一部分。

连锁经营作为企业一种集团化、规模化生存和发展的经营组织形式，发展和扩张是它生存的动力。但制定连锁企业的发展战略，首先必须对连锁企业和外部环境进行评估。在实践中，不同的连锁企业选择的发展方式、发展模式都是不同的。因而在制定连锁企业的发展战略时，要具体问题具体分析。一般来讲，连锁企业的发展战略主要有以下几种类型。

1.　资本战略

连锁店要扩张，需要大量的扩张资本。连锁店可以用自己经营的积累作为扩张资本。但是，仅靠创业者自身和企业的积累，扩张的步伐太慢。扩张资本的来源一般来说有四种：一是通过股票筹资和股票上市；二是举借外债；三是风险投资；四是兼并、重组、合作。

2.　方向战略

方向战略主要涉及品牌的选择和区域的选择。如果某品牌市场已高度饱和或某品牌成长已无潜力，则可以考虑向其他品牌扩张。至于区域选择，这里取决于两个因素：一是所要扩张区域的市场情况与竞争水平；二是连锁体系的分店分布（布点策略）与其扩张区域联系是否紧密。

案例 7.2　柯达终端店的快速扩张

"柯达快速彩色"全称为"柯达快速彩色优质检定系统"，是柯达在全球推行的连锁店计划，于 1986 年在英国首先推出。通过柯达的指导和支援，协助独立投资经营的店家建立标准化管理和统一形象，为消费者提供专业而统一的影像产品和服务。

柯达快速彩色连锁店全部采用柯达公司的相纸、冲影套药及彩扩设备和工艺。这一连锁计划 1994 年开始在中国实施，先由北京、上海、广州等大城市向周边辐射。到 1998 年，"柯达快速彩色"已发展至 4 000 余家，柯达在中国的市场占有率首次超过老对手富士，成为第一品牌。到 2001 年，柯达快速彩色已在全国 700 多个城市迅速铺开，建立起 6 000 家快速彩扩店，成为了中国最大的零售连锁网络。

3．方式战略

方式战略主要有三种：第一种方式是自身不断开出分店，也就是直营扩张；第二种方式是兼并，通过对小型连锁商店或独立零售商实施兼并以扩大连锁规模；第三种方式是特许加盟。对于连锁企业来说，第一种方式需要的实力比较雄厚，最好要有自己的生产体系和营销渠道；第二种方式比较少用；第三种方式应用最广，尤其是一些专门做品牌代理的连锁企业多采用这种方式。

4．速度战略

连锁企业的扩张速度应根据具体问题而定。连锁经营的扩张速度不宜过快，否则会导致资金供应紧张，债务负担过重。特许连锁由于成本低，扩张速度可以快一些。扩张过快将导致新开门店的质量下降，而且规模的迅速扩大，会引起企业一系列不良反应，所以，最好选择稳扎稳打、开一家成功一家的策略。

7.2　连锁企业的竞争与品牌战略

7.2.1　连锁企业的竞争战略

连锁企业的竞争战略是指连锁企业在经营中突出自己的企业优势，弥补自己竞争劣势，抢占市场，克制或回避竞争对手的企业经营战略。连锁企业的竞争战略通常包括成本领先战略、标新立异战略、目标集聚战略等。

1．成本领先战略

成本领先战略的核心是较低的经营成本或费用。它要求企业必须确保以低价购进原材料，采用先进的技术设备，建立高效率的生产经营体制，努力降低各种费用。对于连锁企业，成本控制的关键在采购、物流环节。如果一个企业能够以规模经济或成本优势的形式筑起壁垒，成为连锁业中的成本领先者，它就能够应付现有或潜在竞争对手的攻击。成本领先战略最终表现为产品价格的降低。连锁企业之所以可以以价格优势竞争，关键在于连锁经营可以有效地降低成本。如日本大荣连锁店的经营宗旨是"大量廉价销售优质商品"，其核心在于廉价。美国最大的连锁企业沃尔玛的创始人山姆·沃尔顿的口号是："别人卖1.2元的东西，我卖1元，虽然每次赚得少了，但卖的次数多了，赚得就不会少。"这也就是我们常说的"薄利多销"，对于大型连锁店而言，这一策略相当有效。

案例 7.3　麦德龙实行 C&C 制以降低成本

C&C（cash & carry）制中的 cash 为现金结算，即顾客用现金购物，工厂用现金结算供货。公司的结算时间为 1 周至 30 天；守信誉，不拖欠，保证资金回笼，与供货方保持良好的关系。Carry 为自运自送，即商品由工厂送货上门；客户自己带车购货，超市免费提供600 个车位。麦德龙是国际上最成功的和最大的"C&C"制企业，积累了 30 年的经验。

这种方式在降低成本方面的作用体现在以下三个方面。

（1）降低资金占用。商品在供应商、麦德龙、买方三者之间能以最低的成本和最少的资金占用时间完成流通，从而减少风险。（2）降低采购价格。现金支付和借助麦德龙巨大的销售网络出售商品对于供应商是一种极大的便利，一是货出款到，利于厂家回笼资金投入再生产；二是可依托麦德龙通向广阔的市场，有利于均衡生产；三是可节约本单位拓展市场的人力和物力。因此，供应商愿以较低的出厂价提供商品。（3）降低商场的运输成本。公司不设配送中心，厂家直接送货到商场，商场不需要到厂家提货和向买方送货，减少了运输支出和服务成本。同时，沿高速公路开设商场，利用便利的交通条件减少厂家的运输成本和买方的采购成本，体现良好的合作理念。

资料来源：辜校旭. 麦德龙在中国的竞争战略. 中外管理，1999.

2. 标新立异战略

标新立异战略也称为差异化战略。该战略的核心是"特色"，即连锁企业通过特色化经营使自己的商品或服务不同于竞争对手，从而赢得消费者。如果一个连锁企业通过标新立异战略为自己在行业内建立起一个独具特色的市场地位，那么它也可以有效地保护自己不受或少受竞争者的攻击。如肯德基的口味、麦当劳的速度可以说是独具特色。

连锁企业实施标新立异战略需要深入了解市场竞争状况，为企业准确定位。企业的定位不单纯指产品，而是指不同于其他连锁企业的市场地位或形象。企业需要研究市场竞争是围绕什么进行的，这是实行标新立异战略的根本点和出发点，这需要对企业的优劣势进行分析。

实施标新立异战略还需要全方位了解顾客需求，组织全面服务。标新立异战略必须围绕顾客需求最集中的部分进行。如果把顾客需求最敏感的部分称为需求核心，那么企业实行标新立异战略的关键，就是要把顾客的需求核心作为根本来对待。如果大多数企业都看到了需求核心，那么需求核心就要转移为非需求核心了。

此外，还要进行企业形象（CI）设计，宣传企业形象。连锁企业选择了标新立异战略，就要根据自己将要树立的形象进行塑造和宣传，做到深入人心，使自己的连锁企业给消费者一个统一的形象。

3. 目标集聚战略

目标集聚战略也叫集中化战略。该战略的核心是细分市场，即连锁企业通过集中其全部力量满足某个特定的顾客群、某产品系列的一个细分区隔或某一地区市场的方式，为自己建立起一个良好的竞争战略体系。

目标集聚战略的优点有：能够通过目标市场的选择，帮助连锁企业寻找市场最薄弱环节作为切入点；避开与势力强大的竞争者正面冲突，因此特别适合于那些势力相对较弱的连锁企业；能够凭借有限资源，以更高的效率、更好的效果为特定客户服务，从而在较小范围内超过竞争对手。

集中化战略包括地区集中战略、顾客集中战略和产品与服务集中战略三种。

（1）地区集中战略是指连锁店集中资源于特定地区内开店，可以使有限的广告投入、配送能力在该区域发挥作用，从而使连锁店在特定区域内站稳脚跟，稳定地占有该区域内的市场，获得地区范围内的竞争优势。

（2）顾客集中战略实质上是连锁店把主要资源集中在特定的顾客群，把他们作为诉求的对象，调查和了解他们的主要需求，针对他们的需求提供有效的产品与服务。

（3）产品与服务集中战略是指主要经营一种或一类产品或服务，适合于专业店、专卖店。这一点在餐饮业表现得非常明显，如麦当劳和肯德基，正是在产品与服务上的集中才形成了专业优势，才能推行标准化作业。产品与服务的集中使连锁工作人员可以成百上千次地做一件事情，即不用培训，单凭熟能生巧也能提高其效率。

7.2.2 连锁企业的品牌战略

连锁企业必须拥有品牌。品牌的知名度越高，其影响力就越大。但一个企业仅有品牌是不够的，还必须拥有正确的品牌战略，从而使品牌不断创新发展。通过连锁可以使品牌这一无形资产不断扩大，可以使品牌市场化。那么，什么是品牌呢？美国著名的营销专家菲利普·科特勒给品牌下的定义是，品牌就是一个名字，称谓称号，或设计，或是上述的总和，其目的是要使自己的产品和服务有别于竞争者的产品和服务。著名品牌相对于非著名品牌具有更大的市场范围，拥有更多的顾客群，市场表现更突出，具有更强大的竞争优势。

连锁企业品牌战略的类型有以下几种：

1. 品牌发展战略

连锁企业的产生、存在、发展靠的是品牌，品牌发展战略就是使品牌从小到大成长的战略。一般来讲，一个品牌的发展要经历从新品牌、上升品牌、领导品牌、衰退品牌这样的循环过程。新进入市场的新品牌，消费者对其认知还处于薄弱状态，因此其知觉优势较低，而且导入之际虽有活力但还不足；新品牌经历了一段时间以后，无论其活力还是消费者对该品牌的知觉优势都在上升，这时它就成为上升品牌；当上升品牌获得竞争优势后，更具有了活力，也拥有了大多数消费者的知觉优势，就会成为一个领导品牌；领导品牌如果失去活力，消费者知觉较为薄弱后，这种品牌就成了衰退品牌。品牌发展战略需具备以下几个条件。

（1）良好的品牌力。品牌力就是消费者对某一品牌所持有的品牌形象。任何企业在拟定品牌发展战略之前，都必须对自己公司品牌的品牌力做出评价。在对品牌力进行评价时，应特别关注形成品牌力的两大要素——品牌活力和品牌知觉优势。这两大要素的特点和含义如表 7.1 所示。

表 7.1 品牌力两大要素的特点和含义

品牌力要素	特 点	含 义
品牌活力	差别化	消费者认为该品牌具有的特色
	适宜化	消费者认为该品牌对自己的生活有重要的意义和作用
品牌知觉优势	尊重感	消费者对品牌评价较高，有信任感
	亲近感	消费者对品牌熟悉而且有较深的理解

只有品牌形象不断上升的品牌或成名品牌，才可以通过连锁模式实现自己的价值转移和扩张。

（2）要有发展资本的支持。品牌要扩张，就必须有一定数量的资本，以解决扩张所需的资本来源问题。如果连锁店仅以自己创业经营的积累作为品牌扩张的资本来源是远远不够的，还应该通过其他渠道进行资本筹措。

（3）要保持品牌发展速度。品牌特别是知名品牌与连锁之间有着密不可分的联系。没有品牌的连锁就没有根基，品牌对连锁具有吸引力和凝聚作用。要实现企业的战略扩张，实现加盟连锁，就要靠品牌的威力。所以，没有响亮的牌子，连锁也就无从谈起。但是，作为一个企业在这方面不能急于求成，否则会适得其反，甚至会给企业带来产品质量的下降，引起一系列不良反应。因为，创品牌特别是著名名牌、驰名品牌是很难的，一般需要几年、几十年、甚至上百年的时间。这就是说，企业创造品牌一是要有紧迫感，不可忽视品牌的重要作用；二是保持一定的发展速度，不能操之过急，要稳扎稳打，保证开一个店成功一个。

案例 7.4　北京雪亮眼镜连锁店的品牌战略

北京雪亮眼镜有限公司是从事专业验光配镜的连锁企业。公司创办于 1987 年，现在已有上百家连锁店。

任何知名品牌的形成，都不是一蹴而就的，尤其是服务性品牌，靠一时的炒作是不可能发展起来的。"雪亮"的品质卓越，绝非偶然，在"雪亮"的品牌背后蕴涵着通过多年努力形成的特有的品牌文化、鲜明的品牌个性、一流的服务水平。在成立之初，"雪亮"的创始人乔良先生确定以"雪亮"为商号和品牌名，其创意是通过"雪亮"两个字体现双重含义，一是从"雪亮"联想到眼睛，再到眼镜，反映出公司的业务范围和所属行业；二是以"雪亮"一词隐喻"雪亮"的购物环境亮丽、服务质量一流，富于活力有新意。在初期的发展过程中，"雪亮"导入了热情服务顾客的思想，不断创新服务方式，从送镜上门到为进店的消费者递上一块糖、端上一杯茶等，在业内都是开先河之举。在此基础上，首先，明确了品牌的定位——"年轻、时尚、个性"，目标顾客群以中青年职业白领人士为主；其次，"雪亮"统一了企业形象，坚持品牌战略，实行统一的店面形象，统一的工装，统一的礼仪规范，统一的店内用品等，不断创新营销形式，树立品牌形象；最后，选择了以连锁专营店为主渠道的经营模式，既避免了"店中店"的弊端，又通过遍布京城的战略布局直接扩大了品牌的知名度。

2. 品牌强化战略

目前，许多企业已经认识到形象是企业真正所依赖的不能量化的重要因素。品牌建设成功与否，一定程度上是产品或服务质量的反映。因此在建立品牌时，首先要做到的是企业所提供的产品或服务和对手的产品或服务不相上下。但要使产品或服务显示超过竞争对手的优越性，单靠质量和性能是不够的，必须依靠品牌效应，因为品牌能够创造长期有效的差别优势，从而给企业带来长久的发展。所以，当品牌具有了一定活力，但还没有取得消费者认同地位的时候，企业应广泛开展建立品牌形象的一系列活动，如广告宣传、公共关系、社会营销、体现企业个性、简化购物决策、全程服务等。

3. 品牌延伸战略

据一项针对美国超级市场快速流通商品的研究显示，过去十年来的成功品牌（成功的定义指销售额达1 500万美元以上），有2/3是属于品牌延伸的，而不是新品牌上市。这就可以看出品牌延伸在企业发展中的重要地位。在品牌慢慢地得到消费者的认同阶段，但欠缺营销活力时，企业应有计划地导入新商品，以求品牌的活性化，加强消费者的偏好。一个企业要想长期占有较大的市场份额，只进行一种产品生产，只提供一种服务或只采用一种经营方式是不可能达到目标的，采用多种经营方式或进行多种生产和服务是企业生存和发展的必由之路。品牌延伸的好处，主要有以下几点：

（1）如果有一个坚强、灵活的母品牌，新产品上市就不必再去起个新的品牌名，可以节约新产品的市场导入费用。

（2）能丰富品牌旗下的产品线。

（3）品牌可获得更高的知名度和注目率。

（4）有助于品牌资产与价值提升，进而树立行业综合品牌。

（5）同一品牌旗下的不同产品在各自市场上取得成功的美誉相互呼应，有助于提升品牌形象。

4. 品牌再生战略

消费者虽对某些品牌形象有认同和尊重感，但这些品牌近几年来已经欠缺活力，如果不采取强化动作就会持续衰退，因此，必须采取措施以使品牌获得再生。品牌再生战略主要包括以下几个方面。

（1）品牌的重新定位。品牌的重新定位，即改进人们对品牌的认识或者转移品牌的目标市场。品牌重新定位原因很多，如连锁企业或品牌的形象不佳；连锁企业或品牌形象模糊、不鲜明；竞争者逼近或抢占了品牌地位；消费者的偏好发生了变化；公司战略转向；公司转向新的目标客户群等。

（2）创新策略。如果由于产品不适应市场需求，而导致品牌欠缺活力，那么，就应该进行技术创新和产品创新，开展营销活动，提供满足消费者需要的产品。

（3）品牌的宣传推广。品牌的宣传推广对于品牌的扩大有重要的影响。虽然宣传推广的方式不同，但目的是一致的。如果一个企业过去经常搞推广活动，而现在则无声无息，则会让消费者联想到这个品牌企业可能发生了什么问题；所以经常采用品牌提醒策略，对连锁企业来讲有现实意义，如苏宁连锁店每个双休日都搞各种促销活动，进行媒体广告宣传就是一个例子。

（4）设计新形象或面貌。常见做法是给老品牌换个新的标志。改换标志有两种选择，彻底改变和逐步改变，两者各有利弊，后一种方式较为稳妥。如麦当劳的标志也经过几次修改；润迅品牌也多次进行企业形象（CI）设计，从而形式统一而灵活的润迅品牌体系。

（5）品牌延伸和扩展。即通过延伸的产品或服务再塑品牌。

案例 7.5 马兰拉面的品牌战略

在马兰拉面的发展过程中，品牌战略始终被视为重中之重。马兰拉面推广伊始便斥资导入企业形象系统（CIS）设计，营造"千店一面"的品牌效应，树立起了极富个性化的品牌形象。2000 年马兰拉面进行了一次全面的升级换代，推出了全新的 2.0 版马兰店面。新店全部使用自己研发的厨房设备，增加了卫生间，软、硬件水平都上升到一个新的层次。此次，马兰公司计划以后把新店朝主题化的店面方向发展。主题店面形象主要通过店面的附属装修设计来实现，比如饰物、墙面、厅等，从而形成最能体现中国文化特色的中式国际化快餐形象。马兰的莫高窟店、长城店、皇城店等就是这类主题店的典型代表。

5. 自有品牌战略

连锁企业自有品牌是连锁企业自己的创意，并使用了所经营的商品的品牌。自有品牌营销战略是商业企业通过收集、整理、分析消费者对某类商品的需求，提出新产品或新服务项目的设计开发要求，选择合适的生产企业进行开发生产或自行设厂生产制造（或提供服务），最终在本企业内以自有品牌进行销售的战略。自有品牌在国外已有几十年的历史，目前日益受到商业企业的重视，尤其是大型零售企业的重视。欧美的大型超级市场、连锁商店、百货商店几乎都出售标有自有品牌的商品。

（1）连锁企业自有品牌的运作方式。连锁企业自有品牌的实践分为委托定牌生产和自行设计加工两种方式。这两种方式各有优缺点，商家宜根据自身情况选用适合自己的运作方式。

① 委托定牌生产。连锁企业拥有品牌的所有权，而把生产加工权转让给所选定的厂家，厂家按其提供的信息进行加工的生产方式称为"委托定牌生产"。这种生产方式的优点在于，避免了自行设厂的巨大的投资，为连锁企业的资金运转减轻了压力；同时，被选定的厂家一般会按合同要求，严格把关，产品质量相对较高。缺点在于，这种合作关系是较为松散的，双方难以保持良好的沟通，不能形成真正的利益共同体。

② 自行设厂。"自行设厂"是整个生产全部由连锁企业自行运作的方式。其优点在于零售商从商品流通跨入生产领域，实现多元化经营，降低经营风险，获取更大的利润。此方式中连锁企业与生产厂家因隶属同一企业，能充分形成协调合作关系，在企业的统一调配下，商品流通过程趋向简化，从而降低流通费用及消耗；在价格上，更易掌握主动权。缺点在于连锁企业一次性投资较大，多元化经营具有一定风险。

（2）自有品牌营销战略优势。与制造商品牌相比较，连锁企业自有品牌营销战略有其竞争优势。

① 信誉优势。敢于使用自有品牌的零售商业企业往往有良好的声誉和企业形象。零售商品牌的魅力来自于零售企业的良好商誉，商誉恰恰是商业企业的一笔巨大的无形资产，好的商誉在商业竞争激烈的时代将是吸引消费者趋之若鹜的金字招牌。零售商开发的自有品牌，在生产、流通过程中，原则上可杜绝假冒伪劣，保证商品纯正，从而更易赢得消费者信任。这种优势是单纯生产企业所无法比拟的。

② 价格优势。零售商品牌战略的成功，最大优势在于可掌握商品的自主定价权，使商品价格大大低于其他生产企业同档次商品的价格。从西方发达国家的实践看，零售商品牌

要比一般厂家同类商品价格低 20%～30%，因而在价格上很有号召力，原因在于：第一，零售商掌握从生产到销售的全部环节，省略了中间环节，简化了流通程序，从而降低了流通成本。第二，零售商产品品牌大多采用与零售商同名策略，借助其商誉提高品牌影响力，从而节省了广告宣传费。第三，大多数零售连锁店，往往是大批量进货，易形成规模效应，从而进一步降低成本。

③ 特色优势。使用制造商品牌的商品，通常各零售企业都可以经营，这使得各零售企业在所经营的产品品牌上的差异日趋缩小。"走一店等于走百店"，从而造成零售企业经营上雷同有加而特色不足，加剧了竞争的激烈程度，甚至出现了过度竞争。而实施自有品牌营销战略，大型零售企业首先要根据自身的实力状况、竞争者的市场地位、目标市场的需求特点来确定自有品牌商品在市场中的地位。品牌定位一旦明确，企业的经营特色自然水到渠成。另外，零售企业的自有品牌与制造商品牌的最显著区别在于零售企业的自有品牌只能运用于开发商品的企业，其他企业不能使用。因此，在使用自有品牌的同时也就把本企业的经营特色体现出来了。

④ 领先优势。市场营销的核心是把握、满足消费者的需求。由于零售商直接面对广大的消费者，能比较准确地把握市场上消费者需求的特点及变动趋势，从而可根据消费者的需求特点来设计、开发、生产、组织商品，这样就使自有品牌的商品比非自有品牌的商品更能快捷地体现市场需求，在市场竞争中处于先发制人的有利地位，掌握竞争的主动权。

复习思考题

1. 连锁企业的发展战略有哪些？
2. 怎样理解连锁企业的成本领先战略？
3. 连锁企业的品牌战略有哪些类型？
4. 连锁企业如何发展自有品牌？

【本章案例阅读与思考】

麦德龙在中国的市场竞争战略

一、麦德龙企业基本情况

德国麦德龙集团 2004 年在世界零售商中排位第五，是全世界综合实力百强企业之一。目前在 19 个国家和地区建立了 3 607 家分店，年销售额达 800 多亿马克（约 500 亿美元）。

1971 年麦德龙集团在瑞士成立了"麦德龙国际管理总部"，专门负责全球的业务。1995年它同上海锦江公司、上海长征实业总公司合作建立了上海锦江麦德龙现购自运有限公司，以大型仓储式、会员制、连锁经营的百货销售中心为主的销售方式进入中国市场。麦德龙在国内外若干知名大型超市的激烈竞争中，保持了良好的销售业绩，显示出强大的竞争力，其锡山商场开业之日的 900 万元销售额成为麦德龙在全球商场开业销售额之冠。麦德龙在中国的良好销售业绩主要是来源于它采取的正确的竞争战略，也就是低成本集聚战略，主要反映在目标市场的选择和低成本的运作方法上。

二、"有限顾客论"的目标市场选择

麦德龙集团有多种经营模式，如百货商场、大型超市、超级市场、专业店、仓储式会员店、大型装饰建材商场等。经过对中国市场长达 6 年的市场调研，他们决定率先引入仓储式会员店（目前仅这一种）的经营模式。这种业态的主要顾客是小型零售商，他们对采购的要求是数量少、品种多，以有限的资金形成较丰富的商品结构，在中国目前还较缺乏能满足这样要求的批发机构。据统计，上海地区商业系统中，从业 100 人以下的企业占 97%，资金在 100 万元以下的企业占 92.5%，市场潜力很大，具备实行低成本集聚战略的市场条件，而且大量的个人消费者也成为了其重要的目标顾客。为"有限顾客"提供高品质服务的主要做法有以下几点。

（1）麦德龙直接为企事业单位、中小零售商、宾馆等法人团体服务，顾客一律凭会员卡入场购物，并可携带一名助手入内。

（2）商场的设计、商品的包装和经营管理都服从于为法人团体服务，并在商品信息和经营咨询上给予会员单位无偿的服务。例如，每两周向会员单位寄送一次邮报，提供有关商品特性、质量、规格和价格的服务，便于全球客户作采购决策。

（3）公司和各商场均设立客户咨询服务部门，通过对收集信息的分析，针对各客户的经营情况进行业务咨询，提供有效的方案，帮助客户提高业绩。

（4）在周边竞争对手增加的情况下，麦德龙又推出了重点顾客服务制度，对采购量大的顾客进行特别的跟踪服务，始终保持密切联系。

三、以"有限利润论"实施低成本战略

公司以"低成本、低售价、低毛利、高销售、高标准"为指导思想，争取以市场最低价格销售商品，同时确保产品质量标准，从而充分照顾客户的利益。商场拟定一个合理的较低的利润指标，这个利润指标相对较稳定，不轻易加价减价，也不会随市场的动荡大起大落，在保证自己的较低利润的同时确保顾客企业的利润，这种"有钱大家赚"的双赢理念赢得了顾客的合作与信任，获得了一大批稳定、忠诚的顾客群。公司能长期保持低成本、低售价的原因主要有以下几个方面。

1. 实行 C&C 制，降低成本

C&C（cash&carry）制中的 cash 即现金结算。公司与工厂结算时间在 7～30 天，守信誉、不拖欠、保证资金回笼，与供货方保持良好的关系。carry 即自运自送，即商品由工厂送货上门，客户自己带车购货，超市免费提供 600 个车位。麦德龙是国际上最成功的和最大的"C&C"制企业。

这种方式在降低成本方面的作用体现在以下几个方面。

（1）缩短资金占用时间。商品在供应商、麦德龙、买方三者之间能以最低的成本和最少的资金占用时间完成流通，减少风险。

（2）降低采购价格。以现金支付和借助麦德龙巨大的销售网络出售商品对于供应商是一种极大的便利，一是货出款到，利于厂家回笼资金投入再生产；二是可依托麦德龙通向广阔的市场，有利于均衡生产；三是可节约厂家拓展市场的人力、物力的成本。因此，供应商愿以较低的出厂价提供商品。

（3）降低商场的运输成本。公司不设配送中心，厂家直接送货到商场，商场不需要到

厂家提货和向买方送货，减少了运输支出和服务成本。同时，沿高速公路开设商场，利用便利的交通条件减少厂家的运输成本和买方的采购成本，体现良好的合作理念。

2. 全球化带来的三大优势

（1）强大的议价能力。集团强大的国际背景为其提供了世界范围内的议价能力。麦德龙由于采取大批量的销售方式，导致商品周转迅速，使得供应商愿意以较低价格提供商品，实现了一般企业难以实现的低成本采购。

（2）学习曲线效应。麦德龙总部以其长期积累的经验，把整个企业范围内的管理、技术、营销技能结合起来，通过各种形式，为分部培养了大批人才，使一个个新的单位快速形成竞争力，并且能力体系不断扩大。

（3）经营连锁化。公司实行统一采购、统一销售、统一核算、统一开发，各个商场分散经营，严格实行各级、各岗位的目标责任制和专业化分工，最大限度地运用资金、场地、时间、人员等各种资源，降低了整体运营成本。

3. 用先进技术推动管理进步

麦德龙在全球首创的以前台系统和后台订货系统为主干的管理信息系统，包括了商品进、销、存的全过程，实现了商流、物流、信息流的高度统一。

这套管理信息系统是连锁经营的核心技术，是实现低成本优势的一个重要来源。当商品数量低于安全存量时，EOS 订货系统会自动打出订单，向供货单位发出订货通知，将存货量控制在最合理的范围内，保持了商品的持续供应，大大降低了流通成本。

4. 企业价值链的每一个环节都要求低成本

公司在各个环节都进行严格的成本管理和控制，如选址于城郊结合部，降低土地使用成本；采用简洁实用的建筑外观设计和内部装潢，降低投资成本；严格控制采购活动，杜绝场外交易，使进价控制在最低程度；简捷的组织机构，减少管理人员（一个商场只设 1 名经理，不设副经理）；自助式的购物方式，减少销售员工数量和人力成本；根据不同的营业时间段，采取灵活的用工制度；严格控制损耗率，如锡山店 0.08% 的损耗率为麦德龙全球之最；不做广告，发邮件，控制广告费用以降低商品价格，让利给顾客等。

案例来源：《市场营销学精选案例评析》（李品媛. 安徽人民出版社，2002）

思考题

1. 麦德龙的"有限顾客论"的内容是什么？
2. 麦德龙为什么能够保持低成本和低售价？
3. 麦德龙的竞争战略给了我们什么启示？

第 8 章 连锁企业的营销策略

【学习要点】
- 商品的定位与组合
- 影响价格策略的因素与价格策略的类型
- 四大促销策略的特点与选择

8.1 连锁企业的商品策略

8.1.1 商品的定位

1．商品定位的概念

商品定位是指连锁企业针对目标消费者和生产商的实际情况，动态地确定商品的经营结构，实现商品配置的最优化。商品定位包括商品品种、档次、价格、服务等方面内容。

商品定位是一种营销策略，商品定位既是企业决策者对市场判断分析的结果，同时又是企业经营理念的体现，也是连锁企业通过商品而设计的企业在消费者心目中的形象。商品定位准确与否、商品结构是否合理等，直接影响到连锁门店的销售额和门店在顾客心目中的形象，关系到连锁企业的生存和发展，因为消费者对商品的评价，主要是看其功能和所代表的形象是否能够满足他们的需要。

2．商品定位的原则

由于连锁企业确定商品结构的过程十分复杂，并受多种因素制约，所以在进行商品定位时应遵循以下原则。

（1）准确把握店铺业态的原则。每一种连锁业态都有自己的基本特征和商品经营范围。正是由于这种业态的差别，才决定了连锁企业经营商品的重点不同。换言之，连锁企业的商品定位一定要与其所选择的业态相一致。

（2）适应消费者需求变化的原则。知己知彼，才能百战不殆，只有摸清目标消费者的详细情况，才能有针对性地组织商品和服务，才能满足消费者的消费需求。随着经济的发展，消费者的生活水平在不断提高，其消费日益成熟。在这种情况下，连锁企业的商品定位一定要与消费者的消费结构相适应，要随时调整自己的商品经营结构。

（3）掌握影响目标顾客因素的原则。影响目标顾客的因素很多，但最主要的因素是地理因素、心理因素和人口因素。地理因素是指连锁商店所处的位置和周围的环境，如交通状况。人口因素是指目标顾客的性别、家庭状况、收入水平、文化程度、年龄及顾客的消费习惯和消费心理。心理因素指随着人们收入水平和教育程度的提高，目标顾客的心理因素越来越显著地影响到其消费习惯，进而深刻地影响到连锁企业的商品定位。

连锁企业只有对目标顾客影响较大的因素做出分析，才能准确地进行商品定位。

8.1.2　商品的组合

1．商品组合的定义与结构

商品组合又称商品经营结构。商品组合一般由若干个商品系列组成。所谓商品系列是指密切相关的一组商品。此组商品所能形成商品系列，有其一定的规定性。有的商品系列，是由于其中的商品均能满足消费者某种同类需求而组成的，如替代性商品（牛肉和羊肉）；有的是由于其中的商品必须在一起配套使用或售给同类顾客，如互补性商品（手电筒与电池）；有的可能由于同属于一定价格范围之内的商品（如特价商品）。商品系列又由若干个商品项目组成，商品项目是指企业商品销售目录上的具体品名和型号。简言之，企业经营的商品之集合，即商品组合。超市商品的组合结构如图 8.1 所示。在超级市场中虽然食品占有较大的比例，但也包含着许多诸如家庭杂货、文化用品、日常用品等。

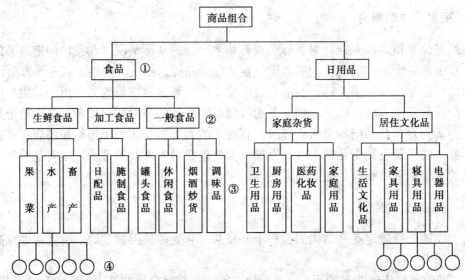

注：①为大分类商品；②为中分类商品；③为小分类商品；④为单品品项。

图 8.1　超市商品的组合结构

2．商品组合的类型与方法

商品组合的主要类型可以分为以下 6 种。

（1）多系列全面型。这种策略着眼于向任何顾客提供所需的一切商品，采用这种策略的前提条件是连锁企业有能力照顾整个市场的需要。广义的多系列全面型商品组合策略是尽可能增加商品系列的宽度和深度，不受商品系列之间关联性的约束；狭义的多系列全面型商品组合策略仅提供在一个行业内所必需的全部商品，商品系列之间有密切的关联性。

（2）市场专业型。这种策略是向某个专业市场、某类特定的顾客群提供所需的各种商品，这种商品组合方式不考虑商品系列之间的关联程度。

（3）商品系列专门型。这种策略专注于某一类商品的销售，将其推销给各类顾客。

（4）有限商品系列专业型。这种策略是连锁企业根据自身的专长，集中经营有限的、单一的商品系列，以适应有限、单一的市场需要。

（5）特殊商品专业型。连锁企业根据自身的专长，销售某些具有优势销路的特殊商品项目。由于这些特殊商品所能开拓的市场是有限的，所以这种策略的好处是竞争威胁很小。

（6）特殊专业型。采用这种商品组合要凭借所拥有的特殊销售条件，提供能满足某些特殊需要的商品。由于采用这种策略的连锁企业所提供的商品具有突出的特殊性，所以能避免竞争威胁。

案例 8.1　沃尔玛的商品组合

沃尔玛的零售业态主要包括以下四种：

（1）山姆会员店，实际上是仓储式商店，它以仓储价格向会员提供各种优质产品。

（2）折扣商店，即廉价商店。

（3）购物广场，又称超级购物中心。

（4）社区店，是沃尔玛的新增业态，相当于便利店。

沃尔玛根据零售业态的不同形式采取不同的商品组合。例如，山姆会员店向消费者提供"一站式购物"服务，商品结构广度宽（商品组合的广度是指经营的商品大类的多少，经营的商品大类多，称商品组织宽度大，反之，则称之组合广度窄），中深度（商品组合深度是指每个大类中单品数量的多少，单品数量多，就称商品组合的深度深，反之则浅），也就是商品的种类齐全，但单一商品类别适度齐全，商品品种大约在 3 万～6 万种之间，而且 50%以上的商品为食品类；折扣店商品结构窄而浅；购物广场商品结构广而深，商品品种在 8 万种左右，商品品种非常齐全；社区店的商品结构则采取窄而深的形式，主要是日常生活品。

3. 评价商品优劣的标志

商品组合策略只能从原则上给出商品组合的基本形态。由于市场环境和竞争形势的不断变化，商品组合的决定因素也会随之不断变化，商品组合的每个具体商品项目也必然会在变化的市场环境下发生分化。

因此，连锁企业面临一个必须根据形势变化随时调整商品组合，寻求和保持商品组合最佳化的问题，应经常分析自己商品组合的状况和结构，判断各商品品项在市场上的生命力和发展潜力，不断对原有的商品组合进行调整。

评价商品优劣的标志很多，主要的标志有以下三个。

（1）发展性。处于生命周期的成长期及成熟期初期的商品，具有良好的发展潜力；而处于成熟期后期或衰退期的商品则不具备发展的优势。评价商品的发展性应超越企业的范围，而以同类商品的同行业情况进行评价。表示商品发展性的指标主要是行业销售增长率。

（2）竞争性。竞争性表明商品在满足顾客需要方面所具有的实力，具体表现在商品的市场占有率、商品质量、价格、成本、包装、商标、服务等方面的综合能力，其中以市场占有率最具综合代表性。

（3）营利性。表现这一特性的指标有成本利润率、利润额、资金利润率、资金周转率，其中以资金利润率最具代表性。

8.2 连锁企业的价格策略

8.2.1 价格策略的定义与特性

1. 价格策略的定义

商品的销售价格是决定商品销售的决定性因素之一，而商品的价格策略又是连锁企业营销策略中的一个重要组成部分。商品价格策略就在于使自己确定的商品零售价格能够变成自己促进销售、吸引顾客、获得赢利的手段。这里实际上有一个"两难推理"，它既要保证商品生产经营的成本能够得到补偿，又要考虑商品价格对消费者的吸引力和承受力。所以，商品价格实质上是销售方和购买方双向决策的产物。商品定价策略的宗旨是在维护生产经营者和消费者双方合理利益的前提下，将管理原理与经营实践结合起来，从而确定出既能为广大消费者所承认和乐意接受，又能为企业带来丰厚利润的价格。

2. 价格策略的特性

（1）统一性。连锁企业的经营特点就是高度的统一性，这种统一性也包括商品的定价策略。连锁企业规模庞大，分店林立，而且总部与分部之间、分部与分部之间地理位置相差较远，为了维护企业整体统一的形象和便于经营管理，各分店的价格必须统一。

（2）灵活性。与统一性相对的是，连锁企业在定价时还具有较大的灵活性。但这种灵活性并非是无目的的漫天定价，而是在综合考虑各方面因素的基础上进行的较为合理的价格波动，同时这种波动并不是连锁企业内部各分店之间的自主性定价，而是总部在整个连锁系统内部的价格策略的调整。

（3）竞争性。连锁企业在定价时必须要考虑竞争者商品的价格，因为对消费者来说，在保证商品质量的前提下，低价位对他们来说无疑是最具吸引力的。从这个意义而言，企业的定价策略还表现出明显的竞争性特征。

8.2.2 价格策略的影响因素

1. 成本因素

定价中的成本因素是对商品价格影响最为直接的因素。企业经营的总成本分为可变成本与固定成本，连锁店的固定成本主要是指店内设备的投资与房产的投资（或房租）。总固定成本与产品的销量无关，但单位固定成本与产品的销量成反比。连锁店的可变成本主要表现为商品的采购成本、员工的工资、水电费等。产品的可变成本决定了产品价格的底限。

2．供求因素

需求是指消费者对某一商品效用和价值的理解和认可，消费者的需求是由支付能力、爱好、生活习惯、宗教信仰、对商品的态度以及是否有可供消费者选择的代用品等因素决定的。需求是对商品定价的上限，若超过此限，商品价格便不会被消费者认可。定价时，要注意需求对价格是否有弹性以及弹性的大小。若需求弹性大，可降价促销，以增加收益；若需求弹性小，则不宜采用降价手段来达到增加收益的目的，而应采用适当提高价格以增加收益。定价时，还要评估不同市场上需求的迫切程度。一般地，在生产成本和供给量不变时，需求迫切，价格可定高些；需求疲软，价格则应定低些。

总之，定价时必须考虑消费者的需求。需求量的大小取决于顾客的购买欲和支付能力。在供给量不变的情况下，需求量增加，价格趋升，需求量减少，价格趋跌，因此，定价时，必须通过市场调查，了解需求量的变化。

3．竞争因素

市场上类似商品的价格是制定价格的一个重要参考。了解竞争对手是如何考虑各种条件而将价格定出来的，再权衡轻重决定商品的价格。

4．进货渠道因素

店铺的进货渠道的长短和运费高低都会影响产品的最终市场销售价格。进货渠道越长，中间商利润越高，产品最终价格也就越高，这就不利于产品的市场拓展。因此定价时必须进行进货渠道的调查和分析。

5．销售策略因素

店铺的位置不同，销售策略也不同，商品价格也会出现差异。专卖店商品价格要高，小店商品价格要低。若想买物美价廉产品，就要去一些打折的店铺；若想买流行的服饰产品，则要去流行服饰品店，但价格往往偏高。

8.2.3　价格策略的类型

1．心理定价策略

尽管消费者的购买心理千差万别，但无论对于顾客还是对于店铺本身，商品价格都是一个非常敏感的问题。对于店铺来说，价格的高低影响商品的销路，而商品的销售状况，又直接影响到店铺的盈亏。对于顾客来说，商品价格是判断所购买商品是否有价值的重要尺度。因此，连锁店经营者应把握好顾客的心理，并根据顾客的不同心理制定不同的价格，促成购买行为的产生，这被称为心理定价。

常用的心理定价方法有以下几种。

（1）数字定价。连锁店在商品定价时，要特别注意数字对顾客心理的影响，数字定价主要有以下三种：

① 整数定价。整数价格可以给顾客一种干脆的感觉，同时会有一种高级品的效果。对于追求购买高级品、豪华商品的顾客，价格定为 1 950 元的商品与 2 000 元的商品相比，后者更具诱惑力，因此对高档豪华商品和礼品通常采用整数价格。

② 非整数定价。非整数定价是针对顾客求廉的心理，采用"低一阶梯的价格"进行定价，以减少顾客心理上的不认同感；具体做法有奇数价格、零头价格与低位价格三类。

③ 吉祥数字定价。吉祥数字定价被很多店铺广泛应用，例如，皮鞋价格为 666 元，衬衣价格为 168 元，等等。利用吉祥数字定价，顺应了顾客图吉利、求吉祥的心理，在针对特定顾客时会产生一定的效果。

案例 8.2　家乐福的尾数定价

在抽查的家乐福 500 种商品价格中，尾数为奇数的占 80%，日用品、食品、饮料以 5、9 为尾数标价的约占 50%，非食类以 9 为尾数标价的占 40%。家乐福的价格往往仅在尾数上比对手少一点儿，但却因此给顾客一种感觉——家乐福的东西更便宜。

（2）错觉定价。在制定商品价格时，利用顾客的理解错觉，可以起到促销作用。错觉定价法是利用顾客对商品价格直觉上的误差性，巧妙确定商品销售价格的一种方法。

（3）招徕定价。招徕定价也叫特价品定价，是把顾客吸引到店铺，然后利用连带推销促使顾客购买其他商品，增加销售额的一种方法。这种定价法是将少数商品价格定得低一些，以吸引顾客。影响招徕定价成功与否的因素主要有以下几个。

① 用廉价品吸引来的顾客还会购买其他商品。

② 削价幅度必须有足够的吸引力。

③ 特价品要配以良好、合理的广告，通过广告手段，为店铺带来更多的顾客和销售额。

（4）陪衬定价。顾客购买商品时普遍的心理动机是选择心理。顾客在购买商品时，总是希望有较大的选择空间，通过对商品反复比较挑选，以合适的价格买到满意的商品。考虑到顾客的选择心理，经营者在制定价格时，应该以主营商品价格为核心，制定主营商品销售价格，同时补充适当廉价辅助品，以衬托主营商品质量优良；补充高价格陈列品，衬托主营商品价格的合理性。

2．产品组合定价策略

所谓产品组合定价策略，就是指通过对同类或不同类商品进行组合实现定价的策略。具体来说有同类产品分组定价策略、均一定价策略、关联产品捆绑式定价策略三种方法。

（1）同类产品分组定价策略。这种策略就是将同类产品进行分组然后定价，即把同类商品分为价格不同的数组，每组商品制定一个统一的价格。这种定价方式便于卖方结算货款，有助于消费者节省选购时间，遗憾的是每组的价差不易确定，因为必须全面正确评估产品生产成本。

（2）均一定价策略。连锁企业为了顾客购买和销售方便，同时也为了简化管理以及提高作业效率而采取对一组商品实行统一定价的策略。这种定价策略在一定程度上会给人以便宜的感觉。但在采用此种定价策略时要注意必须是顾客不太会分辨组合商品的品质或不易了解商品的品质时才能取得良好效果。

（3）关联产品捆绑式定价策略。指连锁企业可以对相关类型的产品进行组合定价，进而实现捆绑式销售。这种定价方式可以协调好低利润空间产品和高利润空间产品在销售价格上的互补作用，同时还能起到对销量不好的产品增进促销的作用。

3．折扣定价策略

折扣定价策略就是在原有基础上对商品的价格进行削减，但削减的前提是消费者必须购买一定数量或者一定金额的商品，在消费者购买金额达到企业所规定的标准后给予一定的折扣，购买数量愈多，金额愈大，给予的折扣愈高。

店铺所经营的产品都有标价，但为了更多地吸引顾客，在实际销售中店铺往往按标价少收一定比例的货款，这就是折扣定价。折扣定价是一种降价策略，但是比降价又显得灵活。运用得当，可以扩大产品销量，争取更多的顾客。

折扣的主要形式有以下几种。

（1）数量折扣。为鼓励顾客大量购买，店员在销售过程中可以根据对方的购买数量或金额总数，给予不同的折扣，顾客购买的数量越多折扣也就越大。

（2）现金折扣。现金折扣对于小店铺来说可能不足取，但是对于批零兼营的店铺可是吸引顾客的一个好办法。现金折扣是顾客以现金作为支付方式或提前付款，经营者就给予一定的折扣优惠作为鼓励。由于信用制度的发展，手持个人支票或信用卡购物的顾客增多，增加了经营者因接受支票或信用卡而带来的风险。对于经营者而言，使用现金进行交易就会减少这种风险，所以经营者对使用现金的顾客就提供这种优惠，以资鼓励。

（3）季节折扣。季节折扣也叫季节差价，这对于一些季节性商品来说是一种常用的折扣方法。实行季节折扣，有利于鼓励顾客尽早购物或在淡季购买反季节商品，如夏季卖羽绒服。

4．时效（时段）定价策略

市场销售有淡季、旺季之分，商品销售生命周期有成熟期和衰退期之分，在不同季节、不同时间、不同周期，市场需求不同，价格也会有所差异。由于某些商品会受到流行性、时效性或新鲜度的影响，故连锁企业可采取时效定价法，在该商品刚上市（流行时装、节令商品、应季商品等），或新鲜度最好时（如当日面包、蔬菜、鱼类等），可采取较高利润定价方式，而随着时效或时段效用的递减，为了回收成本，可采用降低商品价格或折价处理。

5．降价策略

当连锁企业整体经营情况不良、市场占有率持续走低、资金短缺、产品滞销、积压商品过多的时候，企业就应适时调整价格，实施降价策略，以拉动企业的销售业绩，加速资金周转，借以改善企业的困境。具体策略有：以滞销产品降价带动其他产品销售；针对竞争对手销售良好的商品进行降价，重新抢回销售市场。

具体的店铺降价技巧有如下几种：

（1）削价处理商品。目前，国内许多店铺进货时是非买断进货，即商品销售停滞时可以退回供应商，这种进货方式虽然降低了店铺的风险，但不可避免地会造成商品进货价格居高，不利于店铺形成竞争力。为了降低进货成本，一些店铺尤其是外资店铺已经采取买断进货，即销售不出去的商品全部由店铺承担损失，这样就会出现对滞销或残次商品进行削价处理的问题。

（2）限时降价。限时降价就是利用顾客趋利的心理来促进商品销售的一种好办法。

（3）控制降幅，逐渐降价。降价的幅度会对降价的促销效果产生重要影响。降价幅度过小，不易引起顾客的注意，往往不能起到促销的作用；降价幅度过大，顾客会对商品的使用价值、商品的质量产生疑虑，会阻碍商品销售。

（4）降价时机的选择。选择降价时机，关键要看销售的情况。如果商品能顺利地销售，商店可以选择延迟降价，如果降价对顾客有足够的刺激，能加速商品销售，商店可以选择早降价。迟降价与早降价各有其优势。早降价可以为新商品腾出销售空间；可以加快商店资金的周转；实施这种方法，是在商品需求还很旺盛的时候，就把商品降价出售可以大大地刺激消费者的购买欲望；早降价与在销售季节后期降价相比，只需要降低较小的幅度就可以把商品卖出去。而迟降价的主要好处体现为减少商店由于降价带来的利润降低；商店可以有机会按原价出售商品；避免频繁降价对正常商品销售的干扰。现在比较流行的降价方式是将早期降价和晚期降价结合起来运用。

8.3　连锁企业的促销策略

连锁企业的促销策略是由连锁企业制定的旨在促进商品的销售数量而采取的一系列措施的总和，它不仅在促销商品的销售业绩上会有很大的提升，同时通过促销活动还可以增进企业和消费者之间的了解，强化企业与消费者之间的互信关系，突出品牌特色，进而达到提升企业形象的目的。

连锁企业促销的四大策略是广告、人员推销、营业推广和公共关系。

8.3.1　广告促销策略

1. 连锁企业广告促销的特征

连锁企业的广告宣传既具有一般企业广告宣传的共性特征，又具有其独自的特点，这是由连锁企业的自身经营特点所决定的。连锁企业的广告策略具有以下主要特征。

（1）对企业经营理念以及企业文化的宣传多于对具体产品的宣传。这是连锁企业与其他企业在广告宣传上存在的最主要差别。一般来说，连锁企业没有自己的产品，经营的都是供应商的产品。因此，连锁经营企业的广告投放更注重企业经营理念以及企业文化的宣传，让消费者了解整个企业，了解企业的经营特色，进而对整个连锁系统产生信赖感，这才是连锁企业广告宣传所要达到的目的。

（2）一家宣传，整体受益。整个连锁系统是由多个不同部门组成的，对于连锁链条内部的各个部门来说有着共同的利益追求，尤其是在形象和品牌的维护上属于共存共荣，因此，每个部门都会积极努力实现这一目标。

（3）广告投入的平均费用相对低廉。连锁企业的又一特征就是规模产生效益，在广告的投放和使用上也是如此。具有一定规模的连锁企业往往是由很多个分部门组成的，一般大型广告的策划和实施是由总部进行的，而费用由各个部门分担，这就无形中削减了每个部门的广告投入费用，不但降低了企业的经营成本，并且达到了广告宣传的目的。

（4）广告的形式灵活多样。一般的企业在选择广告媒体时，总是过分关注电视、广播、报纸、杂志等传统的媒体，而连锁企业在不排斥利用这些媒体进行广告宣传的同时，还可以更多地采用户外广告、交通广告、POP 广告和直接广告等方式，而且分布广泛的各个分店本身就是一种良好的广告宣传。连锁企业有效地利用自己的空间，采取统一形式和策略周密策划，可以形成铺天盖地之势，其宣传的效果非常好。

2. 连锁企业广告媒体的选择

连锁企业所要传达的广告信息，需要借助媒体传递给目标公众。是否能选择合适的媒体发布广告，直接关系到广告的效果。下面介绍一些常用媒体及其特征。

（1）报纸。市场覆盖率高，读者稳定，机动性高，可以迅速改稿，重复多次，并能立即感受到顾客反应。

（2）杂志。针对性强，受众稳定，印刷精美，传播率和精读率高，广告费用较低，但传播速度慢，适用于强调品牌印象的服饰。

（3）电视。传播速度快，受众面广，形象生动，富有感染力，但由于费用太高，一般不适合中小型企业使用。

（4）广播。传播速度快，覆盖范围广，选择性强，收听方便，费用较低。

（5）邮寄广告。针对性强、选择性强，是一对一的沟通，没有同一媒体广告的竞争，但其覆盖范围小，有效接收率低。许多邮寄广告都要与银行信用卡对账单一起投寄。

（6）广告牌。效果好，选择性强，保留期长，注目率高，灵活多样，费用低，但传播区域小，覆盖面窄，广告受众流动性大。一般适用于大众服饰品牌。

（7）售点广告：所谓售点广告是指在销售或购物现场所做的各种各样广告的总称，它是与消费者直接接触的媒介体，由于它的直接性、装饰性以及新鲜多变的灵活手段和制作成本的低廉，已经成了中国连锁企业争相选择的媒体形式。售点广告种类多，内容也很丰富，有店面形象广告、商场环境形象广告、橱窗广告、灯箱广告、展台广告、展销广告、霓虹灯广告、印刷品广告、包装广告、商场广播广告、横幅广告、吊挂 POP 广告，壁挂式 POP 广告、立地式 POP 广告、手绘式 POP 广告等多种形式。

8.3.2　营业推广策略

营业推广是连锁企业在短期内采取的一些对顾客进行强烈刺激，鼓励顾客购买产品的特殊手段（如提供广告特制品、赠券、折价、奖励），是促进销售量迅速增长的一种策略。营业推广也称销售促进，其主要方式有以下几种。

1. 广告赠品

印有连锁店名称、住址、电话的小赠品。常见的有气球、面巾纸、年历、钥匙圈、圆珠笔等。有时供应商也会提供一些广告赠品，如烟灰缸、日记本、T 恤等，以便快速建立或维持品牌知名度。

2. 视听广告

在店堂内反复强力宣传，如放录音带、VCD、计算机多媒体等，制造促销气氛，同时向顾客示范如何搭配、选择等。

3. 展示会

商品展示会通常会带来更大的销售量。新产品展示，可在连锁店显眼地方摆出来，或利用杂志、报纸和电视等媒体进行宣传。连锁店也可开展一些与所销售商品无关的活动来吸引人流，但要注意到时间、地点、会场布置、展示人员、消息发布和对象安排等事宜。

4. 折扣销售

当商品生命周期已过成熟期后，为了提高竞争力和降低库存，连锁店便要折扣促销。折扣是指在销售商品和提供服务时，对商品和服务的价格打折，折扣的幅度一般从 20%～50%，幅度过大或过小均会引起顾客产生怀疑促销活动真实性的心理。折扣的宣传海报可以公布于店外，也可以标在折扣商品的陈列地点，甚至可以公布在公共媒体上。

案例 8.3　家乐福的折扣销售

在家乐福的大卖场中看到最多的定期变换的特价商品，上方高悬品名、原价和现在特价，很多畅销商品原价已是非常低，特价更是跌破批发价。家乐福也用购满一定数额现金，可以免费摄影等手法，吸引顾客大量购买。家乐福还经常推出特惠包装、捆绑包装、奉送赠品、买二赠一、优惠券等措施来刺激消费，尽管这些都是常用的陈年老招，但效果依然良好，为消费者所接受，为其留住了客户，增加了顾客的向心力。

5. 折价赠券

实施折价赠券与全面性减价不同，前者只有持券人才能享受优惠，而后者则购买即可享受优惠。通常将折价赠券刊登在广告上，除可以收到推广商品和提高形象的效果外，还可通过赠券回收来加以评估广告的效果。运用此类促销方法时，应事先准备好与赠券数量相当的商品，以免顾客扑空。有研究表明，折价赠券的回收量为发出量的 10%左右，而销售业绩却可能增长 30%。使用折价赠券促销，要采取周密的措施来防止有人利用折价赠券进行欺诈，如连锁店收银员、销售员及顾客等，可能会有人用剪下的折价赠券来调换收银机中的现金。

6. 节庆促销

以各种特殊节日或季节为主题所进行的促销称为节庆促销。例如，在圣诞节促销，除了在店内布置圣诞饰品外，可让员工扮成圣诞老人送小礼品，形成浓厚的节日气氛。节日促销除了利用一般节日外，各公司还可选择专属自己的特殊节日或季节为主题加以促销。

案例 8.4 肯德基的节庆促销策略

在中国拓展市场的过程中，肯德基灵活使用了多种促销策略，是肯德基赢得青少年儿童的成功手段。主要方式如下：

（1）生日餐会促销

肯德基从 1995 年起在中国推行儿童生日餐会，每年推陈出新，每年都有不同的主题。最初是在北京、上海等大城市开展，后来逐步推广到全国每一家餐厅。生日餐会不以赢利为目的，举办的初衷是让工作繁忙而又希望给孩子们过一个有趣生日的家长们，能通过由肯德基代劳，让孩子们在生日这天玩得开心。肯德基在 2000 年平均每家餐厅举办生日餐会超过 450 次，全国 420 家餐厅共举办生日餐会近 19 万次，比 1999 年增长了 20%。

（2）节日促销

每年新春佳节期间，肯德基都会设计"新春套餐"，给顾客带来特别的新春礼物。2000年春节期间，肯德基以特别的新年套餐给消费者增添中国传统节日的喜庆气氛，并让消费者把肯德基特别制作的"欢欢喜喜"带回家。2001 年春节，肯德基又推出两款新年套餐，并同时推出"买新年套餐，得双面变身神奇宝贝"的促销活动，根据儿童们关注和喜爱的热点，再次让风靡全球的卡通人物皮卡丘回到肯德基餐厅，取得了不俗的业绩。

（3）庆典促销

2001 年 5 月 30 日，专为中国消费者设立的中国肯德基网站正式开通，为庆祝这一肯德基中国发展史上的重大事件，消费者只要上中国肯德基网站，就能获得肯德基全国通用的电子优惠券并可注册成为"肯德基网友会"的成员。

7．有奖销售

有奖销售是富有吸引力的促销手段之一，因为消费者一旦中大奖，奖品价值一般是很诱人的，许多消费者都愿意尝试这种无风险的有奖购买活动。在我国，法律规定有奖销售的单奖金额不得超过 5 000 元。除了即买即开的奖品外，为了提高有奖销售的可信度，抽奖的主办单位一般要请公证机关来监督抽奖现场，并在发行量较大的当地报纸上刊登抽奖结果。有奖销售一般设一个或几个价值较大的大奖，而其他奖项的价值则比较小。奖金大多不用现金，而用商品、礼物、家用品或国内外旅游来替代。

8．会员制促销

会员制促销是使消费者成为企业的会员，进而在连锁企业的各个连锁门店享受优惠的一种促销方式。成为企业会员的方式因企业而异，有的企业吸纳会员要求缴纳一定的会费或年费，只有这样才可以享受到促销的价格。如沃尔玛山姆会员店就是采取这种方式吸纳会员，而且它的商品只向会员敞开，非会员无权购买。有的企业则采用累计消费金额成为企业会员，进而享受促销价格的方式，这种方式为书店、音像制品商店以及其他许多连锁企业所广泛采用，而且消费金额越高，所享受的折扣越多。还有一种是无偿成为企业会员的方式，顾客一旦成为会员，就可以享受企业所提供的特价商品以及印花商品的优惠，而非会员不能享受这个待遇，这种促销手段在很多大型超级市场十分普遍。

案例 8.5　沃尔玛的会员制促销策略

　　山姆会员店是以沃尔玛创始人山姆·沃尔顿的名字命名的会员制仓储商店。这种仓储商店不仅商品种类齐全，而且价格又特别便宜，同样的商品在仓储商店比在普通零售店便宜 30%～40%，因此大大提高了对顾客的吸引力。山姆会员店销售量大，速度快，库存周转速度有时能达到 1 年 20 次。实行会员制可以补偿成本和稳定顾客。山姆会员店的会籍分为商业会籍和个人会籍两类。商业会籍申请人须出示一份有效的营业执照复印件，并可提名 8 个附属会员；个人会籍申请人只需出示其居民身份证或护照，并可提名 2 个附属会员。两类会籍收费统一，主卡年费均为每张 150 元，附属卡年费每张 50 元（以深圳山姆店为例）。简便的入会手续保证了每一位消费者都有成为会员、享受优惠的可能性。山姆会员店是会员制仓储式连锁店，目前在美国有 443 家、中国有 2 家、其他国家有 38 家。在中国深圳的山姆会员店只对会员开放，不对非会员开放。任何团体和个人，只要每年缴纳 150 元人民币，就可成为山姆会员店的会员，享受会员价格。

　　实行会员制是类似于减价优惠的一种促销形式，消费者可以从中获取许多利益。例如，加入会员店的消费者可以享受超低价优惠或特殊服务。山姆会员店的会员可以享受价格更低的优惠，一次性支出的会费远小于以后每次购物所享受到的超低价优惠；消费者一旦成为会员之后，可以享受各式各样的特殊服务，例如可以定期收到有关新到商品的样式、性能、价格等资料，享受送货上门的服务等，这样购物会更方便。

8.3.3　人员推销策略

　　连锁企业销售人员通过直接聆听顾客意见，满足顾客需要，解决顾客问题，同目标市场的顾客建立联系；通过直接传递信息，宣传介绍连锁店商品，引导顾客购买商品的策略称为人员推销策略。

　　在所有连锁企业促销策略中，人员推销是一种最古老、最直接，也是最有效的促销方式。这种促销方式的特点是双向沟通，有针对性，示范性强，使顾客更容易了解本锁店的商品，同时还能及时为顾客提供售后服务，听取顾客的要求和意见，为顾客提供个性化服务。对于批量销售的客户和运用广告媒体难以沟通的客户，采用这种方式十分有效。对于那些在大店虎视眈眈下艰难求生的小型连锁店来讲，更应该加强大型店最不擅长的人员推销策略，用亲切的态度不断拉近与顾客的距离。

8.3.4　公共关系策略

　　连锁企业利用各种传播手段，同公众（包括顾客、中间商、社区民众、政府机构、新闻媒体以及销售员、股东等）沟通思想情感，建立良好社会形象和营销环境的活动策略称为公共关系策略。

　　连锁企业与顾客关系密切，应比其他行业更注重企业的形象。良好的企业形象可提升企业在社会中的商业信誉，正确传达企业的使命。

通过新闻媒体报道的宣传树立企业良好形象，是连锁店开展公关活动最有效的途径。新闻媒体报道的宣传是指以新闻的形式传达给顾客的信息，而不是付费的商业广告。一般来说，新闻媒体的报道比商业广告更使人信服。连锁店应主动提供使新闻媒体感兴趣的事件，通过媒体新闻报道传达给公众。新闻媒体感兴趣的事件通常有以下几类。

（1）隆重的开幕仪式。

（2）政要、高知名度的运动明星、青春偶像来店的活动。

（3）重大的商店纪念日活动。

（4）有特色的新商品和新服务项目的介绍。

（5）独家、独特的促销事件。

一个独特的新闻事件会在公众中产生巨大的反响。如上海某商厦开业时，新闻媒体报道该商厦内有3万元一双皮鞋，还有20万元一副绣花胸罩作为其"镇店之宝"，公众纷纷到该店参观其"镇店之宝"。不但吸引了大量人流，而且很快在公众中树立起高档百货店的形象。

除了通过新闻媒体报道式的宣传来开展公关活动外，开展社会公益赞助活动也是连锁店开展公关活动的重要形式。连锁店通过向公益事业提供资助、赞助或捐赠，在人力、物力上承担一些社会责任，是取得公众尊敬和社会信任的一个重要途径。如果这些公益赞助活动，能吸引媒体的注意，将会产生更大的效果。

连锁企业通常的赞助对象有以下几类。

（1）赞助教育和科学研究事业。如希望工程，在学校设立奖学金，为科研活动提供经费等。

（2）赞助社会福利事业。如援助灾区，为困难群体提供资助等。

（3）赞助新闻、文化事业。如新闻评奖和为各种文艺比赛提供资助等。

（4）赞助卫生、体育事业。如为各种体育赛事提供资助等。

（5）赞助军事、国防事业。如为边防部队服务等。

（6）赞助环境保护事业。如认养名木古树等。

（7）赞助其他公益事业。如在电视上播放公益广告等。

连锁企业可赞助的事业非常广泛，应根据企业自身实力和具体的情况，选择适当项目进行赞助，同时要形成一种宣传企业和塑造企业形象的效果。

复习思考题

1. 商品定位的原则有哪些？

2. 影响连锁企业价格的因素是什么？

3. 连锁企业的价格策略有哪些？

4. 连锁企业的营业推广策略有哪些？

【本章案例阅读与思考】

家乐福的商品陈列

随着现代市场经济的发展，消费者购物越来越理性化，他们要求在购买商品的同时，也要有良好的购物体验，所以说现代的商业经营不只是出售商品，同时也出售温馨的感觉、愉快的体验、得心应手的满足感等。也就是说，顾客要求在精神和物质的双重需求上得到满足，这样顾客在购物过程中，不仅是选择商品的过程，同时也是选择购物环境及卖场服务质量的过程。

一、家乐福商品陈列的原则

1. 家乐福商品陈列考虑的因素

大卖场中的商品极其丰富，而顾客首先接触的又是商品，如果没有一个良好的商品陈列，就不会有温馨舒适的购物环境。其商品陈列的适当与否，直接关系到商品销售量的多寡。而商品陈列的最大原则就是要促使商品产生"量"感的魅力，使顾客觉得商品极多而且丰富。家乐福商品陈列一般从以下几个方面考虑：

（1）视野宽度。视野一般是指消费者站在一定的位置，其所看到的范围。根据医学报告，人的视野宽度可达120°左右，但看得最清楚的地方却是在60°左右。

（2）视野高度。一般消费者视线的高度，男性是165～167厘米，女性则是150～155厘米，因此，黄金陈列位置即为视线下降20°左右的地方，也就是大约70～130厘米之间的位置。

（3）标签粘贴。价格标签粘贴位置，一定力求固定，但绝对不宜贴在商品说明或制造日期标示处上。

2. 家乐福商品陈列的原则

为了方便顾客挑选，家乐福在货品的陈列上遵守下列原则：

（1）有效利用陈列空间。依据销售量来决定每类商品的陈列面，而不同商品的摆放高度也不同，一切以方便顾客为原则。例如，家电高度的最佳位置为1.25～1.65米，而货架下层多用于放包装箱。

（2）陈列上具有量感。家乐福信奉"库存尽量放在卖场"的原则，堆头、端头、货架顶层均安放商品。

（3）尽力打破陈列的单调感。卖场内每隔一段，货架就有不同的高度，有时还用吊钩、吊篮来调剂陈列样式。

（4）展示商品诱人的一面。通过对主通道沿线的设计和副通道的搭配，使顾客巡行所经之处，应有大量的存放和不断显示的"特价"品等，并凸显商品的色、香、味等给人以强烈的视觉、味觉、嗅觉等多方面的冲击。

二、家乐福的堆头布置

1. 堆头商品陈列结构

家乐福堆头商品陈列以食品为主，如目前除了月饼堆头外，共26个堆头，其中食品堆头18个，占69.23%；日用品堆头8个，占30.77%。家乐福堆头商品从价格水平看来，都是陈列特价商品，没有高毛利堆头，也没有固定堆头（商品在货架上基本都能找到），这可能跟他们突出低价形象有关，也可能跟卖场面积小有关。

2. 堆头陈列商品品种更换频率

家乐福堆头一般一周左右更换其中的一部分品种，小部分堆头品种更换频率更高，如二楼电梯口的两个大堆头，一般 2 天或 3 天更换一次，大部分时间是进行杂牌商品的超低价促销。

三、家乐福商品陈列的措施

1. 货架调整

家乐福陈列商品的货架一般宽 30 厘米。如果一个商品上了货架而卖得不好，就会将它的货架展示宽度缩小到 20 厘米，以便节约货架位置。如果销售量还是上不去，陈列货贺展示宽度再缩小到 10 厘米。如果还是没有任何起色，那么货架就会让出来给其他商品。

2. 特卖场

家乐福还将卖场中的每种商品的陈列面积夸张地加大，利用突出陈列将卖场的气氛发挥到了极致。每类商品的尽头都有特价商品，顾客不仅能一饱眼福，而且也容易寻找自己需要购买的商品。家乐福大卖场的特卖商品都陈列于商场十分显眼的位置上，端头、堆头和促销区，为了更好地吸引消费者注意，在商品的标价签上用旗形、矩形或者是一些有创意的设计，以显示其有别于其他的促销商品。此外，特卖商品在标价签上还有各种不同的颜色，来突出其特卖价格。

3. 本土意识

另外，家乐福在进行商品陈列时也注意遵循本土意识，即按当地的消费习惯和消费心理进行商品的摆设。在中国市场上，为了迎合消费者挑选、比较的习惯，家乐福在货架上专门增加了同类商品的陈列，以方便顾客的选购。在成都家乐福卖场内，有不少的装饰品都采用四川特有的竹器及泡菜坛子等本地特有的容器。这些措施充分显示出了家乐福为了方便顾客而别出心裁的商品陈列方式。

4. 购买欲望

在家乐福超市里，糖果被放在两排近两米高的竖筒式透明钢化塑料容器里，每一个竖筒容器里装同一种颜色的糖果，远远看去就像两排不同色彩的竖灯。这样顾客就很容易被诱惑前往，而一走到两排竖筒容器中间，那鲜亮的糖果能马上激起顾客的食欲，只要有钱，谁都会忍不住往购物篮（车）里抓的。而国内许多商家就很不重视糖果区的陈列布置：家用水桶一样的容器上面，糖果如谷堆一般垒成小山，靠在场内一根柱子周围，如果消费者不仔细寻觅，恐怕难以发现这种甜蜜之源。家乐福非常清楚，顾客在商场的冲动购物远大于"计划购物"，因此，如何刺激消费者的购买欲望让其忘乎所以，不看钱袋地购买则是家乐福生意兴隆的关键。

5. 环保与卫生

家乐福还将水果、蔬菜全部摆放在深绿色的篮子里，红黄的水果和绿的、白的蔬菜在绿篮的映衬下，让消费者有种环保卫生的感觉，潜意识会认为这些果蔬都是来自大自然的新鲜商品，对身体健康很有好处，再加上挂在篮子上空的照明灯的灯罩也是绿色，消费者徜徉其中，仿佛回到了大自然中。此种刻意营造的氛围树立了生鲜卖场环保新鲜的形象，使消费者自然会开心、放心地在此采购生鲜食品。这种迎合了当今消费者进超市购买生鲜食品以保干净、卫生、安全心理的措施，受到欢迎是理所当然的。

家乐福所有的这些陈列很好地实现了讨顾客欢心、激起顾客购买欲望的目的，其不断更新的陈列方式与其经营理念是绝对分不开的，这也是家乐福发展到现在的必要保证。

思考题

1. 家乐福在商品陈列上有哪些具体的措施？
2. 商品陈列对企业的营销有什么影响？

第 9 章　连锁企业的管理系统

【学习要点】
- 连锁企业物流管理系统的作用与运作模式
- 连锁企业的 POS 系统与 MIS 系统
- 连锁企业的人力资源管理系统
- 连锁企业的财务管理系统

9.1　连锁企业的物流管理系统

9.1.1　连锁物流的基本概念

1．物流的概念

物流是物资商品流通的简称，是物质资料从供应者向需要者物理性移动过程中创造时间价值、场所价值、加工价值的经济活动，具体包括了运输、仓储、包装、装卸、搬运、配送、流通加工和信息处理等功能。

2．连锁物流的概念

连锁物流是指连锁企业中的物流活动，是物流运营同连锁经营的结合，也是物流活动在流通领域的一个主要应用。就连锁物流的运作内容来看，可以将连锁物流定义如下：连锁物流是指连锁企业从商品采购到商品销售给消费者之间的商品移动过程，是与商流、信息流和现金流并列的四大连锁经营机能之一。

9.1.2　物流在连锁企业中的作用

连锁企业的经营方式决定了其是以连锁总部集中控制商流、信息流和物流三大系统为前提条件的，其中合理安排物流、组织统一送货是连锁经营的必备条件之一。物流活动在连锁经营中占有重要的地位，它不仅是连锁企业降低成本、获取利润的主要源泉，而且还是一些大型连锁企业的核心竞争力。2003 年，我国连锁企业中实行集中采购、统一配送的企业所占的比例高达 89.69%，其中，直营连锁零售企业的统一配送比例达 68.1%，加盟连锁零售企业的统一配送比例达 45.4%。但与国外著名的大型连锁企业如家乐福、沃尔玛相比还存在较大的差距。

在连锁经营中，物流系统主要起到商品集散及带动商流、信息流、现金流三流运转的作用，它通过商品的集中采购、集中储备和统一配送，成为连锁经营市场供应的保障系统，也是连锁企业运作的基础。连锁物流不仅具有一般物流活动的价值功能，而且在连锁经营中还具有其特殊性。

1. 保障连锁经营规模效益的实现

由于连锁企业所属的店铺点多、分布面广，在进货的品种、数量和时间上也不完全相同，因此连锁经营的机制需要高效率、低成本的物流系统的支撑。连锁企业通过配送中心把厂商或批发商供应的商品储存分装、送货上门，把分散的实体储运活动转变为系统的物流活动，协调产、供、销联系，缩短中间环节，使适销对路的商品在规定时间内以适当批量送达分店，实现连锁经营的规模经济效益。

2. 强化门店的销售功能

对单个门店而言，所必需的商品采购（包括采购品种、采购时间、供应商选择等）、商品储存及库存管理等职能都被连锁物流系统所承担，通过统一配送将必要的商品以必要的数量在必要的时间送到门店。这一方面降低了连锁企业中门店在后勤辅助职能方面的成本支出，另一方面通过对后勤辅助职能的剥离，强化了连锁经营的专业化分工，突出了门店的销售职能，简化了门店的运作管理程序，使门店能够充分把握销售时机，最大限度地实现销售目标，满足顾客的消费需求。

3. 减少分店库存加快资金周转

由于商品的储存及运输职能均由配送中心承担，分店只需根据销售情况提出要货计划，所需商品大多能即时送达，分店存储的是少量即销商品，因此可以大大减少各分店的商品库存量与流动资金占用量，加快资金周转，提高企业经济效益。

9.1.3 连锁企业物流的运作模式

目前连锁企业的物流模式主要有：连锁企业的自营配送模式、横向协同与纵向协同的共同配送模式、外包第三方物流企业的配送模式。

1. 连锁企业的自营配送模式

连锁企业的自营配送是指连锁企业自建物流配送中心，并对中心直接进行管理操作，从而通过配送中心对所辖门店网点进行商品配送等物流活动，如图 9.1 所示。

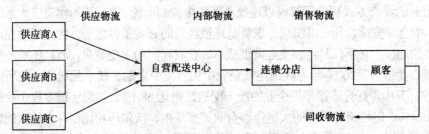

图 9.1　自营配送模式

连锁企业自营配送中心可以根据企业的发展战略和实际运作需求，能够为本企业连锁店铺提供更加灵活、方便的配送服务，享有较大的自主权和自由度。自营配送能维持和加强企业的市场地位和运作效能，并能逐步建立和培养连锁企业的核心能力，具有一定的战略意义。但自建物流配送中心需要较大的建设资金、较高的运作成本和配送管理能力，因此适用于规模较大的连锁企业，以保证配送中心具有相应的配送经济规模。

案例 9.1　自营配送：苏宁电器的配送服务

苏宁物流体系以南京江东门中央仓库为大本营，投资建成了占地 40 亩的中央立体式物流中心，在苏南、苏北、北京、广东等地区设立了十多个二级中转库，苏宁连锁网络内企业间主干物流及连锁店最后 1 千米配送服务全部由苏宁自有输送能力完成。经过十多年的磨炼和积累，苏宁拥有了优秀的物流管理队伍，同时拓展了全国 ERP 系统的物流网络，计算机网络系统随时监控、管理库存和了解物流状态。由于拥有了设计良好的物流系统和强大的物流网络，苏宁实现了运输、储存、配送、装卸、保管、信息等的实时控制和运作，从而降低成本、优化库存结构、减少资金占用量；准确、及时的物流信息将使物流配送的速度更快，有效减少库存。正因为有了物流系统强有力的支持，苏宁的顾客反应能力才更高、更快，从而为顾客提供更方便、更快捷的服务。从采购到销售，苏宁的物流系统都属于"动力密集型"，但苦心经营的 ERP 系统提高了整个集团的效率。与很多企业相比，苏宁的物流系统更类似于"特快专递"。

2. 横向协同与纵向协同的共同配送模式

由于不同企业的规模和经营差异，出现了基于优势互补共同协作以应对市场压力的共同配送模式，根据合作对象的不同，主要分为下列两种形式。

（1）横向协同的共同配送模式。横向协同的共同配送是指一些具有自营物流配送中心的连锁企业利用自身较强的物流配送能力，承担一定的社会化配送业务，即向中小零售企业提供商品配送服务，通过扩大配送服务对象的范围，开展商品配销业务。在此过程中，企业不仅提高了配送中心的运营效率，还能够急剧扩大商品销量，获得更大的批量价格优势，同时企业的配送中心有逐渐与零售主业剥离，向社会化、专业化的第三方物流转移的趋势，如图 9.2 所示。

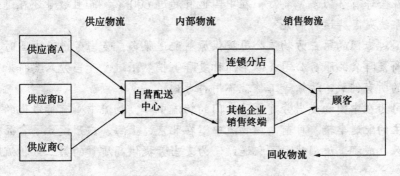

图 9.2　横向协同的共同配送模式

（2）纵向协同的共同配送模式。纵向协同的共同配送又称为门店配送，是指由连锁企业集中管理进行供应链一体化构造，与供应商进行深度协作来共同完成连锁配送。在这种模式下，连锁企业掌握主要的配送管理职能，如销售信息处理，库存与采购管理，商品配送的种类、数量、方式和时间，而与供货商则是在物流作业上进行深度协作。

3. 外包第三方物流配送模式

随着原有储运企业的改造以及新兴第三方物流企业的成熟，其业务领域已拓展到了零售业，特别是连锁零售业。虽然连锁物流较为复杂，但第三方物流企业随着自身能力、经营意识、服务水平的不断提高，以及国外专业从事连锁配送业务的物流企业的参与，已经有能力介入连锁企业的专业物流配送业务。第三方物流可以承担多家企业的物流配送业务工作，从而既可提高规模效益，又能突出专业性，实现对物流配送环节的专业化管理，优化连锁配送网络模型，提高整个连锁行业的物流运营效率，降低连锁企业的经营成本。外包第三方物流配送模式如图 9.3 所示。

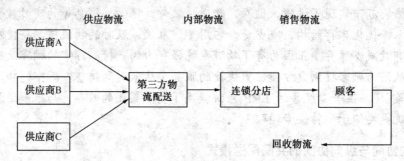

图 9.3 外包物流配送模式

目前，在物流配送设施居世界一流水平的欧洲，其主要连锁零售商配送的业务中，除30%由零售商自有的配送中心完成外，61%都是交由专业的第三方配送公司完成，即将连锁配送活动交给社会化的物流配送中心完成。

连锁企业将配送业务委托给其他专业性第三方物流企业来承担，可以使连锁企业本身无"建库养车之虑"，发挥其专长，潜心进行连锁店的营销与卖场管理。

案例 9.2 夏晖公司为麦当劳的第三方物流配送

麦当劳在全球有 3 万多家餐厅，在中国也有超过 600 家，而且数量还在迅速增加。麦当劳的物流系统是怎样运作的呢？

麦当劳通过专门的第三方物流公司提供原料配送服务。麦当劳进入中国时，其全球物流服务供应商夏晖食品服务公司（以下简称夏晖）悄然跟进。麦当劳只要将采购清单交给夏晖，剩下的所有储藏、运输等工作就不用再考虑了。

夏晖公司为在中国的麦当劳建立了专门的物流中心。物流中心有标准化的仓储设备和以冷藏车为主的配送车辆。目前，该物流中心在北京、上海、广州设立了食品分发中心，在沈阳、武汉、成都、厦门建立了配送站，为麦当劳提供高质量的第三方物流服务。

9.1.4 连锁企业的物流配送中心

物流配送中心是承担连锁企业物流配送职能的管理机构和货物的集结点，一般由信息中心和仓库构成。

1. 配送中心的构成

信息中心是配送中心的中枢神经，负责指挥和管理整个配送中心，承担汇集信息并对物流配送中心进行管理的职责，对外负责收集和汇总各种信息，包括各分店的销售、订货信息及供应者的供货信息，并根据这些信息做出相应的决策，对内则负责协调、组织各种活动，指挥调度配送中心内部各部门的人员，共同完成配送任务。仓库一般包括收货区、储存区、理货区、配装区、发货区、加工区等不同的部门，各作业区承担不同任务，其组织规模与结构也不尽相同，同时仓库还拥有各种装卸、储存、运输等工具和设施。图 9.4 是某连锁企业的配送中心的一个平面构成图。

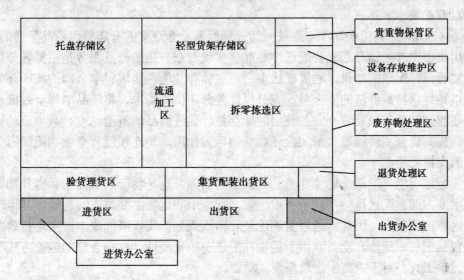

图 9.4　配送中心平面构成图

2. 配送中心的功能

连锁配送中心与传统的仓库不一样，除了基本的存储功能外，还有采购、流通加工、配送、信息处理等其他许多功能。

（1）采购功能：连锁经营企业实行"联购分销"制度，统一采购是连锁经营企业的重要特征之一，而采购功能的实现是由企业内部的物流配送中心来完成的。为了满足各分店"多品种、小批量"的订货要求以及顾客不断变化的消费需求，物流配送中心首先要集中各分店的订货要求，然后从众多的供应商那里选择优质低价的商品进货，配备齐全企业所需要的商品。采购功能是物流配送中心的基本职能，物流配送中心储存、加工、运输等其他功能的发挥都无法脱离采购功能而存在。

案例 9.3　家乐福的采购管理

家乐福建立了一套科学、高效、廉洁的采购体系。采购不再是单单依靠个人判断的事情，而是依靠集体的力量先制定合理的计划，个人工作的主要任务是如何达成总的计划。采购人员按商品组合计划采购和销售商品，每一类商品都有合理的角色，合适的销量、库存、毛利等指标。历史数据的更新加上不断改进的方法，计划本身也就越来越完善，个人随心所欲的空间缩小了，主动性和积极性被有效引导到如何保证企业利益目标上。比如说，当采购员接触到供应商推荐的一个没有经营过的品种，首先要根据商品组合计划、企业的定位，确认这是不是自己应该经营的商品。如果是自己应该经营的商品，接下来就应考察其功能角色，确定是否是原有商品的可替代品，如果是可替代品，要分析引进该商品从价格、销售、促销、物流等方面会对现有的哪些商品产生影响，影响的效果有多大。然后分析哪些商品应该被换掉，单就该商品目前的价格、库存、未结账款等项目确定相应的处理办法和时间表，最后确定新品供货条件、供货时间、商品销售价格、促销活动等。新品引进和滞销品淘汰是一个工作的两个侧面，这些可以说是家乐福对采购过程的要求。

（2）储存功能。物流配送中心要统一为连锁经营企业众多的分店提供商品配送的服务，必须利用集中库存的储存功能。配送中心能够实现对众分店的分批服务是根据各分店的不同需求实行即时配送的结果。物流配送中心通过储存功能，实现科学合理的统一存储，一方面可以始终保持最经济的库存量，充分保证各分店供货需求，将缺品率降至最低点，另一方面还起到降低连锁经营企业各分店的库存量、促进商品的流通速度、减少流动资金的占用量、提高资金周转速度、增加企业收益的巨大作用，是连锁经营企业物流配送中心必不可少的支撑功能。

（3）配送功能。配送是连锁物流的一大核心功能，也是物流成本支出和提升物流服务质量的主要方面。配送运输不同于一般运输，配送中心送货主要是支线运输，其运输范围较小、区域密度较大，因此需通过货物配装和路线规划，实现降低成本提高送货效率。配送流程包括配装、运输和交货。由于运输在配送中的重要性，选择合理的运输方式和使用先进的运输工具，对于提高配送质量至关重要。

（4）流通加工功能。在物流过程中，根据零售要求或配送对象（产品）的特点，有时需要在配货之前先对货物进行加工和分装，以便更好地满足用户需求。如肉类分割、计量散货分装等，还有蔬菜的分拣、计量、包装等。这些作业是提升配送中心服务质量的重要手段。

（5）信息功能。一些现代连锁企业的配送中心除了具有配送、流通加工、储存保管等功能外，还集成了信息管理功能，掌握物流活动中的相关信息，为配送中心本身及上下游企业提供各式各样的信息情报，以供配送中心作为营运管理策略制定、商品路线开发、商品销售推广策略制定的参考。例如，哪一个客户订多少商品，哪一种商品比较畅销，从计算机的分析资料中可以非常清楚地了解到，甚至可以将这些宝贵资料提供给上游的制造商及下游的零售商作为经营管理的参考。

3. 配送中心的业务流程

配送中心的业务流程，也就是配送中心的基本作业流程。根据货物流转的次序，其作业流程为：收货→验收→入库→在库保管→流通加工→分拣配货→配装→配送运输→送达服务。

（1）收货。收货是指连锁店总部向供货厂商发出进货指令后，配送中心对运送的货物进行接收。一般来说，配送中心收货员应做好如下准备：及时掌握连锁总部（或客户）计划中或在途中的进货量、可用的库房空储仓位、装卸人力等情况，并及时与有关部门、人员进行沟通，做好接货准备。

（2）验收。收货检验工作一定要慎之又慎，因为一旦商品入库，配送中心就要承担商品全部的责任。检验活动包括核对采购订单与供货商发货单是否相符、开包检查商品有无损坏，商品分类、所购商品的品质与数量比较等。

（3）入库。经检查准确无误后方可在厂商发货单上签字将商品入库，并及时登录有关入库信息，转达采购部，经采购部确认后开具收货单，从而使已入库的商品及时进入可配送状态。这一作业最重要的是库位的分配。仓库作业人员要根据货物的性质与及库位情况进行合理分配库位。

（4）在库保管。在库保管主要有三方面的工作：一是加强商品养护，确保商品质量安全。根据不同商品保管要求，及时检查、防霉变、防破损，保证商品品质和安全。二是加强储位合理化工作和储存商品的数量管理工作。商品储位合理与否、商品数量管理精确与否将直接影响商品配送作业效率。商品储位可根据商品的物理化学属性、周转率、理货单位、配送要求等因素来确定，做到合理地、科学地划分货区货位、安放商品。三是进行盘点工作。盘点是仓库管理中的一项重要工作，要科学、合理地进行盘点规划与工作。

（5）流通加工。流通加工主要是指对即将配送的产品或半成品按销售要求进行再加工。在配送中，加工这一功能要素不具有普遍性，但是往往是有重要作用的功能要素。通过配送加工，可以大大提高用户的满意程度。连锁配送中心的流通工主要有分割加工、分装加工、分选加工、促销包装、贴标加工等。

（6）分拣配货。分拣配货是决定整个配送系统水平的关键要素。分拣配货工作是指配送中心接到配送指示后，及时组织理货作业人员，按照出货优先顺序、储位区域、配送车辆趟次、门店号、先进先出等方法和原则，把配货商品整理出来，经复核人员确认无误后，放置到暂存区，准备装货上车。分拣配货作业主要有两种方式，一是"播种方式"，二是"摘果方式"。在实际工作中，需根据具体情况选择合理的分拣配货方式。

（7）配装。在单个门店配送数量不能达到车辆的有效载运负荷时，就存在如何集中不同门店的配送货物，进行搭配装载以充分利用车辆运能、运力的问题，这就需要配装。与一般送货的不同之处在于，通过配装送货可以大大提高送货水平及降低送货成本，所以，配装也是配送系统中有现代特点的功能要素，也是现代配送不同于以往送货的重要区别之处。

（8）配送运输。配送运输由于配送门店较多，一般城市交通路线又较复杂，如何设计最佳路线、如何使配装和路线进行有效搭配等，是一项难度较大的工作。

（9）送达服务。配好的货物运送到门店还不算配送工作的完结，因为送达货和门店接货往往还会出现不协调，使配送工作前功尽弃。因此，要圆满地实现货物的移交，并有效地、方便地处理相关手续并完成结算，还应讲究卸货地点、卸货方式等。送达服务也是配送中心所独具的特殊性。

案例9.4 上海华联超市配送中心的运作

华联超市采用配送中心送货，可大量压缩门店的仓储面积，减少仓储费用、运输费用。配送中心使用现代化管理技术后，可降低商品的损耗率和流动资金的占用率，使连锁超市的物流成本大大低于单体超市和附属形态的超市。它是超市公司提高经济效益的关键部门。

华联超市虽然在一开始就借鉴国外先进经验，设置了配送中心，但当时只是一个雏形。随着超市网点的迅速增加，门店中许多畅销产品经常断档，这个问题只有通过配送中心运作才能解决。因此，1995年，公司又投资扩建配送中心，使仓库面积增加到16 000平方米，运货车辆由1993年的1辆增至40辆。

公司对配送中心的进货过程和发货过程，制定了严格的要求和规范的操作制度。要求仓库收货员在验货时，必须核对厂商开具的发票是否与订货商品、实际商品一致；检查商品的包装情况，这一切都准确无误后方可在厂商送货单上签字并将商品入库。商品入库时，要立即制作仓卡，标明商品的品名、入库时间和货位，最后将仓卡和厂商开具的发票按规定时间送交采购部，采购部要立即开出收货单，并将商品内容记入商品发货单中，使入库的商品进入可配状态。

华联超市对公司的发货工作流程制定了严格的控制规定。华联超市规定，不论是对内发货或对外发货，发货单必须由仓库主任亲自查验，查验是否有采购部发货印章，辨别印章真伪，核对发货单的有效期。确认一切无误后，方可按发货单上开具的商品分拣配货，按已制定好的运送计划、时间准时送货。

9.2 连锁企业的信息管理系统

9.2.1 连锁企业信息管理系统的功能与意义

连锁企业在经营管理活动中存在着丰富的信息资源，它们既是企业经营管理活动的组成部分，又是企业经营管理的决策依据。商业信息的不断流动形成了商业信息流，它和商流、物流、资金流等密切相关且不断扩大，致使连锁企业各方面管理和决策难度加大，为此必须利用信息技术进行信息化管理，以达到信息管理制度化、规范化、科学化。因此建立一套快速、灵敏、准确、高效甚至智能化的信息系统对于连锁企业来说非常重要。

1．连锁企业信息管理系统的功能

连锁企业信息管理系统在企业中的功能可归纳为以下几个方面。

（1）采集信息。把连锁企业各个环节的信息搜集起来，纳入PC后台和企业的信息中心。

（2）加工信息。把采集的信息进行整理加工分析，使经营者及时掌握企业的进、销、存的动态和企业的人、财、物动态，掌握市场的第一手资料，为市场预测提供数据资料。

（3）存储信息和检索信息。存储信息是为了确保信息的连续性和实用性。信息检索是为了连锁经营查询、监测某些信息服务，以确保企业不受损失。

（4）传输信息。连锁企业向生产商、各类供应商、其他合作伙伴、政府机构、消费者传递有关的信息，关键是达到以销定产、以销定进、以销定存，保证进货质量，优化经营布局和商品结构的目的。

2．建立连锁企业信息管理系统的意义

连锁企业建立信息化管理系统是全面提高企业竞争能力的关键，其意义表现在以下几个方面：

（1）采用现代的电子计算机技术能充分实现和发挥连锁企业的优越性。随着连锁规模的膨胀，没有现代化计算机管理系统将导致企业管理的瘫痪。

（2）能精确适时地反映和处理连锁企业各项经营活动，将进货、配送、销售、结算和计划等环节统一起来，明确商品流向，反映货仓商品进出，完成价值查询，提高经营效率。

（3）能准确实现商品的单品管理。

（4）优化商品结构，促使主力商品的种类、价格、品质与消费群体需求相一致。

（5）及时发现、处理临界期商品和滞销商品，有效控制进货内容，以避免商品短缺与重复进货，提高资金利用率。

事实上，连锁企业计算机系统的建立，对于连锁企业的管理和超常规发展起了极其重要的作用。计算机系统的应用提高了连锁企业的管理效率，规范了企业的管理模式，培养了企业的管理人才，提高了整个企业的管理水平。

9.2.2　连锁企业信息管理系统的构成

我国连锁企业信息管理系统的基本结构是：POS 系统＋MIS。在基本结构的基础上，一些企业同时还运行 EOS 系统和 EDI 系统（电子数据交换系统）。

连锁企业信息管理系统可以分为三个层次，如图 9.5 所示。

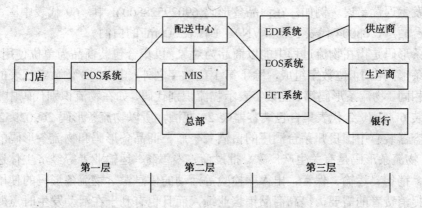

图 9.5　连锁企业信息管理系统的层次图

第一层：前台销售点系统（point of sales，POS 系统）。负责销售数据的采集。

第二层：后台计算机管理信息系统（management information system，MIS）。负责数据的整理、分析、处理，涉及总部、配送中心、门店三方面。

第三层：电子数据交换系统（EDI 系统）、电子订货系统（EOS 系统）、电子转账系统（EFT 系统）。用于与供应商、生产商、外部银行的联系和资料的传递、结算等。这些系统和连锁企业的其他管理系统一起构成了商业企业的信息网络系统。

9.2.3 POS 系统

POS 系统也就是销售点（point of sale）系统，是指通过自动读取设备（如收银机）在销售商品时直接读取商品销售信息（如商品名、单价、销售数量、销售时间、销售店铺、购买顾客等），并通过信息网络和计算机系统传送至有关部门进行分析加工，以提高经营效率的系统。POS 系统最早被应用于零售行业，以后逐渐扩展至其他如金融、旅馆等服务性行业，利用 POS 系统的范围也从企业内部扩展到整个供应链。

POS 系统是以后台计算机和商品条形码为基础，以条形码扫描器为基本工具，配备电子收银机及其他电子设备（如磁卡阅读器）所构成的一个系统。POS 系统主要用于前台销售，实现收款、退货、换货、价格查询、折扣、取消交易、简单的数据统计分析等功能，支持多种支付方式。其最重要的功能是适时采集各种商品的销售信息，对所经营的商品实施单品管理。

POS 系统运作的基本组件包括：条形码技术、条码标签印制机、POS 收银系统及商品主档。以下逐一进行介绍。

1．条形码技术

条形码是用一组数字表示商品的信息。按使用方式分为直接印刷在商品包装上的条形码和印刷在商品标签上的条形码。按使用目的分为商品条形码和物流条形码。

商品条形码是指以直接向消费者销售的商品为对象、以单个商品为单位使用的条形码。由 13 位数字组成，最前面的两位数字表示国家或地区的代码，中国的代码是 69，接着的 5 位数字表示生产厂家的代码，其后的 5 位数字表示商品品种的代码，最后的 1 位数字用来防止机器发生误读错误。例如，在商品条形码 6902952880041 中，69 代表中国，02952 代表贵州茅台酒厂，88004 代表 53%（VN）、1 代表 500ml 的白酒。

物流条形码是指在物流过程中的以商品为对象，以集合包装商品为单位使用的条形码。标准物流条形码由 14 位数字组成，除了第 1 位数字之外，其余 13 位数字代表的意思与商品条形码相同。物流条形码第 1 位数字表示物流识别代码，如在物流识别代码中 1 代表集合包装容器装 6 瓶酒、2 代表集合包装容器装 24 瓶酒，所以物流条形码 26902952880041 代表该包装容器装有中国贵州茅台酒厂的白酒 24 瓶。商品条形码和物流条形码的区别如表 9.1 所示。物流条形码是有关生产厂家、批发商、零售商、运输业者等经济主体进行订货和接受订货、销售、运输、保管、出入库检验等活动的信息源。物流条形码的使用，不但便于及时捕捉消费者的需要，提高商品销售业绩，而且也有利于在活动发生时点即时自动读取相关信息，从而促进物流系统提高效率。

另外，条形码与其他辨识商品的方法如 OCR（Optical Character Recognition，光学文字识别）、OMR（Optical Mark Reader，光学记号读取）相比较，具有印刷成本低和读取精度高的优点。

表 9.1　商品条形码和物流条形码的区别

种　类	应 用 对 象	数 字 构 成	包 装 形 状	应 用 领 域
商品条形码	向消费者销售的商品	13 位数字	单个商品包装	POS 系统、补充订货系统管理
物流条形码	物流过程中的商品	14 位数字（标准物流条形码）	集合包装如纸箱、集装箱	出入库管理、运输保管、分拣管理

2．条码标签印制机

商品条形码以印制来源分，可分为原印码及店内码两类。原印码是由商品制造商申请核准的条码，并在商品出厂前直接印制在包装上，而店内码则是由商店自行印制的条码标签，在商品入店时粘贴在商品包装上。

由于食品、日用品的原印码普及率未达到 100%，而且很多经营业态如超市，由于生鲜食品在全部商品中所占比重很大，所以不可避免地要使用店内码。

印制店内码的条码标签印制机有三种：第一种是掌上型，第二种是桌上型，这两种都是印制规格化商品（同样商品，价格亦相同）条码标签的印制机；第三种是电子秤条码印制机，是针对生鲜食品包装重量不同而使用的设备。

3．POS 收银系统

当顾客拿着商品到收银台结账时，工作人员必须使用 POS 收银系统，才能阅读商品条码、寻找商品售价或接受该商品售价并记录商品的销售状况。目前较通用的 POS 收银系统有以下两种。

（1）由计算机收银机和扫描器组成的系统

该系统适用于小型卖场，计算机收银机具有收银及存取计算机内商品变动档的功能。

扫描器亦称商品条码阅读机，其原理是利用光线反射来读取条码反射回来的光源，再转译成可辨识的数字，以确认是否为已建档的商品代号，它是 POS 收银机的重要组成部分。目前 POS 收银机的扫描器一般有三种类型：光笔、固定式扫描器、手握式扫描器。

（2）由电子收银机、扫描器、主档控制器、计算机组成的系统

该系统适用于规模较大、收银台较多的超市卖场。主档控制器可储存商品主档资料，供寻找或接受商品售价之用，再以批次方式将商品销售资料传到后台计算机，可减轻后台计算机的作业负荷。

4．商品主档

POS 系统要能运转，还得靠计算机内建立的商品主档。当扫描器接收商品信息后，就要到计算机内去寻找商品的主档资料，以辨识商品代号是否正确，然后寻找售价或接受该商品售价，并记录该项商品的销售数量。商品在第一次进入连锁店售卖之前一定要依据规定的档案格式，先将有关该商品的基本资料输入计算机，才可售卖。除此之外，还要进行商品主档的维护。维护时应注意正确性以及时效性。商品在销售期间，如遇到变价、淘汰、分类调整等变动状况，需要及时将信息传递给商品主档管理人员，以避免造成因商品主档资料与卖场销售信息不一致而造成的混乱现象。

案例 9.5　深圳万佳公司 POS 信息系统概况

深圳市万佳百货股份有限公司前身为"深圳万佳连锁商业有限公司"，创立于 1991 年 12 月，1994 年 1 月进行了内部股份制改造，更名为"深圳市万佳百货股份有限公司"，是 1 家以大型综合超市业态为发展模式的连锁公司，现有店数 5 家，均为大型综合性超市，总营业面积逾 8 万平方米，2000 年公司的营业总额为 16.22 亿元，营业总额位居广东省第一，在中国连锁企业排名中位居第 13 位，较成立之初的 1994 年增长了 50 多倍。

零售业的核心技术是信息技术，采购技术、物流技术，但在很大程度上是依赖计算机技术的。万佳的科技含量在信息技术的应用过程中不断提升，同时随着企业的发展又不断加大信息技术开发的力度。万佳每年在信息技术方面的投入大约在 2 000 万元，1994 年开始就引进了计算机小型设备，1996 年开始门店与总部之间实现了光缆的连接。目前公司已配置了 13 台小型机、9 台 PC 服务器以及近千台工作站，并形成了包括 POS 销售系统、进销调存管理系统和财务管理系统、办公自动化系统等功能的处理系统，各个系统既可以自成体系、独立运作，又可统一集成，构成完整的零售企业业务处理系统，并支持公司全面计算机业务处理流程。信息技术方面的投入大大提高了连锁企业的工作效率。

9.2.4　MIS 系统

连锁企业信息管理系统的后台管理系统就是 MIS 系统，也称为商业企业管理信息系统，除 POS 系统外的大部分功能都可由 MIS 系统实现。MIS 系统和 POS 系统相辅相成，构成完整的连锁企业管理信息系统。后台管理系统除为前台管理系统提供必要的商品、收银员等基本资料外，还要收集前台管理系统提供的各种商业信息，作为统计、分析、查询、决策的依据。后台管理系统除了和前台管理系统有数据接口外，还要和配送中心有数据接口，因此后台管理系统功能齐全、工作量大、处理信息复杂。正因为如此，后台管理系统的管理内容与连锁企业的业务经营的内容是分不开的。由于连锁企业主要由总部和门店构成，故管理信息系统通常由总部管理系统和门店后台管理系统组成。

案例 9.6　麦德龙的 MIS 系统

麦德龙的电子化商品管理系统是其管理的关键，通过它，麦德龙就能在任何时间知道有哪些存货、进了多少、放在哪里、卖了多少，这样就能对整个经营进行操控。由于电脑控制系统掌握了商品进销存的全部动态，麦德龙可将存货控制在最合理的范围。当商品数量低于安全库存时，电脑就能自动产生订单，向供货单位发出订货通知，从而保证商品的持续供应和低成本经营。当然，进行电脑控制还需要人工的监督和决策配合。麦德龙有专门的监督人员检查整个系统，检查订货数量和交货数量是否相符。一般的订货程序是电脑提出采购预测，管理者再结合经验做出决定。采购预测是影响整个供应链的关键环节，预测的准确性将影响到其他各个环节的效率，对成本高低产生直接影响。

电脑根据顾客的需求信息，提出采购预测，管理者根据电脑的预测并参考其他的因素，如季节的变化、促销计划、社会上的大型活动以及整个供应链各个环节的负荷能力等，结合经验做出最后决定。

1. 总部管理系统

总部管理系统包括：商品管理、采购管理、库存管理、销售管理、客户及会员管理、基本档案维护、数据管理、系统管理八个模块，该系统主要运行在总部的各个工作站上。对各门店的经营和销售进行统一管理，指导配送中心对门店的进货和配送等业务活动，并提供与通用财务软件的接口。

（1）商品管理提供商品注册、商品类别及编码、商品条码的维护、商品组合、商品变价、商品价格台账的管理。

（2）采购管理包括根据各门店的补货单和销售情况制定采购计划，进行采购计划管理、配送管理和退货管理。

（3）库存管理。对于总部、配送中心一体式的管理模式，可在总部管理系统中增加库存管理模块，对配送中心仓库进行管理，提供出入库、盘点、移库、报损等库存业务信息，并支持商品的进价调整、保质期和存量预警、库存查询、统计功能及库存货位管理，能对库存商品数量的最优控制，是库存管理模块的核心。

（4）销售管理。对各门店进行销售实时监控，利用销售数据建立主要商品的销售预测模型，用以指导采购计划。

（5）客户及会员管理，即汇总客户、会员的消费信息和需求信息，指导采购计划，同时通过网络定时将消费信息反馈给供应商和制造商，实现资源共享。

（6）基本档案维护。提供对门店、部门、员工、工作站、供应商、客户以及会员等基本档案的维护。

（7）数据管理。对各门店上传给总部的销售数据进行管理和数据分析，将总部对商品的管理和调整信息下传到各个门店。

（8）系统管理。包括系统参数设置、基础数据定义、期初建账、期初数据录入、数据备份及数据恢复、密码及权限设置等功能。

2. 门店后台管理系统

门店后台管理系统主要包括采购管理、卖场管理、库存管理、后台销售、客户及会员管理、基本档案维护、系统管理、数据管理八个模块，运行于后台各工作站上。这些模块具有的功能如下。

（1）采购管理，可根据商品在架情况和库存情况生成补货单，进行补货和退货管理。

（2）卖场管理，对销售现场和货架进行管理。

（3）库存管理，对周转库存、临时库存进行管理。

（4）后台销售，大宗商品的批发销售管理。

（5）客户及会员管理：具有客户及会员的消费情况统计、消费趋势分析、会员卡维护、优惠设定以及查询、挂失等功能。

门店后台管理系统和前台销售系统（POS 系统）一起被用于门店业务管理，实现单品的在架、补货和销售管理功能以及销售数据汇总、上传总部等功能，即 POS 系统通过收银员在销售终端采集有关商品号、件数、交易时刻等信息，通过特定的方式将这些数据传送到后台，由后台的计算机处理完的商品销售数据，将结果储存在服务器数据库中，并与企业总部信息中心的计算机数据库联网。总部对各门店汇总上来的信息进行加工处理，然后分到各个专业子系统，企业的经营者就可以随时掌握商品的销售信息，为商品的采购、陈列、人员配备等决策提供依据。

9.3 连锁企业的人力资源管理系统

9.3.1 人力资源管理的职能

连锁企业的人力资源主要指的是连锁经营企业内部劳动力的数量和质量的总和。连锁经营企业所进行的人力资源管理就是企业为充分调动每个员工的积极性、发挥每个员工的最大潜能、实现其最大的自我价值而采取的各种管理活动的总称。

1. 总部人力资源管理的职能

在连锁经营企业中，总部和各门店都具有人力资源管理职能，总部的人力资源管理职能由设在总部的人力资源管理部门承担，对整个连锁经营企业的人力资源进行统一规划和宏观管理，主要负责制定连锁经营企业的人力资源规划；制定适用于连锁经营企业全体人力资源的工作制度、奖惩制度、晋升制度等各项人事管理制度；按照统一标准进行人力资源的招聘、培训、考核、奖惩等管理活动；任免和调配各门店的经理等重要工作人员，保证门店人力资源的合理配备；审批连锁企业内部各门店制定的人力资源管理制度；领导和审查各门店人力资源管理的各项工作等。

2. 分店人力资源管理的职能

连锁经营企业的各门店的人力资源管理职能由经理承担，经理的人力资源管理工作必须在总部的统一领导之下进行，其职权范围仅限于自己的分店。经理的职责以执行总部的人力资源制度为主，按照总部人力资源部门规定的要求和标准，招聘成员店所需的一般员工，经总部人力资源部门审核后录用；按总部规定的统一标准进行门店一般员工的人事管理，同时报总部审批；负责本店一般工作人员的调配排班等具体人事安排工作。

9.3.2 人力资源的招聘

连锁经营企业为了及时满足企业发展的需要，弥补组织内部的岗位空缺，要根据人力资源的招聘计划，寻找、吸引那些有能力又有兴趣来本企业任职的人力资源。企业通过考试等形式从中挑选出适合本企业的人力资源予以录用。这就是人力资源招聘的全过程。

1．连锁企业人力资源招聘的特点

与一般经营企业相比，连锁经营企业的人力资源招聘工作具有一定的特殊性，一般经营企业的所有人力资源的招聘工作均由企业人力资源管理部门统一操作，而连锁经营企业的人力资源招聘工作是针对不同职位的人力资源存在的不同的工作方法。一般说来，连锁经营企业总部以及各分店经理、业务骨干等重要职位人力资源的招聘要由连锁经营企业总部的人力资源管理部门进行，而各门店的一般工作人员的招聘则授权各门店的店长或经理进行招聘，招聘后由总部人力资源管理部门审核。

2．连锁企业人力资源招聘的原则

为了使企业能够获得符合要求的高质量的人力资源，同时尽量节省人力资源招聘工作的成本，人力资源招聘在实践中要遵循如下原则：

（1）效率原则：为了减少招聘成本，连锁经营企业进行人力资源的招聘工作首先要树立效率优先观念，既要尽可能用最少的人力、物力及财力进行招聘工作，又要保证录用的人力资源的质量，保证其能充分发挥作用。

（2）公平公正的原则：连锁经营企业人力资源的招聘工作必须遵循国家的法令、法规和政策，面向全社会，公布招聘条件，对应聘者进行全面考核，公布考核结果，通过竞争、择优录用。公平公正原则也是连锁经营企业获取高素质的人力资源以及实现招聘工作高效率的重要保证。

（3）适合原则：人力资源招聘工作要遵循适合录用原则，因事择人，给每个工作岗位配备最合适的工作人员，使整个组织的人员结构配置合理，达到组织整体效益的最优化，不要求招聘进入连锁经营企业的人力资源都必须是素质最高、质量最好的人才。

3．连锁企业人力资源招聘的程序

人力资源招聘工作是一个复杂的、系统化的且连续性较强的工作，招聘过程涉及企业内部各个用人部门以及相关环节。为了使人力资源招聘工作规范、有序进行，应当严格遵循程序化原则，按确定的工作程序组织招聘工作。人力资源招聘的整个工作过程要按照计划——招聘信息发布——招聘选择及录用——招聘评估的程序进行。

（1）计划。人力资源招聘前首先要制定招聘计划，明确企业对人力资源的需求，确定招聘岗位、工作职责、人数、对应聘者的要求和待遇条件，为招聘工作做好准备。

（2）招聘信息发布。准备工作做好后，即进入招聘执行阶段，人力资源管理部门要采用适宜的招聘信息发布渠道和方法，吸引足够多的合格应聘者，以达到良好的招聘效果。通常采用的招聘方式有店内招募、员工介绍、校园招聘、刊登广告、中介公司推荐等。

（3）招聘选择及录用。人力资源管理部门还要通过笔试、面试、情境模拟或心理测验等方法，挑选出最合适的人员。选择工作完毕后，连锁经营企业的领导者和人力资源管理部门共同做出招聘决策，通过签订合同等方式完成人力资源的录用工作。

（4）招聘评估。录用结束后，人力资源管理部门还要对招聘成本、招聘质量、工作效率等内容进行评估，总结经验教训，为下次招聘工作打下良好的基础。

9.3.3 人力资源的培训

连锁经营企业人力资源培训工作的进行，可以有效地提高企业人力资源的知识、技能和素质，明确自己的任务和职责，端正劳动态度，在最大限度地实现其自身价值的同时为企业创造更大的价值。因此，人力资源的培训是连锁经营企业人力资源管理中的重要工作。

1. 连锁企业人力资源培训的特点

（1）系统内克隆。在连锁系统内，对各分店店长和其他工作人员的工作范围、工作任务、工作技能等要求是一样的。培训人才的途径就是将新员工送到各家分店顶岗见习，或用老店有能力员工到新店中，担任重要角色，指导、培训新员工。

（2）周期性活动。因为连锁企业在经营过程中客流量不是平均分配，而是有高峰期的，如大型连锁超市的高峰期为中午11左右和下午5点左右，这就要求对店面工作人员工作安排有一定的周期性。培训工作也必须适合这一特点。

（3）层次差异性。连锁企业对不同职位的人才，其工作能力要求是有差异的，所以在员工培训时，不同层次的员工应采取不同的培训方式。如理货员培训强调操作，店长培训强调管理，企业高层培训强调决策和行业动向研讨。

（4）战略性投资。培训工作不是短期的，是企业长期人才战略的重要内容。为了企业的长远利益，培训需进行持续培训和再培训工作。企业培训成功与否的标志，不是短期利益，而是最终效益，所以说企业培训是战略性投资。

2. 连锁企业人力资源培训的内容

一般说来，连锁经营企业人力资源培训以职业道德培训、技能培训和资格培训为主要内容。

（1）职业道德培训。连锁经营企业向其员工提供的职业道德培训以商业道德为主，通常包括遵守工作制度和服务规范、树立消费者至上观念、爱岗敬业、树立和维护企业形象、培养企业精神、培养团队精神和责任感等改进员工工作动机、态度和行为方面的培训。

（2）技能培训。技能培训是指连锁经营企业为开展采购、检查、加工、包装、配送、销售、财务、经营管理、信息处理等业务而对员工进行的专业技术方面的培训。

（3）资格培训。资格培训是连锁经营企业根据社会或国家的职业或工种标准而对企业内部员工的工作能力进行培训，使其具备相应职业技能，取得职业资格证书。这种培训主要集中于连锁经营企业内部物流、财务、信息处理等专业性较强的职位。

3. 连锁企业人力资源培训的形式

连锁企业人力资源培训基本上分为职前培训、在职培训、脱产培训、自我教育四种方法。这四种方法各有优缺点，适合不同的人员，它们之间不是完全孤立的，而是可交替使用的。

（1）职前培训。职前培训主要是针对新员工进行的。通过对新员工的职前培训，使其在最短的时间内了解整体的企业组织形式和正确操作方法，以便日后担任工作及接受管理时能顺利地适应。

（2）在职培训。在职培训是指不脱离工作岗位进行培训。主要有两个方面的内容：一是职务转换，在各个岗位每隔一段时间调动一次，是横向的交流；二是随着时代进步、环境变迁或工作的岗位要求，需要更新知识、技术、观念，如员工晋升职务前的培训，是纵向的交流。横向的交流可采取师傅带徒弟式的培训方式；纵向的交流可以采取进修培训，也可由企业派专人进行指导。

（3）脱产培训。指企业员工暂时离开现职脱产到有关学术机构或学校以及别的企业参加为期较长的培训。脱产培训的主要对象是管理人员。脱产培训的目的主要有两个：一是管理人员理论上得到较大的提高，开阔眼界，了解国内外行业的最新动态；其主要途径是到高等院校和科研机构进行培训；二是得到一些较先进的管理经验和实操技术、专业知识，其主要途径是到别的先进单位接受培训，开展企业之间的合作与交流，如加盟店派员工到总部接受先进的系统培训。

（4）自我教育。自我教育也称为自我启发式培训，指企业鼓励员工利用工作间隙和业余时间进行学习。自我教育方式有多种，如企业员工之间的交流、企业组织一些研讨会、企业内部培训、企业为员工举办的有关专业知识的读书看报活动、鼓励员工到业余大学深造进修，并为员工的学习报销费用。

案例 9.7 上海华联连锁超市的员工培训

华联超市的快速发展，需要大量训练有素的各级管理人员和专业人员。为此，华联超市果断借鉴国外先进经验，于 1995 年 6 月成立了"华联超市连锁经营进修学院"。学院的前身是学习班和培训中心。在实践中，逐渐发现学习班和培训中心这两种形式已无法适应华联超市快速发展急需大量管理人才和经营骨干的要求。学院成立后，实行 3 个月全脱产学习，但是这样培养出来的学员走上岗位后，缺乏实际操作的经验，于是，华联超市又参照国外大型企业办学经验，修改教学大纲，实行边学习理论、边从事实践的教学模式，形成了一套"三个相结合"的进修方法，即理论与实践相结合、课堂教学与实务考核相结合、学分积累与跟踪训练相结合，鼓励人才脱颖而出，鼓励学员全面发展，形成了人才破格提升的激励制度。学院依据学员的学分积累与门店训练情况和跟踪考核情况，做出总体评定和"推荐职务意见"并报华联超市总部，由总部对学员量才录用，使华联超市建立了一套生机勃勃的用人机制，提高了职工的全面素质。

9.3.4 人力资源的管理

连锁企业人力资源管理主要包括薪酬管理、奖励与惩罚、绩效考核与职务升迁三个方面的内容。

1. 薪酬管理

薪酬是吸引员工进入企业并努力工作的主要诱因之一，薪酬管理由此也成为连锁经营企业人力资源管理工作中非常重要的工具之一。薪酬管理运用适当，企业不仅可以招募到高质量的员工，而且可以使员工的工作热情大幅度升高，提高企业收益从而相对降低人工成本，对企业产生积极的影响。

薪酬管理一般包括薪酬制度和福利制度两方面的内容。

（1）薪酬制度。连锁经营企业的薪酬管理系统较为复杂，其中以现金方式或现金等值物品方式支付给员工的报酬就有工资、奖金、提成、津贴、分红、福利、各种人力资源养护费用（包括医疗保险、养老保险等）、非工作时间经济给付（如节假日、病假）等多种形式；在连锁经营企业不同的业务部门还分别运用固定工资制、奖金制、工资加奖金制、钟点工资制以及计件工资制等众多的薪酬制度。但连锁经营企业通常采用统一的薪酬政策和制度，它是企业在维系企业发展的前提下，在全面注重市场竞争力、企业负担能力、给付合理性、内部公平性，以及工作激励性的情况下制定出来的。

（2）福利制度。连锁企业的人力资源管理部门必须明确国家和企业的福利内容，依企业的财务能力决定福利的大小。福利主要包括社会保险、休假、补助、进修、奖励及其他多种形式。

2．奖励和惩罚

奖励和惩罚也是连锁经营企业人力资源管理的重要内容，公开、合适的奖励能极大地调动企业员工的积极性和创造性，适当的处罚能够规范员工行为、改变员工的不良行为、提高员工的自觉性。奖励和惩罚对企业人力资源所产生的激励作用对整个企业的管理工作具有十分重要的影响。

（1）奖励。连锁经营企业的奖励可用于对员工个人进行奖励，也可用于对连锁经营企业各分店或其他工作团体的奖励。对员工个人的奖励通常以增加工资、晋级、提供培训机会、旅游、带薪休假、年终分红等形式出现，对各分店或其他工作团体的奖励主要包括各种奖励金、降低进货成本、旅游、授予荣誉称号等形式。连锁经营企业运用奖励的手段进行人力资源的管理，应注意奖励的方式与方法，充分发挥奖励的积极作用，避免不良后果的产生。

（2）惩罚是指企业因为员工个人的过错而做出的某些能够引起员工不愉快的事情。惩罚具有减少员工收入、降低职位、取消某种福利待遇、增加工作量、批评等多种形式。适当的处罚可改变员工的不良行为，提高员工自觉性。但惩罚手段运用不当会引起员工愤怒、痛苦等不良的情绪反应，也会引起员工消极怠工、破坏公物、制造事故等破坏性行为，结果导致企业缺勤率和离职率的上升等消极后果。

3．绩效管理与职务升迁

（1）绩效管理。企业员工根据岗位职责进行了工作，而工作的水平高低、质量好坏、效率效益大小均需做出绩效评价，然后作为员工考核奖惩的依据。

案例9.8 中国百胜餐饮集团对餐厅经理的奖励

"餐厅经理第一"，这是中国百胜餐饮集团树立起来的最重要的企业文化，体现了公司重视生产率的提高，一切围绕第一线餐厅而服务的思想，同时也鼓励各餐厅积极进取，展开良性竞争。每年，在百胜集团中国区年会上，上百位来自全国各地的餐厅经理会因他们出色的成绩被授予优秀奖牌。中国百胜总裁苏敬轼先生会向取得优异业绩的资深员工颁发刻有飞龙的金牌——"金龙奖"，该奖极富中国特色和激励性。

对于每年在餐厅销售和管理上出色完成公司"冠军检测"考核要求的餐厅经理，公司都会给予特别礼遇，他们会从世界各地飞到百胜集团总部，由名贵轿车接送与总裁诺瓦克共进晚餐。中国苏州地区的一名餐厅经理昝旭东也曾携新婚妻子前往，受到贵宾般的迎接。席间，诺瓦克和部门主管还会送上逗人的塑模食品："鸡"、"巨大的奶酪"以及表示吃得津津有味的"会说话的牙齿"，以表扬这些员工出色的表现，并以此作为纪念。

（2）职务升迁。有效公平的职务升迁对连锁企业来说也是至关重要的，尤其是在连锁店组织层次越来越庞大时。事实上，员工未来的发展性预期和升迁的公平性与否，常是造成员工离职的主要原因。因此，明确的升迁路线和公平的晋升原则，是连锁企业留住人才的有效方法之一。

明确的晋升路线要制度化。如晋升的资格限制、晋升时机、晋升人数、晋升方式应有明确规定，且要按章执行。公平的选拔方式要标准化。连锁企业经营的标准化、统一化深入人心。如果用人制度在公开选拔的基础上，操作能够规范化、标准化，必然有利于人才的选拔和升迁的顺利进行。一般认为选拔方式应有以下几个方面：笔试、面试、实操演示、主管会议评议、专家评议等。

9.4　连锁企业的财务管理系统

9.4.1　财务管理的意义与特点

1．连锁企业财务管理的意义

财务管理是连锁经营企业内部管理的重要内容之一，它本着责、权、利相结合的原则，通过各种财务管理手段对连锁经营企业的各个部门、企业经营的全过程、商品进、存、销的每一个结算环节进行监督、检查和控制，进而规范整个企业的工作流程，同时进行企业经营分析，使领导者全面了解企业的经营情况，为领导者进行科学的经营决策提供依据。健全、有效的财务管理是连锁经营企业依法自主理财、约束企业经营行为、管理企业各项经济活动的重要手段。

2．连锁企业财务管理的特点

连锁企业的财务管理与连锁企业的经营管理要求和连锁企业的自身特点是密不可分的。连锁企业财务管理一般具有下列特点。

（1）财务管理是一项综合性的管理工作。　由连锁总部进行统一核算是连锁企业财务管理的特点之一。区域性的连锁企业由总部实行统一核算；跨区域且规模较大的连锁企业，可以建立区域性总部，负责对本区域内的连锁分店进行核算，再由总部对区域性总部进行核算。

连锁企业统一核算的主要内容是：对采购货款进行统一支付结算；对销售货款进行结算；进行连锁企业的资金筹集与调配；对企业利润进行分配等。因此，财务管理是运用价值形式对企业各个方面进行管理，是一项综合性的管理工作。

（2）票流与物流分开。由于连锁企业实行由总部统一核算，配送中心统一进货，统一对各个店铺配送，票流与物流分开运行的财务管理制度，因此，财务部门必须同进货部门保持密切联系，认真核对进货部门的有关票据，确认无误后才能支付货款，并对签字权限做出限制。

（3）资产统一运作，资金统一使用，发挥规模效益。连锁企业经营的关键是发挥企业的规模效益，统一核算、统一进货、统一配送，使连锁企业的资本规模优势得到发挥，也使企业减少了费用，降低了成本，增加了利润，同时也加快了企业的资金和商品周转，从而使企业获得最大的经济效益。

3. 不同连锁经营形态财务管理的区别

连锁经营企业具有正规连锁、特许连锁和自由连锁三种不同的经营形态。这三种不同形态的连锁经营企业，由于经营权和所有权的关系不同而采用不同的财务管理制度，从而使连锁经营企业的财务管理活动表现为多样性的特点。

（1）正规连锁。实行正规连锁的连锁经营企业，其总部和各分店同属一个法人，由同一资本构成，其财务管理是建立在资产所有权与经营权相统一的基础上，以总部为核心进行统一核算。

（2）特许连锁。实行特许连锁的连锁经营企业，其所有权和经营权是分开的，连锁总部和各加盟店在法律上都是独立的，各自对其店铺的有形资产拥有所有权，而经营权则高度集中在总部，各加盟者没有经营权。这种类型的连锁经营企业的财务管理建立在资产所有权和经营权分离的基础之上，企业按照所有者和经营者之间的合同契约进行活动。

（3）自由连锁。实行自由连锁的连锁经营企业，由于进行连锁经营的各分店都是根据自愿原则，在民主协商的基础之上自愿加入连锁体系的，他们各自仍为独立法人，资产所有权关系并没有发生变化，总部只是服务性质的，不以赢利为目的，因此各分店的企业经营活动在所有权、经营权和核算权等方面仍保持自主性和独立性，整个企业的财务管理活动相对简单得多。

9.4.2 财务管理的内容

连锁企业财务管理的内容包括资金筹集管理、投资管理、资产管理、成本费用管理、税金管理等。

1. 资金筹集

任何企业的生存和发展都离不开资金，企业筹集资金往往出于扩张发展、偿还债务、满足临时资金周转所需。

一般来说，企业筹资金的来源有国家财政资金、银行信贷资金、非银行金融机构资金、其他企业资金、企业自留资金、外商资金等。

企业筹集资金的方式主要有以下几种：吸收直接投资，发行股票，银行借款，商业信用，发行债券，融资租赁。

2．投资管理

投资是指企业为获得未来收益或者满足某种特定用途而进行的资金投入活动。企业可以以现金、实物、无形资产等形式向其他单位投资，也可以购买股票、债券等有价证券向其他单位投资；同时投资也包括对企业内部长期资产的投资。

3．资产管理

连锁企业的资产管理主要有现金管理、存货管理和固定资产管理三方面的内容。

（1）现金管理。现金是流动性最强的资产，可以满足企业生产经营的各种开支需要，现金的管理对于企业来说十分重要。连锁企业应加强对现金收入和支出的管理，通过编制现金预算来管理现金流量，在日常的工作中，企业应重视现金实物和银行存款的管理。

（2）存货管理。企业的存货占流动资产比重较大。存货利用程度，即库存商品的储存及销售情况，对企业财务状况影响极大，因此加强存货的规划与控制、使存货保持在最优水平上，已成为财务管理的一项非常重要的内容。

（3）固定资产管理。连锁企业的固定资产由总部统一核算，折旧由总部统一计提，分店不分摊。分店设置固定资产实物卡，并承担固定资产的修理费用，同时分店对所拥有的固定资产需列出明细实物卡，由专人登记，定期盘点，要保证物卡相符。固定资产的采购、添置、调拨、报废均由总部掌管，分店无权处理。

4．成本费用管理

成本是指为了达到某一目的，在生产经营活动中发生的人力、物力和财力消耗。

（1）成本费用的类型。连锁企业的成本费用主要是商品采购成本、经营费用、管理费用、财务费用。

（2）成本费用管理的内容。作为连锁企业在成本控制上首先要货比三家，在保证质量的同时，努力降低采购成本，特别是发挥连锁企业的优势，通过集中采购降低成本；其次，要与供应商建立良好的长期合作关系，以减少不必要的费用。

5．税金管理

连锁经营企业的税金管理原则上由总部统一核算，统一缴纳，统一管理，总部要设置应缴税金总账、明细账，根据总账、明细账编制有关报表，定期缴纳税金。缴纳办法如下：对于总部和各分店属于同一法人的连锁经营企业，如总部和所属店铺在同一区域内的，由总部向税务及工商部门登记注册，统一缴纳增值税、所得税及其他各种税赋，统一办理法人执照及营业执照，店铺只办理经营执照，国家对企业在税收上的优惠政策，也由税务部门直接下达连锁总部；总部和所属店铺不在同一区域内，可由总部向其所在地主管税务机关统一申报缴纳增值税，各分店没有此项义务。如果各分店铺处于委托法人的地位，可实行属地纳税。对于均为独立法人的特许连锁和自愿连锁企业，其纳税地点不变，由各独立核算门店分别向所在地税务机关申报缴纳增值税。

9.4.3 连锁店铺财务管理的重点

作为连锁企业终端的店铺，在财务管理上，应该注意以下三个重点。

1. 控制财务开支

要想使店铺的财务状况顺利、正常，一个最基本的办法就是要控制店铺的运营成本。店铺应对每个月的经营支出列出明细并进行分析。作为店主，对店铺的费用支出的控制要从员工工资、人事费用、固定费用支出，变动费用支出等四个项目入手。一般来说，店铺应把握以下六个要点对经费开支进行控制。

（1）店员薪金总额不得超过经费的 50%。

（2）人事费用与销售总额之比例要小于 6%。

（3）经费与销售总额之比应在 15% 以内。

（4）经费与销售总利益之比应在 80% 以内。

（5）固定费用占总经费之比应在 85% 左右。

（6）变动费用占总经费之比例应为 15% 左右。

2. 规范财务制度

制定并严格执行有关的财务制度，是店铺规范化管理的一部分，也是店铺生存发展的有力保障。

（1）奖惩分明。要确保每个员工理解每一项财务制度，并在实践中坚决予以贯彻执行。如有任何问题出现，应追查责任，并予以适当处理。

（2）公私分明。店主可能会认为店铺是自己的，还有什么自己不能用、不能管的呢，这种想法是错误的。因为许多店铺经营混乱的财务状况，在很大程度上是与店主公私不分有直接关系的。本来店铺的现金周转、利润水平都处于相对理想的状态，但店主个人的高消费可能会严重影响店铺的财务状况。

所以，应尽量减少店铺运营过程中的不可预计因素，以保证店铺的正常运营与发展。解决店主无"收入"的问题，使其公私分开的方法很简单，就是店主给自己开一份适当的月工资。

3. 合法节税

合法节税，我们在此强调的是在合法的前提下。税法中的相关规定会对偷税、逃税和漏税行为给予严厉的打击。店铺应该严格依法行事，尤其是现在店主普遍设有内外账，如果被发现有逃漏税行为，罚款将是应缴税额的 5～20 倍，有时 50 万元的营业额，可能不得不补缴 30～40 万元的税款，反而得不偿失。

一般来说，店铺的税务项目包括营业税，所得税、契税或房屋税等，每月营业额在 20 万元以下的商家虽可免用统一发票，只需缴纳 1% 的营业税，但免用发票不能享有进项税额（5%）和销项税额（5%）互抵的优惠。连锁店可先行估算比较，决定是否使用发票。

复习思考题

1. 物流在连锁系统中有什么作用？
2. 连锁企业的配送中心有哪些功能？
3. 简述 POS 系统运作的基本组件。
4. 连锁企业的培训可采用哪些形式来进行？
5. 连锁企业财务管理的重点是什么？

【本章案例阅读与思考】

物美超市信息化系统的应用

北京物美超市有限公司是北京地区知名的超市连锁企业，该企业实行商品统一采购和统一配送，商品进销存及配送业务实行计算机管理。

一、物美超市的需求

随着经营规模不断扩大和超市连锁店铺数目不断增加，物美超市面临商品进销存的管理压力。其存在的主要问题有：

（1）随着连锁店铺数目的不断增加，连锁总店在分店的订货和配送管理上，面临巨大的压力。在下属店铺的订货、验货、退货、调货等流程中，由于商品种类繁多，若使用传统的电话、传真，就存在着管理复杂、手续繁多、差错率高、不利统计等诸多问题。

（2）在总店对下属店铺所开展的管理工作方面，销售数据的上报、汇总，订单的上报、汇总，新品发布、促销活动、变价通知、淘汰商品通知等信息，用传统的电话或传真方式，花费了巨大的人力和物力，并且存在准确率低、效率低等问题。

（3）如果自主投资建设联网的商业 MIS，则面临着投资巨大，网络通信费用高昂，技术人员配备不足，运营、维护费用高等问题。而且在高技术投资、软件开发、系统升级、人员培训方面，也存在巨大的风险。

二、解决方案

物美超市在 2000 年引进了"流通业供应链管理解决方案"系统，有效地解决了企业内部的管理困难。该系统所需的高性能服务器、软件、网络、数据备份系统，皆由网商世界公司负责构建、运营和维护，并在互联网上为客户提供了一个供应链管理平台。在实施过程中，物美总部及下属 36 家店铺在 1 个月内便完成了系统接入、商品管理（包括商品主档及价格等信息）、在线商品订购、机构管理设置、操作人员培训等全套工作。

在应用中，上述解决方案包括两个界面：一个界面是总部操作或管理人员登录进入的界面，它包括了商品管理、下属店铺管理、供应商管理、加盟店管理、信息发布、外部信息获取、交易管理（合同、订单、结算管理）、统计与查询等功能模块；另一个界面是连锁超市的下属店铺操作人员登录进入的界面，它包括了商品管理、信息发布、外部信息获取、交易管理（订货单、验收单、退货单、交易查询）、统计与查询等功能。

该系统功能模块的详细内容如下：

1. 总部支持系统

（1）建立供货清单。连锁总部根据自己可提供的商品，在网络系统上建立商品供货清单，供下属店铺及加盟店在线选订，商品按分类列表。对于已经拥有自己的信息管理系统的连锁超市企业，本系统支持对已有商品数据库中的数据转成可大家共享的商品供货清单。

（2）订单处理和送货。本系统将所有店铺的订单汇总交付连锁总部，连锁总部首先对订单进行审核，审核方式包括最小订货量和差异值报警等，并生成出货单转交给配送中心，配送中心则按出货单给店铺送货，同时将出货单提交系统的管理者——网商世界公司作备份。

（3）信息管理。该系统为实现对下属店铺的管理工作，在信息管理模块中，提供了新品、促销、变价、淘汰商品的信息发布，而且在信息发布功能中，可有选择地指定将信息发送给下属店铺。

（4）店铺数据回收。回收的数据包括店铺的订货情况、订单状况和订货总量统计、店铺收货差异报警、店铺收入报表汇总等。在为总部收取这些准确数据的同时，系统还为总部提供了功能强大的统计分析、报表生成工具。

2. 店铺支持系统

（1）接收和发布信息。店铺可随时查看总部发布的新品、促销、变价、淘汰商品的信息；同时，店铺可向总部反馈信息，或是发布自己的其他信息。

（2）订单生成。店铺通过密码进入商品清单，并直接选择本店铺所需的商品。系统同时提供了基于商品代码的快捷订货方式，并在操作员确认后自动形成订货单。店铺可离线制作订单，以减少通信费用。

（3）订单提交。订货单通过本系统提交到连锁总部。

（4）验收单提交。店铺收到货后签收验收单，并根据订货单和实收商品，向系统提交验收单。

（5）差异表。系统自动地将店铺验收单与连锁总部的出货单比较，并生成商品差异表，提交给连锁总部，以供财务进行结算。

（6）系统还可完成退货支持及收支报表功能。

3. 店铺间调拨系统

本系统可满足连锁超市中存在的店铺之间调拨需求，如从 A 店向 B 店调拨商品，其过程为 A 店填写调出单，B 店接货后填写调入单并签收。系统为此备有相应的功能。

案例来源：《连锁经营管理概论》（赵越春. 科学出版社，2006）

思考题

1. 物美超市的信息化系统具有哪些功能？
2. 通过上述案例，分析信息化系统对连锁企业发展的意义。

附录 A　商业特许经营管理办法

商业特许经营管理办法

商务部令 2004 年第 25 号

颁布日期：20041230　　实施日期：20050201　　颁布单位：商务部

第一章　总　　则

第一条　为规范商业特许经营行为，保护当事人的合法权益，促进商业特许经营健康有序发展，制定本办法。

第二条　本办法所称商业特许经营（以下简称特许经营），是指通过签订合同，特许人将有权授予他人使用的商标、商号、经营模式等经营资源，授予被特许人使用；被特许人按照合同约定在统一经营体系下从事经营活动，并向特许人支付特许经营费。

第三条　在中华人民共和国境内开展特许经营活动适用本办法。

第四条　特许人可以按照合同约定，将特许经营权直接授予被特许人，被特许人投资设立特许经营网点，开展经营活动，但不得再次转授特许经营权；或者将一定区域内的独家特许经营权授予被特许人，该被特许人可以将特许经营权再授予其他申请人，也可以在该区域内设立自己的特许经营网点。

第五条　开展特许经营应当遵守中华人民共和国的法律、法规，遵循自愿、公平、诚实、信用的原则，不得损害消费者合法权益。

特许人不得假借特许经营的名义，非法从事传销活动。

特许人以特许经营方式从事商业活动不得导致市场垄断、妨碍公平竞争。

第六条　商务部对全国特许经营活动实施监督管理，各级商务主管部门对辖区内的特许经营活动实施监督管理。

第二章　特许经营当事人

第七条　特许人应当具备下列条件：

（一）依法设立的企业或者其他经济组织；

（二）拥有有权许可他人使用的商标、商号和经营模式等经营资源；

（三）具备向被特许人提供长期经营指导和培训服务的能力；

（四）在中国境内拥有至少两家经营一年以上的直营店或者由其子公司、控股公司建立的直营店；

（五）需特许人提供货物供应的特许经营，特许人应当具有稳定的、能够保证品质的货物供应系统，并能提供相关的服务。

（六）具有良好信誉，无以特许经营方式从事欺诈活动的记录。

第八条　被特许人应当具备下列条件：

（一）依法设立的企业或者其他经济组织；

（二）拥有与特许经营相适应的资金、固定场所、人员等。

第九条　特许人享有下列权利：

（一）为确保特许经营体系的统一性和产品、服务质量的一致性，按照合同约定对被特许人的经营活动进行监督；

（二）对违反特许经营合同规定，侵犯特许人合法权益，破坏特许经营体系的被特许人，按照合同约定终止其特许经营资格；

（三）按照合同约定收取特许经营费和保证金；

（四）合同约定的其他权利。

第十条　特许人应当履行下列义务：

（一）按照本办法有关规定及时披露信息；

（二）将特许经营权授予被特许人使用并提供代表该特许经营体系的营业象征及经营手册；

（三）为被特许人提供开展特许经营所必需的销售、业务或者技术上的指导、培训及其他服务；

（四）按照合同约定为被特许人提供货物供应。除专卖商品及为保证特许经营品质必须由特许人或者特许人指定的供应商提供的货物外，特许人不得强行要求被特许人接受其货物供应，但可以规定货物应当达到的质量标准，或提出若干供应商供被特许人选择；

（五）特许人对其指定供应商的产品质量应当承担保证责任；

（六）合同约定的促销及广告宣传；

（七）合同约定的其他义务。

第十一条　被特许人享有下列权利：

（一）获得特许人授权使用的商标、商号和经营模式等经营资源；

（二）获得特许人提供的培训和指导；

（三）按照合同约定的价格，及时获得由特许人提供或安排的货物供应；

（四）获得特许人统一开展的促销支持；

（五）合同约定的其他权利。

第十二条 被特许人应当履行下列义务：

（一）按照合同的约定开展营业活动；

（二）支付特许经营费、保证金；

（三）维护特许经营体系的统一性，未经特许人许可不得转让特许经营权；

（四）向特许人及时提供真实的经营情况，财务状况等合同约定的信息；

（五）接受特许人的指导和监督；

（六）保守特许人的商业秘密；

（七）合同约定的其他义务。

第三章 特许经营合同

第十三条 特许经营合同的内容由当事人约定，一般包括以下内容：

（一）当事人的名称、住所；

（二）授权许可使用特许经营权的内容、期限、地点及是否具有独占性；

（三）特许经营费的种类、金额、支付方式以及保证金的收取和返还方式；

（四）保密条款；

（五）特许经营的产品或服务质量控制及责任；

（六）培训和指导；

（七）商号的使用；

（八）商标等知识产权的使用；

（九）消费者投诉；

（十）宣传与广告；

（十一）合同的变更和解除；

（十二）违约责任；

（十三）争议解决条款；

（十四）双方约定的其他条款。

第十四条 特许经营费是指被特许人为获得特许经营权所支付的费用，包括下列几种：

（一）加盟费：是指被特许人为获得特许经营权而向特许人支付的一次性费用；

（二）使用费：是指被特许人在使用特许经营权过程中按一定的标准或比例向特许人定期支付的费用；

（三）其他约定的费用：是指被特许人根据合同约定，获得特许人提供的相关货物供应或服务而向特许人支付的其他费用。

保证金是指为确保被特许者履行特许经营合同，特许人向被特许人收取的一定费用。合同到期后，保证金应退还被特许人。

特许经营双方当事人应当根据公平合理的原则商定特许经营费和保证金。

第十五条 特许经营合同的期限一般不少于三年。

特许经营合同期满后，特许人和被特许人可以根据公平合理的原则，协商确定特许经营合同的续约条件。

第十六条 特许经营合同终止后，原被特许人未经特许人同意不得继续使用特许人的注册商标、商号或者其他标志，不得将特许人的注册商标申请注册为相似类别的商品或者服务商标，不得将与特许人注册商标相同或近似的文字申请登记为企业名称中的商号，不得将与特许人的注册商标、商号或门店装潢相同或近似的标志用于相同或类似的商品或服务中。

第四章　信息披露

第十七条　特许人和被特许人在签订特许经营合同之前和特许经营过程中应当及时披露相关信息。

第十八条　特许人应当在正式签订特许经营合同之日 20 日前，以书面形式向申请人提供真实、准确的有关特许经营的基本信息资料和特许经营合同文本。

第十九条　特许人披露的基本信息资料应当包括以下内容：

（一）特许人的名称、住所、注册资本、经营范围、从事特许经营的年限等主要事项，以及经会计师事务所审计的财务报告内容和纳税等基本情况；

（二）被特许人的数量、分布地点、经营情况以及特许经营网点投资预算表等，解除特许经营合同的被特许人占被特许人总数比例；

（三）商标的注册、许可使用和诉讼情况；商号、经营模式等其他经营资源的有关情况；

（四）特许经营费的种类、金额、收取方法及保证金返还方式；

（五）最近五年内所有涉及诉讼的情况；

（六）可以为被特许人提供的各种货物供应或者服务，以及附加的条件和限制等；

（七）能够给被特许人提供培训、指导的能力证明和提供培训或指导的实际情况；

（八）法定代表人及其他主要负责人的基本情况及是否受过刑事处罚，是否曾对企业的破产负有个人责任等；

（九）特许人应被特许人要求披露的其他信息资料。

由于信息披露不充分、提供虚假信息致使被特许人遭受经济损失的，特许人应当承担赔偿责任。

第二十条　被特许人应当按照特许人的要求如实提供有关自己经营能力的资料，包括主体资格证明、资信证明、产权证明等。在特许经营过程中，应当按照特许人的要求及时提供真实的经营情况等合同约定的资料。

第二十一条　在特许经营期间及特许经营合同终止后，被特许人及其雇员未经特许人同意，不得披露、使用或者允许他人使用其所掌握的特许人的商业秘密。

第二十二条　未与特许人签订特许经营合同，但通过特许人的信息披露而知悉特许人商业秘密的人和申请人，应当承担保密义务。未经特许人同意，不得泄露、向他人透露或转让特许人的商业秘密。

第五章　广告宣传

第二十三条　特许人在宣传、促销、出售特许经营权时，广告宣传内容应当准确、真实、合法，不得有任何欺骗、遗漏重要事实或者可能发生误导的陈述。

第二十四条　特许人和被特许人在广告宣传材料中直接或者间接含有特许人的经营收入或者收益的记录、数字或者其他有关资料，应当真实，涉及的地区及时间应当明确。

第二十五条　特许人和被特许人不得以任何可能误导、欺骗、导致混淆的方式模仿他人商标、广告画面及用语或者其他辨识标记。

第二十六条 在特许经营推广活动中，特许人不得人为夸大特许经营所带来的利益或者有意隐瞒特许经营客观上可能出现的影响他人利益的情况。

第六章 监督管理

第二十七条 各级商务主管部门应当加强对本行政区域内特许经营活动的管理和协调，指导当地行业协会（商会）开展工作。

各级商务主管部门应当建立特许人、被特许人信用档案，及时公布违规企业名单。

第二十八条 特许经营行业协会（商会）应当根据本办法制定行业规范，开展行业自律，为特许经营当事人提供相关服务，促进行业发展。

第二十九条 特许人应当在每年1月份将上一年度签订的特许经营合同的情况报其所在地商务主管部门和被特许人所在地商务主管部门备案。所在地商务主管部门应将备案情况报上一级商务主管部门。

第三十条 在特许经营活动中涉及专利许可的，应当按照《中华人民共和国专利法》及其实施细则的有关规定签订专利许可合同，并按《专利实施许可合同备案管理办法》规定办理备案事宜。

第三十一条 在开展特许经营活动之前，特许人应按《中华人民共和国商标法》及其实施条例的规定办理商标使用许可合同备案事宜。

第七章 外商投资企业的特别规定

第三十二条 外商投资企业不得以特许经营方式从事《外商投资产业指导目录》中的禁止类业务。

第三十三条 外商投资企业以特许经营方式从事商业活动的，应向原审批部门提出申请增加"以特许经营方式从事商业活动"的经营范围，并提交下列材料：

（一）申请书及董事会决议；

（二）企业营业执照及外商投资企业批准证书（复印件）；

（三）合同、章程修改协议（外资企业只报送章程修改）；

（四）证明符合本办法第七条规定的有关文件资料；

（五）反映本办法第十九条规定的基本信息资料；

（六）特许经营合同样本；

（七）特许经营操作手册。

审批部门应当在收到上述全部申请材料之日起30日内做出批准或者不批准的书面决定。

申请人获得批准后，应在获得审批部门换发的《外商投资企业批准证书》后一个月内向工商行政管理机关办理企业登记变更手续。

第三十四条 外商投资企业经批准以特许经营方式从事商业活动的，应在每年1月份将上一年度签订的特许经营合同的情况报原审批部门和被特许人所在地商务主管部门备案。

第三十五条 外国投资者设立专门以特许经营方式从事商业活动的外商投资企业时，

除符合本办法外，还须符合外商投资有关法律、法规及规章的规定。

第三十六条 本办法施行前已经以特许经营方式从事商业活动的外商投资企业，应将已开展业务的情况向原审批部门备案，继续以特许经营方式从事商业活动的，应按本章规定的程序办理相关手续。

第三十七条 港、澳、台投资企业在内地以特许经营方式从事商业活动参照本章规定执行。

第八章 法律责任

第三十八条 违反本办法第七条、第八条规定的，由商务主管部门责令改正，并可处以 3 万元以下罚款；情节严重的，提请工商行政管理机关吊销营业执照。

第三十九条 未按本办法规定进行信息披露的，由商务主管部门责令改正，并处以 3 万元以下罚款；情节严重的，提请工商行政管理机关吊销营业执照。

第四十条 特许人违反本办法规定进行广告宣传的，按照《中华人民共和国广告法》及其他有关法律、行政法规及规章的规定处理。

第九章 附则

第四十一条 本办法由商务部负责解释。

第四十二条 本办法自 2005 年 2 月 1 日起施行，原国内贸易部发布的《商业特许经营管理办法（试行）》同时废止。

附录 B　零售商促销行为管理办法

零售商促销行为管理办法

《零售商促销行为管理办法》已经 2006 年 7 月 13 日商务部第 7 次部务会议审议通过，并经发展改革委、公安部、税务总局和工商总局同意，现予公布。自 2006 年 10 月 15 日起施行。

第一条　为了规范零售商的促销行为，保障消费者的合法权益，维护公平竞争秩序和社会公共利益，促进零售行业健康有序发展，根据有关法律法规，制定本办法。

第二条　零售商在中华人民共和国境内开展的促销活动适用本办法。

第三条　本办法所称零售商是指依法在工商行政管理部门登记注册，直接向消费者销售商品的企业及其分支机构、个体工商户。

本办法所称促销是指零售商为吸引消费者、扩大销售而开展的营销活动。

第四条　零售商开展促销活动应当遵循合法、公平、诚实信用的原则，遵守商业道德，不得开展违反社会公德的促销活动，不得扰乱市场竞争秩序和社会公共秩序，不得侵害消费者和其他经营者的合法权益。

第五条　零售商开展促销活动应当具备相应的安全设备和管理措施，确保消防安全通道的畅通。对开业、节庆、店庆等规模较大的促销活动，零售商应当制定安全应急预案，保证良好的购物秩序，防止因促销活动造成交通拥堵、秩序混乱、疾病传播、人身伤害和财产损失。

第六条　零售商促销活动的广告和其他宣传，其内容应当真实、合法、清晰、易懂，不得使用含糊、易引起误解的语言、文字、图片或影像。不得以保留最终解释权为由，损害消费者的合法权益。

第七条　零售商开展促销活动，应当在经营场所的显著位置明示促销内容，促销内容应当包括促销原因、促销方式、促销规则、促销期限、促销商品的范围，以及相关限制性条件等。

对不参加促销活动的柜台或商品，应当明示，并不得宣称全场促销；明示例外商品、含有限制性条件、附加条件的促销规则时，其文字、图片应当醒目明确。

零售商开展促销活动后在明示期限内不得变更促销内容，因不可抗力而导致的变更除外。

第八条　零售商开展促销活动，其促销商品（包括有奖销售的奖品、赠品）应当依法纳税。

第九条　零售商开展促销活动应当建立健全内部价格管理档案，如实、准确、完整记录促销活动前、促销活动中的价格资料，妥善保存并依法接受监督检查。

第十条　零售商开展促销活动应当明码标价，价签价目齐全、标价内容真实明确、字迹清晰、货签对位、标识醒目。不得在标价之外加价出售商品，不得收取任何未予明示的费用。

第十一条　零售商开展促销活动，不得利用虚构原价打折或者使人误解的标价形式或价格手段欺骗、诱导消费者购买商品。

第十二条　零售商开展促销活动，不得降低促销商品（包括有奖销售的奖品、赠品）的质量和售后服务水平，不得将质量不合格的物品作为奖品、赠品。

第十三条　零售商开展有奖销售活动，应当展示奖品、赠品，不得以虚构的奖品、赠品价值额或含糊的语言文字误导消费者。

第十四条　零售商开展限时促销活动的，应当保证商品在促销时段内的充足供应。

零售商开展限量促销活动的，应当明示促销商品的具体数量。连锁企业所属多家店铺同时开展限量促销活动的，应当明示各店铺促销商品的具体数量。限量促销的，促销商品售完后应即时明示。

第十五条　零售商开展积分优惠卡促销活动的，应当事先明示获得积分的方式、积分有效时间、可以获得的购物优惠等相关内容。

消费者办理积分优惠卡后，零售商不得变更已明示的前款事项；增加消费者权益的变更除外。

第十六条　零售商不得虚构清仓、拆迁、停业、歇业、转行等事由开展促销活动。

第十七条　消费者要求提供促销商品发票或购物凭证的，零售商应当即时开具，并不得要求消费者负担额外的费用。

第十八条　零售商不得以促销为由拒绝退换货或者为消费者退换货设置障碍。

第十九条　鼓励行业协会建立商业零售企业信用档案，加强自律，引导零售商开展合法、公平、诚实信用的促销活动。

第二十条　单店营业面积在 3 000 平方米以上的零售商，以新店开业、节庆、店庆等名义开展促销活动，应当在促销活动结束后十五日内，将其明示的促销内容，向经营场所所在地的县级以上（含县级）商务主管部门备案。

第二十一条　各地商务、价格、税务、工商等部门依照法律法规及有关规定，在各自职责范围内对促销行为进行监督管理。对涉嫌犯罪的，由公安机关依法予以查处。

第二十二条　对违反本办法规定的行为任何单位和个人均可向上述单位举报，相关单位接到举报后，应当依法予以查处。

第二十三条　零售商违反本办法规定，法律法规有规定的，从其规定；没有规定的，责令改正，有违法所得的，可处违法所得三倍以下罚款，但最高不超过三万元；没有违法所得的，可处一万元以下罚款；并可予以公告。

第二十四条　各省、自治区、直辖市可结合本地实际，制定规范促销行为的有关规定。

第二十五条　本办法由商务部、发展改革委、公安部、税务总局、工商总局负责解释。

第二十六条　本办法自 2006 年 10 月 15 日起施行。

附录 C 中国连锁经营协会特许经营行为准则

中国连锁经营协会特许经营行为准则

第一章 总 则

第一条 中国连锁经营协会会员开展特许经营须遵守国家的法律法规；

第二条 会员企业开展特许经营须遵循公平、诚信的原则；

第三条 会员不得以任何可能欺骗或误导潜在加盟者的明示或暗示的陈述销售或推广特许经营权；

第四条 会员不得抄袭或模仿他人的商标、商号、广告或其他识别符号以欺骗或误导潜在加盟者和消费者；

第五条 特许合同须以书面形式签订，并明确各方的权利和义务；

第六条 特许者和加盟者须尽一切努力，以诚信友好态度解决争议。必要时可考虑通过调解、仲裁甚至诉讼解决争议。

第二章 特许者（总部）

第一条 特许者在招募加盟者的过程中，应以书面方式向潜在加盟者提供尽量充分的信息，包括特许者的基本情况、合同基本内容、已开店铺的运营情况、加盟所需投资额、收益预测等，但不仅限于这些信息；

第二条 向潜在加盟者提供的信息，包括广告等宣传资料应当真实、准确，凡直接或间接含有历史或预期的投资收益、经营业绩的数字或资料，应明确来源和依据；加盟者的投资额及其构成应详尽说明；

第三条 特许者应鼓励潜在加盟者和现有的加盟者接触，使其更深入地了解将要从事的特许业务；

第四条 特许者在选择加盟者时，应重点考察其能力、性格、资金实力、事业心等，不应因性别、民族等原因而予以歧视；

第五条 为保证加盟店所销售的产品和服务保持良好品质，特许者应不断对加盟店进行督导；

第六条 为使加盟者不断获得适当的收益，特许者应不断改进产品、服务和营销，并向加盟者提供指导、援助和合理的培训；

第七条 特许者须根据合同规定向加盟者提供优质的材料、产品和服务；

第八条 特许者应能及时收到来自加盟者的信息并给予解答，应建立一种增进双方沟通、理解和合作制度的机制。

第三章　加盟者

第一条　加盟者在经营特许业务时，须遵守国家的法律法规；

第二条　加盟者须详尽、坦白地披露所有被视为在特许者挑选合适的加盟者时不可或缺的信息；

第三条　严格按照特许合同规定及手册标准开展经营活动，接受一切需要的培训及特许者的指导和监督，以维护体系的声誉和统一形象；

第四条　加盟者须遵守与特许经营权有关的一切资料的保密原则，无论特许经营关系是否终止，除非得到特许者的书面同意，否则不得披露或许可相关人员披露任何该类信息；

第五条　按时支付加盟费、特许权使用费和其他应缴费用。

第四章　相关专业机构

第一条　本着诚信和公平的原则行事，鼓励客户严格遵守本道德规范，无论客户是否为中国连锁经营协会会员。若客户的委托或要求违反本道德规范，须立刻停止为该客户提供的服务；

第二条　只接受自己能够胜任的委托业务；

第三条　坚持独立、客观立场，以确保所提意见的公平和专业水准；

第四条　须遵守保密原则，在履行职责期间获得的一切资料，未经客户同意，不得披露或许可他人披露。

参 考 文 献

[1] 王红，李盾．特许经营 ABC．北京：对外经济贸易大学出版社，2003．

[2] 王霖．特许经营．北京：中国工人出版社，2001．

[3] 张晓琳．中国大卖场．北京：企业管理出版社，2003．

[4] 胡玉玲，肖秀莉，李桂双．超市营销．北京：企业管理出版社，2003．

[5] 王宜泰，肖焕伟，王兆燕．新编商业经济学．上海：立信会计出版社，1995．

[6] 中国连锁经营协会．特许加盟成功之路．北京：经济日报出版社，2004．

[7] 汪劲．开店必读．成都：西南财经大学出版社，1998．

[8] 何森．连锁为王．北京：中国经济出版社，2004．

[9] 朱明侠．特许经营案例集．北京：经济科学出版社，2003．

[10] 王利平．连锁商店经营与发展．北京：中国人民大学出版社，1999．

[11] 黄福华，田野，周文．现代连锁超市经营管理实务．长沙：湖南科学技术出版社，2003．

[12] 韩光军．零售店经营手册．北京：经济管理出版社，2001．

[13] 娄炳林．广告理论与实务．北京：高等教育出版社，2002．

[14] 吴肇鸿，张党良．连锁经营．南京：河海大学出版社，1999．

[15] 俞浪复．麦当劳店铺管理手法．沈阳：辽宁科学技术出版社，2002．

[16] 韩肃．连锁经营管理．哈尔滨：哈尔滨工业大学出版社，2004．

[17] 李响．零售经营谋略筹划店铺．北京：民主与建设出版社，2000．

[18] 季辉．连锁商业营销管理．重庆：重庆大学出版社，2004．

[19] 李胜利，李晶晶．店铺促销．北京：民主与建设出版社，2002．

[20] 陈炳岐．麦当劳与肯德基．北京：中国经济出版社，2005．

[21] 萧野．连锁经营管理 300 问答．北京：中国纺织出版社，2005．

[22] 姜登武．连锁超市经营管理．北京：科学出版社，2005．

[23] 维华，陆颖蕊，侯吉建．特许经营概论．北京：机械工业出版社，2003．

[24] 王吉方．连锁经营管理教程．北京：中国经济出版社，2004．

[25] 吴建国．流通现代化原理与实务．北京：中国物资出版社，2003．

[26] 陆强华．连锁经营．北京：中国工人出版社，2001．

[27] 刘斌．连锁物流．北京：高等教育出版社，2001．

[28] 光罗．消费心理学．北京：中国物资出版社，2001．

[29] 锐智．沃尔玛零售攻略．广州：南方日报出版社，2004．

[30] 陈广家．乐福超市攻略．广州：南方日报出版社，2004．

[31] 徐印州．零售连锁经营．广州：广东经济出版社，2004．

[32] 白继洲．卖场管理实务．广州：广东经济出版社，2003．

[33] 姚昆遗，邹炜．超市经营管理实务．沈阳：辽宁科学技术出版社，2004．

[34] 苏同华. 连锁店经营管理. 上海：立信会计出版社，1996.

[35] 赵越春. 连锁经营管理概论. 北京：科学出版社，2006.

[36] 倪宁. 麦当劳餐饮攻略. 广州：南方日报出版社，2004.

[37] 纪宝成. 市场营销学教程. 北京：中国人民大学出版社，2000.

[38] 周勇. 连锁店经营管理基础. 上海：立信会计出版社，2004.

[39] 张晔清. 连锁经营管理原理. 上海：立信会计出版社，2006.

[40] 赵涛. 连锁店经营管理. 北京：北京工业大学出版社，2002.

[41] 何春凯，发荣. 连锁致胜. 广州：广东旅游出版社，2002.

[42] 周树清. 连锁制胜. 北京：中国国际广播出版社，2002.

反侵权盗版声明